第九の波

チェ・ウンミ
橋本智保 訳

第九の波*目次

装幀　成原亜美
装画　のせなおみ

プロローグ

道路の長さは四・八キロだった。山の端が絶壁になっており、道路はその上を走っていた。すぐ下は海だった。十数年前につくられたこの湾岸道路には、数万人の名前が刻まれた塔が立っている。新たな千年が始まった日、人々は塔を建て、その前にタイムカプセルを埋めた。カプセルを開ける時期を百年後にするか千年後にするか意見が分かれたが、結局二一〇〇年に決まった。

　長さ六十キロほどの海岸線を持つこの町で、道路があるのはほんの一部の区間だった。いつの頃からか、日の出を見るために多くの人がこの道路に駆けつけた。記念公園の前に車を止め、松林のなかに延びた散策路を歩いた。塔の前で願い事をするのも忘れなかった。街灯と同じ高さの設置台には、海と太陽を表した旗が掲げられていた。海から昇ってくる太陽は市のシンボルだった。太陽は湾岸道路のいたるところで輝いた。見晴らしのよい岩の上に哨所《しょうしょ》［歩哨の詰め所］があり、奇岩と怪石のあいだにはとても小さな浜辺があった。海に暮らす鳥たちが潮風に吹かれながら、道路の上を、奇怪な岩石と哨所と塔の周りを、飛びまわった。

　水温の異なる海流が出会って一定の方向へ休みなく流れていくところ、海の性質を秘めた石灰岩によって山のなかに洞窟ができるところだった。そこで太陽は昇り、そして沈んだ。山と海に挟まれた絶壁を道路が走る、北緯三七度・東経一二九度の地点で、これらすべてのことが起こった。湾岸道路の北端から車で十分ほど、歩くと一時間、走ると三十分ほどかかる南端に、オラ港があった。

一章

市の保健所では、毎週水曜日に高血圧予防の教育を行っていた。そのうち第三水曜日には、栄養事業室と呼ばれる構内の食堂で「減塩料理教室」が開かれた。保健所に心・脳血管疾患として登録されている老人たちは、火曜日には笑い治療を受け、金曜日には血圧と血糖の測り方を教わった。減塩料理教室のある第三水曜日に参加者がもっとも多いのは、その日は保健所で昼食をまかなってもらえるからだった。

一方、保健所の職員たちにとってはストレスだった。その日は社員食堂にチゲも汁物も出ないのだから。もともと、ひと月に一回なら仕方ないとあきらめていた。ところが、市の薬剤師会と「中風にならずに百歳プロジェクト」の業務協約が結ばれた日、所長が、第三週目をまるごと減塩食実践の週にすると宣言したのだ。保健所の職員が率先してお手本を見せるべきだという理由だった。職員たちは食費として毎月六万ウォン［六千円ほど］が給料から引かれていたので、一週間ずっと外食するのは痛かった。第二週目の金曜日になると、職員たちは集まってあみだくじをし、コチユジャンを持ってくる人、チャンアチ［野菜のピクルス］を持ってくる人を決めた。汁物は各自、保温ポットに入れて持ってきた。ただ、これは保健所で多数を占める四十代の女性職員のやり方で、男性職員はほとんど外で食べた。数少ない二、三十代たちはいつも別行動だったので、彼らが汁物のない週にどう対処しているのかはわからなかった。

炒めただけのしいたけ。パプリカしか入っていない味もそっけもない海苔巻き。ゆでて和えただけの黒っぽいナムル。これらを本当においしそうに、何度もおかわりして食べる職員が一人だけいた。公益勤務要員［兵役に服す際、何らかの理由で役所や福祉施設などの公的機関で代替勤務をする。以下、公益とする］だ。

毎日のように理学療法を受けに保健所にやって来る老人たちは、受付の窓口に来ると、真っ先に「うちの《ウリ》公益さん」はどこにいるのかと尋ねた。保険証を取りにきたカフェのアルバイト生は、保健所に来るなり公益のところに走っていった。地域社会看護学のインターンで保健所に来ている看護学部の学生たちも、一週間もすると彼と親しくなり、幼なじみのようにじゃれ合った。なかには、電話番号を教えてもらいたかったのにと残念がる人もいた。

彼が保健所に初めて出勤した日、周りは彼を「ソ・サンファさん」と呼んだ。その後「サンファさん」「サンファ君」になったが、頼み事をするときは「ソ公《ゴン》」だった。彼らは何かあるたびに「ソ公」を呼んだ。パソコンの調子がおかしいと「ソ公」、コピー機が故障すると「ソ公」、ウォーターサーバーにボトルを差し込むときも、モップが必要なときも、鉢植えが枯れそうになっても「ソ公」を呼んだ。保健所のなかで、ソ公の手が行き届いていないところはなかった。

十二時五〇分、ソン・イナは昼食を済ませ、二階の自動販売機のそばで一階を見下ろした。保健所の建物は一階から三階まで、内部が吹き抜けになっていた。そのため、二階、三階の通路に立つと、一階ロビーの中央にあるコバノナンヨウスギの鉢植えが見下ろせた。その鉢植えを囲むようにして、左側の受付デスクと、右側の正面玄関の方にソファが置かれていた。訪問客の数に比べてソファが横長すぎるのではないかと、ソン・イナはロビーを見るたびに思った。保健所がここ三陽洞《サミャンドン》の千五百坪の敷地に新築移転したのは、二年前のことだった。以前は外壁がカビだらけだったのに、いまでは道《ド》立医療院や市庁舎など、人口七万人の小さな市の公共施設のなかで、いちばんきれいで快適な場所となった。立派な三階建ての建物の外には庭園があり、運動器具やベンチがバランスよく配置されていた。庁舎の新築とともに、事業の規模も拡大した。ソン・イナがこの陟州《チョクチュ》市保健所に来たのはその頃だった。

治療室前の受付番号の表示は、待機者数「1」のままだった。三月なのにまだ冬の終わり頃を思わせ、暖房のきいた室内は乾燥していた。昼食を済ませた職員たちはどこで何をしているのか、姿が見えなかった。一階を揺るがしている大型ヒーターの音だけが聞こえてきた。治療室の前で血圧を測っている老人が、さっきからうつむいて咳をしていた。老人は治療室のドアが開くまでずっと咳をし続けた。老人がなかに入ると、ようやく待機者数が「0」になった。ソン・イナは空の紙コップをゴミ箱に捨てたあとも、手すりのそばから離れなかった。受付デスクの上のLED電光掲示板に、今年の事業内容が五秒ごとに流れた。「低出生体重児、および先天性障害児の医療費助成」「高齢者の開眼手術」「認知症患者の失踪予防、位置情報機器の助成」「じん肺患者の在宅医療費助成」「低所得ひとり暮らし高齢者のための、訪問服薬指導実施」。誰もいないソファの上で、それらは虚《むな》しいほど鮮やかだった。

健康増進室から出てきた一人の老人が、ゆっくりと玄関口の方へ歩いていった。玄関口からいちばん近いところに、滑り台の下に色とりどりのボールプールが敷き詰められたキッズルームがあった。そこを利用する子どもはあまりいなかった。特別な用事があってもなくても、保健所に来るのはほとんどが高齢者だからだ。健康増進室は、キッズルームの角を曲がっていちばん奥にあった。診療や治療のない日には、老人たちは誰もいないキッズルームの前を通って健康増進室に行った。そこにはランニングマシンとマッサージチェアが一列に並んでいたが、ランニングマシンを利用する老人はいなかった。彼らの目的はマッサージチェアで、一度座ると何時間も腰を上げようとしなかった。向かいの壁にはテレビと時計とカレンダーが掛かっていたが、誰も見なかった。互いに言葉も交わさなかった。碑石のように固まった彼らは、誰かが入ってくると目玉を動かしてじろっと見、誰かが出ていこうとするとまた目玉を転がした。そして腹が減ると老人福祉会館へ行くなり、家に帰るかするのだった。

診療室と健康増進室から出てきた二人の老人の姿が見えなくなると、ロビーはまた沈んだ雰囲気に戻った。でもソン・イナは、その状態が長続きしないことを知っていた。案の定、淀んでいた空気をかき乱すかのようにソ・サンファが現れた。両手に白い灯油タンクを持った彼は、早足でヒーターの方へ向かった。満タンの灯油タンクはずいぶん重そうだった。ソ・サンファは一気に灯油を注ぎ込み、手に持っていた雑巾で給油口を拭いた。それから診療室わきの浄水器のもとに行き、濡れたところを拭いたあと、玄関口に散らばっている傘のビニール袋を片づけた。ソ・サンファが通り過ぎたあとは、手指消毒器の上にあった飴の包装紙が消え、車椅子が折り畳まれ、歪んでいた結核予防のバナーがまっすぐになった。一時を少し過ぎた頃、どこからか職員たちが一人二人と戻ってきた。ソ・サンファはぺこりと頭を下げた。彼らの一人が声をかけながら頭を撫でると、ソ・サンファは子犬のように笑った。そのとき、玄関の自動ドアが開き、腰に手をあてた老人が入ってきた。ソ・サンファはさっと駆け寄って老人を支え、一緒に受付まで歩いていった。モノクロの風景のなかで、ソ・サンファの動線だけが赤くなったり青くなったりした。

「後悔してる？」

誰かに肩をぽんとたたかれて、ソン・イナはようやく手すりから身を離した。トイレに行こうとしているその人に目礼をしながら、ソン・イナはソ・サンファの履歴書を思い出した。軍番と住所の番地が、暗号のように頭に浮かんでは消えた。電光掲示板には相変わらず「認知症」「じん肺」「訪問服薬指導」などの文字が順番に流れていた。

「後悔してる」

電光掲示板に目を向けた一瞬のあいだに、ソ・サンファの姿はもうなかった。

「奪ってしまいそう」

ソン・イナはそうつぶやき、事務室に入っていった。

＊

いつもと変わらない夜だった。退勤する頃になると真っ暗だった空が少しだけ明るくなっていた。仕事が終わったときに真昼のように明るければ夏で、夜のように暗ければ冬だった。春と秋はその中間から、少し明るくなったり暗くなったりした。

ソン・イナはまっすぐ家に帰ることなく、湾岸道路に向かった。曇りの日はいつも湾岸道路の北端からオラ港が見える南端まで車を走らせた。オラ港に着くと、一列に並んだ刺身センターの二号店に入り、カレイのムルフェ〔刺身と野菜に冷たいだしスープをかけたもの〕と白ご飯をたのんだ。店主は一人で食べているソン・イナに、つきだし用のセコシ〔背越し・小骨がついたままの刺身〕やゆでダコなどをサービスしてくれた。ソン・イナはひと月に一、二回、無性に刺身が恋しくなった。そんな日は、刺身と一緒に苦しくなるほど酒を飲んだ。酒を飲んで帰ってきたら、アパートの裏の遊び場でブランコをつかみ、少しずつ、長い時間をかけて吐いた。

その日、歩いて十分のところにある保健所に車で出勤したのは、仕事が終わったあと湾岸道路に行くつもりだったからだ。ところが、ソン・イナは急に行くのをやめた。風邪気味だったが運転ができないほどではなかった。しかも、小さいけれど象徴的な交渉を控えていた。仕事のことで頭のなかを整理したり気持ちを落ち着けたいときは、車で湾岸道路を走るのがいちばんだった。それなのに彼女は車を保健所の駐車場に置いたまま、とぼとぼ歩いて家に帰った。薄暗くなったゾウ山の麓の道を歩き、シャッターの下りた畜産協同組合の倉庫の前を通り、古びた低いアパートが見えはじめた頃には、窓に一つ二つと灯りがともっていた。どこかの家の窓ががらっと開いたかと思うと、圧力炊飯器から勢いよく蒸気が立ち上る音が聞こえてきた。ソン・イナは上演の終わった児童劇のポスターが貼ってある衣類回収ボックスの前に立ち、自分の吐瀉物が埋まっているブランコの下をじっと見つめた。ゾウ山ととなり合わせになっているアパートの裏道は、いつも山陰《かげ》になっている。薄暗い道を歩いていると、もの寂しくそびえた不吉なゾウ山が、道路の方に崩れ落ちてきそうなほど傾いて見えた。ソン・イナは襟を正すと、一階に新聞販売店のあるアパートの階段を上がった。

玄関のドアを開けると、ぱんぱんになったゴミ袋がスリッパのそばに倒れていた。かがむ気力すらなかったので、足で押しのけて電気をつけた。冷蔵庫からミネラルウォーターを取り出し、立ったままで飲み干した。そして、シンクの前を通ってカーテンを閉めに行き、玄関の向かい側の窓を開けた。そのとき、待っていたかのように電話が鳴った。

「走るんじゃないよ」

下の階にいる大家だった。

ソン・イナはひとまずちょっと息を吸った。

「さっきからドンドンうるさいったらありゃしない。頭に響いて何にもできないじゃないか」

「走ってません。いま帰ってきたばかりですから」

「また嘘をつくのかい？　若いくせに嫌だねえ」

「……」

「昨夜《ゆうべ》だってそうだ。連続ドラマが終わってからもうるさくて、一睡もできなかったよ」

「風邪気味なので、昨夜は早くから寝てましたけど」

「風邪気味だって？」

大家はそう言うなり電話を切った。しばらくして玄関のドアをたたく音がした。ドアを開けると、鍋を持った大家が立っていた。大家はずかずかと家のなかに入ってきて、ガスレンジに鍋をのせ火をつけた。そして手を腰に当てて、いま何時かと訊いた。ソン・イナはおろおろしながらスマホを覗き込んだ。

「六時半です」

確かに真冬より昼の時間が長くなっていた。外はまだ、青白い暗闇が迫ってきているところだった。向かいのアパートの屋上にある貯水タンクの後ろで、教会の十字架が赤く光っていた。すぐ前の駐車場から、誰かが車を止めている音が聞こえてきた。慎重に、じりじりとタイヤが砂利を踏みにじる音だった。わめき声と何かをたたく音、電子音や足音のようなものも遠くの方で混ざり合った。それらの騒音は、真冬より指一本ほど地面から浮いていた。窓から入ってくる冷たい風も、やはり真冬の風とは違っていた。寒さが和らいできたのだろう。

「体の節々が痛いよ」

大家はソファに座って膝をたたいた。

「昨夜は早い時間からぞくぞく寒気がするから電気カーペットで背中を温めたんだが、針で刺すように腰が痛かった。こっちに寝返ったら膝のなかで砂利が転がるし、こっちにうつ伏せたら、誰かに胸ぐらを引っつかまれたみたいに苦しいし。やっと眠くなってきたと思ったら、今度は上の階がドンドンうるさい。あばら骨の内側がズキズキ疼《うず》きだしたら、その夜はもうおしまいなんだよ。ああ、一日でいいからぐっすり眠りたいねえ。どうだい、そんな薬はないのかい?」

「……」

「それもこれも産後のケアが悪かったせいだよ」

ソン・イナは物干し台の方へ歩いていき、洗濯物を取り入れた。産後ケアの話になるとなかなか終わらなかった。

「息子を産んでからいまのいままで、一日たりとて痛くなかった日はないね」

「……」

「四十年間、痛くなかった日がないんだよ。ああ、もううんざりだ」

「薬、ちゃんと飲んでくださいね」

「本当に効く薬はくれないくせに」

鍋のなかのチゲがぐつぐつ煮えていた。ソン・イナはガスレンジの方に歩いていって、蓋を少し開けた。自家製の味噌の匂いが鼻をついた。ズッキーニがやわらかくなる匂いもした。うっかり味噌チゲの匂いをかいだばっかりに、ゾウ山の冬木を見上げたときのように、胸の片隅が虚《むな》しくなった。

大家は話が通じない人ではなかった。ある面、若い人よりも反応が早く、感受性があった。ところが、騒音に関してだけは違った。人の話に耳を貸さなかった。忘れた頃になると、一方的に詰《なじ》り、恨みごとを言い、切々と訴えるのだった。ソン・イナは、べつに伝貰《チョンセ》を月貰《ウォルセ》［住居を賃貸する場合、一定の保証金を払った上で毎月決められた家賃を払う月払い（ウォルセ）と、入居時に物件の価格の六〇～七〇％を保証金として払う（チョンセ）の方法がある。保証金はいずれの場合も退居時に返ってくる］にすると言われているわけじゃないんだし、と自分に言い聞かせるのだが、慰めにはならなかった。電話をかけてきてひとしきり文句を言ったあとは、食べものを持って上がってきて、ソン・イナのことをあれこれ探り、尋ね、心配した。

「この頃、イ係長はどうだい？　いじめられたら、あたしに言いな。あいつの二番目の兄貴は昔、あたしのもとで仕事を覚えたんだから」

「はあ」

「あいつはさっさと金と人間を管理する部署に行きゃいいんだよ。保健的で看護的な部署じゃなくて、ビジュアル的な部署。保健所もそういうところがいちばんさ」

「あ、チゲ、ありがとうございました。おばあさん」

ところが、大家は腰を上げようとしなかった。自分で決めた時間を満たすまでは動くつもりがないらしく、深く腰をかけたままだった。

「おばあさん、おばあさんって、あたしはどう見たってあんたの母親世代だよ。そんな年寄り扱いされる筋合いはないね」

「わたしもそんなに年取ってませんよ。おばあさん」

いつもなら何か言い返すはずなのに、大家は黙って向かいの玄関のドアを見つめていた。彼女は保健所に来る老人たちとはどこか違っていた。数十年間、炎天下で働き続けて肌が紫外線にやられているわけでもなければ、観光シーズンに一年分を稼がなければならない自由業者の焦りもなかった。正月や長い休みに、家族が訪ねてくることもなかった。これまで何をしてきたのか知らないが、経済的な余裕はあるように見えた。この建物の持ち主であるだけでなく、陟州《チョクチュ》市の郊外にもいくつか建物を所有しているという噂もあった。敬老堂「高齢者が集まる憩いの場」や福祉施設に出入りしている様子はないけれど、春と秋には近所の老人たちと花見に行ったり、紅葉を見に行ったりした。そのせいか、どこの家の老人について尋ねても、たいていのことは知っていた。薬剤師として訪問服薬指導をすることになったソン・イナは、そんな大家と仲たがいするわけにはいかなかった。

「家のなかに鉢植えの一つもなけりゃ、絵も掛かってないよ」

大家が目を細めて、部屋のなかを見渡した。

「ま、陟州に根を下ろすことだね。とりあえずは家を買うといい。そのあとは、死んだつもりで十五年辛抱する。そしたら、あんたは保健所の所長になってるだろうよ。元薬剤師の所長。定年間近にやって来て所長になるようなのとはわけが違う」

ソン・イナはガスレンジの火を弱め、窓をもう少し開けた。

「陟州は昔から薬剤師の力が強いところだからね。市内の一部を除いたら、薬剤師の天下だよ。薬剤師会にいるタヌキどもは、みんなあたしの知り合いだ」

大家はいざとなったら自分が助け船を出してやるから、いまから所内を手なずけておくようにと繰り返し言った。大家の話を聞き流しながら、ソン・イナはすっかり暗くなった窓の外を眺めた。そのとき、誰かが玄関のドアをたたいた。トントンと、慎重な音だった。この家に訪ねてくる人なんて、大家の他には宅配便ドライバーしかいないはずだった。

「会館から来ました」

何も訊いてもいないのに、ドアの外から声が聞こえてきた。会館ということは高齢者福祉会館？　それとも女性福祉会館？　ソン・イナはまず仕事関係の人を思い浮かべてみたけれど、彼らが家にまでやって来る理由がなかった。

「具合いの悪いところはありませんか」

会館から来たという人がそう尋ねたとき、ソン・イナは大家の方を振り返った。大家のところに行くはずが、部屋を間違えたのだと思った。大家はよいしょと腰を上げて、まるで自分の家のように玄関のドアを開けた。黒いコートを着た女が二人、ドアの前に立っていた。黒々とした髪を後ろでお団子にし、ネットをかぶせていた。

「薬王菩薩《ヤグァン》さまが病気の人たちのためにつくったんです。一度、ご覧になってください」

そう言ってリーフレットを差し出した。思わず受け取ろうとしたソン・イナの手が女の指に触れた。ひんやりとした感触に、ソン・イナはぶるっと身震いした。女はその反応に満足したかのようにほくそ笑み、ソン・イナの顔を見た。頭頂部から伸びた太い白髪が、黒髪のなかで斜めに光っている。白髪はツボから波動のように広がり、一瞬キラッとしたかと思うと、落ち着いた。ソン・イナは数年前の夜のことを思い出した。ソウルのある市立病院の薬剤部に勤めているときだった。何年も一緒に暮らした人と別れ、またひとりになった頃でもあった。四坪ほどの調剤室で一日じゅう抗がん剤と麻薬性鎮痛剤を調剤した日だった。誰かが玄関のドアをたたき、「陟州市の会館から来ました」と言った。陟州にいる知人が何度も安否を尋ねる電話をかけてきて、一度戻ってこないかと言っていたせいか、陟州のことをよく思い出していた。そんなとき、陟州から来たという人がドアをたたいたのだった。黒いコートを着て、黒い髪を束ねた二人の女が、いま目の前にいる女たちのように立っていた。彼女たちはただ、体は大丈夫か、つらくないか、と訊いただけで、返事も聞かずに帰っていった。

ソン・イナはリーフレットを手に持ったまま、立ち尽くしていた。白髪のある女は顔色がよくなかった。濃い口紅を塗っていたが、生気のない顔色を隠せないでいた。一歩後ろに下がっているもう一人の女は、眉毛のタトゥーをしており、肩にはフケがぽつぽつ落ちていた。彼女たちはとても疲れて見えた。表情のない顔は、任務を与えられた地下世界の官吏を思わせる反面、最後まであきらめない誠実さもうかがわれた。

ほんの一瞬、ソン・イナは二人を部屋に入れようかと思った。ふたたび彼女たちが訪ねてきたのは果たして偶然なのか、自分は陟州で何をしているのか、彼女たちはいったいなぜ他人の安否を気遣っているのか、知りたくなったのだ。もし大家がいなかったら、彼女たちと膝を交えて語り合ったかもしれない。

「この人はそんなの信じないよ。帰っておくれ。さあ、早く」

ソン・イナの顔色をうかがっていた大家が、黒いコートの女たちを手で追い払った。大家が玄関のドアを閉めるなり、女たちの階段を下りていく音が聞こえた。カツカツと、何のためらいもなく帰っていった。やることはやったと言わんばかりの、何の未練もない足音。ソン・イナはなんだか寂しくなり、胸の奥にぽっかり穴があいた。大家がガスレンジの方に歩いていって、火を止めた。砂利を踏みにじるタイヤの音がまた聞こえてきた。角度を変えてバックする音。スピードを出して車を出す音。どれだけ時間が経っただろう。耳に残っている砂利の音をかき消すように、鐘の音が聞こえてきた。鐘はチリンチリンと鳴りながら、トラックとともにゆっくりとアパートを通り過ぎ、右の路地に曲がった。

「お豆腐屋さんかな」

「カルトだよ」

大家はソン・イナの手からリーフレットを奪い取り、舌打ちをした。

「いいカモだねえ。どうせなら、あたしを連れてって、って触れまわったらどうだい？」

「どうしてわたしが」

大家は腰をたたきながら履物をはいた。

「豆腐屋が行ってしまったってことは、〈六時、私のふるさと〉［KBS1TVで平日六時に放映されている番組］はもう終わったかな」

大家がゴミ袋を持って出ていったことに、ずいぶんあとになって気づいた。ソン・イナは煮詰まった味噌チゲを食べ、シャワーを浴びたあと、すぐにベッドに入った。その夜はぐっすり眠れなかった。大家もそうだったのか、下の階でひと晩じゅう窓を開け閉めする音が聞こえた。ソン・イナはベッドのなかで、自分は騒いでいないのに大家の耳には聞こえる音について考えた。やがてうとうとし、新聞販売店が店を開ける音で、金縛りにあったかのように目を覚ました。

*

ゾウ山は、夜明けのなかで静かにうつ伏せていた。山頂にあるテレビ塔の灯りが瞬いているだけで、ゾウ山はまだ眠っているのか気配がなかった。空が白むにつれ、まずはテレビ塔が輪郭を現し、続いてゾウの頭、耳、体、鼻の順に姿を見せた。木々が動き出してようやく、ゾウは眠りから覚めたように見えた。息を吸って吐きながら木々を揺らす——ゾウ山はそのくらいの気配で、自分の存在を伝えていた。

　背の低いでこぼこの山だが、だからこそ気軽に登るにはちょうどよかった。ゾウは、昼間はポケットのなかから裸足で歩ける散策路やベンチ、野生の花のネームプレートなどを取り出し、夜になって仕事を終えると、それらをまたポケットにしまった。ゾウ山を境にして、陸州市内とオラ鎮《ジン》［港町］に分かれていた。陸州市内のどこにいても、テレビ塔を頭にのせたゾウ山が見えた。オラ鎮でも同じだった。うつ伏せになったゾウの体はしっぽに近くなるほど貧弱になり、海側の石灰山とつながっていた。しっぽは内側にくるっと曲がっていたので、一部はオラ鎮と接していた。その反対側は鼻だ。ゾウの頭から耳を通り、鼻の曲線に沿って、山はなだらかに沈んだ。鼻は長く伸びており、その先に市の保健所があった。

　ソン・イナは待った。何を待っているのか自分でもわからなかったけれど、下の方が静かになるのを待った。もしかしたら新聞販売店が閉まるのを待っているのかもしれない。町でいちばん早く朝を迎える新聞販売店が仕事を終え、店を閉めたあとも、まだほとんどの人は眠りから覚めていなかった。ソン・イナは路地が静かになってからジャンパーのフードをかぶり、家を出た。建物の輪郭がほんのり見えるくらい、そのくらい夜が明けていた。

　アパートからほど近いゾウ山公園には、まだ人の姿はなかった。あずまやの柱に掛かっている時計だけが、街灯を浴びて白っぽく光っていた。ソン・イナは頂上まで続く木の階段を一つひとつ踏みしめながら、少しずつ輪郭を現しつつあるゾウ山を登っていった。中腹まで登ったとき、背中に汗をかいたのでジャンパーを脱いだ。ふと立ち止まって振り返ってみると、まだ街灯のついた陟州市内は青白いベールに包まれていた。ソン・イナはジャンパーを腰に巻きつけ、ゾウの首に沿って歩いた。頭の上に着いた頃には夜も明けて、テレビ塔のアンテナ皿に朝の気配が漂っていた。テレビ塔にいくつもくっついているパラボラアンテナは、古代の器を思わせ、見知らぬ生命体の耳をも思わせた。その下には、太い枝をつけた木々がまばらに立っていた。

ソン・イナはひと息ついてから、陟州市内を見下ろした。そしていつものように印をつけた。右端にある保健所からスタートして、消防署、ホームプラス［大型スーパーマーケット］、高校、市庁舎。そこからまた郵便局、商工会議所、高速バスターミナルまで点をつなげると、左右反対の疑問符になった。五十川《オシプチョン》に沿って線を描く日もあった。ボンゲ市場とハンジョンビル辺りからスタートし、五十川橋を渡ると、陟州医療院まで直線でつながり、医療院の裏側を流れる川に沿っていくと、洞窟探検館があった。コウモリの羽のような屋根をかぶせた洞窟探検館は、誤って絵の具が飛び散ったかのように、いつ見ても周りの風景に馴染んでいなかった。それに比べて陟州医療院は、その前の十字路と広い敷地がなければ、目に留まらないほど風景に溶け込んでいた。

その日の朝、ソン・イナは疑問符ではなく、五十川に沿って直線を何度も引いた。川を渡って陟州医療院まで線を引いてから、五十川沿いの道を戻ってきて、そしてまた陟州医療院へ行き、立ち止まった。空が明るくなるにつれ、白い点だった医療院の建物が反射しはじめた。ソン・イナは医療院の上に斜線やマル、三角形を描いたりして、しばらくぼんやりと指で落書きをした。

　医療院前の十字路は、陟州市内でいちばんにぎやかなところだった。一年前からそこを中心に、競い合うように横断幕が掛けられていた。ソン・イナが陟州に引っ越してきた一昨年の冬に火がつきはじめ、今年の春には町じゅうを埋め尽くし、ピークを迎えていた。掲げた団体もスローガンも、横断幕の色も、さまざまだった。乱雑とした横断幕も山の上から見ると、区域ごとに花が咲いているようだった。ソン・イナは、数日前に市庁舎を覆っていた大型の横断幕を思い出した。ある国際環境団体の活動家たちが、陟州市庁の政策に反対して掲げたものだった。保健所からほんの十分しか離れていない場所で起きた騒ぎなのに、ソン・イナはそのデモンストレーションを、事務室に座ってユーチューブで見た。屋上にのぼってロープで横断幕を掛けていた人たちが、建造物侵入の疑いで警察署に連行される様子も、保健所業務のPRでなければアクセスすることのない地方新聞のサイトで見た。

　その団体の名前を見るたびに、ソン・イナはあることを思い出した。ずいぶん前、ソン・イナは父と会う約束をしていた海辺で大きな船を見た。放課後だったのか、記憶のなかの自分は制服を着ていた。コンベアベルトが横切る向かいの埠頭はしんとしているのに、手前の防波堤は祭りのようににぎやかだった。鼓《つづみ》と太鼓の音が響き、ハロウィンの骸骨をかぶった人や、河回仮面《ハフェタル》［慶尚北道安東（アンドン）に高麗時代から伝わる仮面］をかぶった人、死神の笠をかぶった人たちが集まって踊っていた。空には色とりどりの旗が揺れていた。絵の具がにじんでいるせいか、旗の文字が汗をかいているように見えた。なかでも赤い文字を見て血を流しているようだと思ったそのとき、ソン・イナの方に一人の男が歩み寄ってきた。

その男は黒いコートを着ていたが、ソン・イナの目を引いたのはコートではなく、裾から覗いている、海と同じ色のジーンズだった。それから包帯。黒い笠をかぶったその男は顔に白い包帯を巻いており、目と口だけを出していた。風船なのか旗なのかを差し出して、にっこりと笑った。ソン・イナは包帯の隙間から覗く男の口元と、並びのよい歯を、何日も忘れられなかった。男はまた、人波のなかに消えていった。ソン・イナは、ダンスを踊るようにして去っていった男の後ろ姿を、その後も繰り返し思い出した。男の前方には旗が、後方にはロゴの入った大きな船が通り過ぎ、光をのせたさざ波がその船を囲むようにして消えていった光景を。そして、それらすべての背景に、セメントを運ぶばら積み貨物船が遠くの方にかすんで見えた。ばら積み貨物船があったということは、そこは間違いなくオラ港だった。

水を汲みにきた人もいた。運動器具に乗って腰をまわしている人もいた。山の上にはいつのまにか、朝の運動をしている人たちが集まっていた。彼らはソン・イナのように陟州市内を見下ろしたり、反対側のあずまやの方で海を眺めたりした。たいていは市内よりも海を見ていた。

ゾウ山の海側の頂上からは、小さな港町、オラ鎮が見下ろせた。小型の漁船が泊まっているオラ港と魚市場、そこを囲むようにして並んだ店。ソン・イナは長く立ち並ぶ刺身センターを見下ろすたびに、二号店はどの辺りだろうと思った。二号店の前には、ひとり夕食を済ませたあと、夜の海に行って真っ暗なゾウ山を見上げるソン・イナ自身の姿があったからだった。

刺身センターの前の海には、防波堤が延びていた。山頂から見ると、港から海に長く伸びた木の枝のようだった。枝の中間辺りにある割腹場［共同で魚をさばく場所］を過ぎたところから、防波堤は本格的にテトラポットの護衛を受けて海の方へと延び、その先には真っ赤な灯台が立っていた。その防波堤のどこかで、昔、顔に白い包帯を巻いた男と会ったはずなのだが、いまでは信じられなかった。その日は父と会うことになっていたし、確かに父と会って言葉を交わした。でも防波堤の騒がしかった風景を思い出すとき、なぜかそこに父の姿はなかった。

　防波堤の向かいの埠頭には、いまでもセメントのばら積み貨物船と、何隻かのバージ船が行き交っていた。埠頭に続くコンベアベルトを逆に歩いていくと、セメント貯蔵タンクと焼成炉、パイプラインなどが絡み合って、コンクリートの城を思わせるセメント工場がある。その向こうは石灰山だった。いまでは山とは呼べないほど深く採鉱されて、噴火口のような形で残っていた。数十年ものあいだ、陟州市の中心にあったトンジンセメント陟州工場と石灰鉱山は、昔の面影はずいぶん消えてしまったが、依然として陟州の地で最も堅固に立ちはだかっていた。

　旅行客らしき二人の女性が、オラ鎮の海をバックに写真を撮っていた。「ここから新千年道路が見えるんだって」。そのうちの一人がそう言いながら、スマホで検索した。赤いベストを着た山火事監視員が彼女たちに近づき、「新千年道路は、あっちの山の頂上に行くとよく見えますよ」と言った。「あれって山なんですか」と二人が訊いた。ソン・イナは彼女たちの指さしている方を見た。そこは、これからソン・イナが通うことになる、山の斜面にできたユリ谷という集落だった。

　ソン・イナはまだ、ユリ谷の頂上に行ったことがなかった。ゾウ山から眺めたり、刺身センターの前から見上げたりするだけだった。山の斜面に重なるように建てられた家々は、稜線の七分辺りまで続いていた。そこから上は畑か空き地だった。空き地になっている頂上は、昔は死刑場だったという。何百年も昔、東海岸水軍の囚人たちは、砲陣だったゾウ山に連れていかれ裁きを受け、ほとんどがユリ谷の頂上で死刑になった。だから陟州の人たちは何かよくないことが降りかかると、死刑囚たちの怨恨のせいにした。

ソン・イナはユリ谷の頂上を見るたびに、そこで海を見下ろしながら最後の息を引き取ったであろう囚人たちを想像した。かつての死刑場はもう跡形もなかった。いまでは津波の避難場所に指定されている。オラ鎮の道には避難経路を示す矢印がクモの巣のように張りめぐらされており、それらの矢印はすべてユリ谷の頂上に向かっていた。陟州市災難安全対策本部が管理する緊急避難所。昔、大勢の人の首が切られたところ。そのユリ谷とゾウ山をつなぐ山の中腹に、海を見下ろしながら立っている像があった。

*

保健所の予防医薬係が最も緊張するのは「解氷期」といわれる時期だった。解氷期——つまり春になると、蚊との戦いが始まるのだ。冬のあいだ地下の防疫薬品倉庫で眠っていた消毒スプレーや、ボウフラ駆除剤が地上に出てくると、保健所の職員たちは解氷期になったことを実感した。孵化《ふか》したものが繁殖しやすい時期が来たのだ。

ソン・イナがソ・サンファを連れて地下に下りていくと、倉庫は爆撃を受けたような状態だった。感染症行政業務を任されているキム・スンヒが、中腰になって薬品の在庫を調べているところだった。ソン・イナはサプライズパーティーでも準備するかのようにキム・スンヒに目配せをしたあと、ソ・サンファを連れて倉庫に入った。

「机は昨年のがあるし……椅子はどれがいいかな」

「予防医薬係に誰か入ってくるんですか」

ソン・イナは黙ってソ・サンファを見つめた。倉庫の灯りがソ・サンファの顔を覆い、眼鏡の影を落とした。何か言いたそうにしていたソ・サンファの顔がしだいに緩んだかと思うと、目元に笑みが広がった。

「うわあ、僕、戻れるんですか」

「これから会議で決めるんだけど、ダメかもしれないわよ」

予想したとおり、診療支援係はソ・サンファを手放そうとしなかった。保健所に来てからの一年間、ソ・サンファは公益という立場で、職員二人分の仕事をこなしていた。ずば抜けた適応力を発揮し、登録システムを見なくても高齢者たちをどこに案内すればよいのか把握しており、また、報道資料しか掲載していなかった保健所のSNSページを改善したばかりに、思わぬ広報業務まで任されたのだ。

ソン・イナは、ソ・サンファが載せた写真をほとんど記憶していた。そのなかでも印象的なものは保存しておいた。BCG接種を受けに初めての外出をした赤ん坊。歯みがき指導を受ける幼稚園児たち。肥満脱出Sライン講座を受ける中年女性たち。おそろいのオレンジ色のTシャツを着て気功体操をしている老人たち……。

　他にも、リハビリセンター前のカランコエの鉢植えに咲いた花や、階段の踊り場にある大きな柱時計の写真もあった。二階の柱時計は、心の保健優秀事業の件で道《ド》知事から贈られたもので、三階の時計は、庁舎新築を祝って第二十三歩兵師団の師団長から贈られたものだということを、保健所の人たちはソ・サンファが写真を載せるまで知らなかった。ロビーで性教育の本が借りられるのも、保健所のホームページではなく、ソ・サンファの写真を見て知ったのだった。

　ソ・サンファには、誰にカメラを向けても嫌がられない不思議な力があった。彼の写真にはしだいに保健所に来る市民だけでなく、職員たちの姿も見られるようになった。初めは嫌がっていた人たちも、自分の写った写真に「いいね」の数が増えていくのを見て、ソ・サンファにご飯をおごったりもした。彼のおかげで診療支援係や一階の受付に活力と新しい発見が生まれたのを、誰も否定しなかった。ソン・イナはそんなソ・サンファを、予防医薬という仕事のきつい部署に連れてこようとしているのだった。

「そりゃ、医薬業務が大変だってことは知ってるわよ。でも薬学部にちょっと通ったぐらいの公益に、プロフェッショナルなことを求めてるわけじゃないでしょ？　所長は、保健所のＰＲをしてくれる彼のことが気に入ってるのよ」

　チン・ミジンが不機嫌そうな顔をして言った。

「ＳＮＳは受付にいなくてもできますし」

　ソン・イナがそう言うと、チン・ミジンの口元に一瞬、むっとした気配が浮かんだ。感情を隠そうとするとよけいに感情が露わになるのが、チン・ミジンのいちばんの弱点だった。誰が何と言おうと、保健所の花は予防医薬係だった。その予防医薬が人手を欲しがっているのだ。ソン・イナは会議のあいだじゅう、そんな態度でチン・ミジンに接した。彼女は予防医薬の業務を誰よりも理解していたからだった。

　ソン・イナが来るまで保健所の薬事法〔医薬品、医療機器等の品質、有効性および安全性の確保等に関する法律〕に関する行政業務は、チン・ミジンの担当だった。しかし薬剤師のソン・イナが来た以上、保健所の一職員にすぎないチン・ミジンは、自分の土台を作った医薬業務に復帰することはできなくなった。陟州市保健所の予防医薬係は、チン・ミジンが九級から七級に昇進しながら成果を上げ、人脈を築き上げたところだった。古い議員や薬局はいまでもチン・ミジンを頼りにし、ソン・イナの内線番号に電話をかけてチン・ミジンに問い合わせた。

　二人の係長は何も言わなかった。たかが公益の居場所を決めるぐらいでこんな神経戦をするとは、勘弁してくれという顔だった。診療支援係のシム・ウンスク係長は、目の下がマスカラでにじんでいたのでよけいに疲れて見えた。どうするかはチン・ミジンに任せるから早く処理してくれと言っているようでもあった。予防医薬係のイ・チャンギュ係長は、結果がどうなろうと自分には関係ないという態度だった。しかし、いずれにしても最終決定をするのは係長たちであり、どちらかが先に譲歩しなければならなかった。

「公益に受付の仕事を任せるのはどうかと思います。病気に関する個人情報を扱うところですから、安心できません。彼は二年後には出ていく人間です。次にどんな公益が来るかわかりませんし」

ソン・イナがそう言うと、思ったとおり、疑い深いシム係長の気持ちが揺らいだ。

「ソウルでは最近、公益には受付をさせないようですよ」

そのひとことで決まった。シム係長はイ係長に公益を譲った。事務室に戻ってきたソン・イナは、今日は本当に長い一日だったと思った。昨夜はよく眠れなかったし、朝はゾウ山にも登った。ソン・イナは椅子にもたれて目を閉じた。

どのくらい経っただろう。ソ・サンファが見知らぬ男と一緒に事務室に入ってきた。ソ・サンファはその男をソン・イナのところに連れてきた。相談客だろうか。ソン・イナは立ち上がった。男が差し出した名刺を見ると、意外にもソン・イナ自身の名刺だった。

「陟州警察署、刑事課のパク・ヨンピルと言います」

男はソン・イナの名刺を見せながらそう言った。

「昨日の夕方、三陽洞《サミャンドン》の敬老堂で、男性の老人が毒物の入ったマッコリを飲みましてね。午後六時までは何の異常もなかったんですが、七時に倒れているところを発見されました。そして夜明けに亡くなりました。遺体のジャンパーのポケットに、この名刺が入っていたんですよ。陟州市保健所、保健政策課、予防医薬係、薬務主事補、ソン・イナさん。ご本人ですね?」

＊

老人の死因は亜硝酸ナトリウム中毒だった。
死んだ老人を含む男性三人は、事件当日、午後五時頃から敬老堂でマッコリを飲みはじめた。そのうちの二人は六時頃、先に帰った。もう少しひとりで飲みたいと言って残った老人は、七時頃、敬老堂に来た女性たちによって倒れているところを発見された。その後、陟州医療院に運ばれ、翌日の朝六時十三分に死亡した。

これが参考人として陟州警察署に連れてこられ、ソン・イナが聞いた事件の顚末《てんまつ》だった。パク・ヨンピルは二日前、保健所で尋ねたことをもう一度まとめながら話を切り出した。原州《ウォンジュ》にある国立科学捜査研究院とのあいだを、遺体はクイックサービス［バイク宅配便］よりも早く往来したと言いながら、彼はビタ５００［ビタミンドリンク］の蓋を開け、ソン・イナの前に差し出した。そして、ソン・イナの目を見て、その日の夜、何をしていたのか尋ねた。

ソン・イナがパク・ヨンピルと向かい合って座っている部屋は、以前は会議室として使っていたのだろう。ガラスの下に緑の不織布を敷いたテーブルは、十人は座れるほど長かった。片方の壁には古びたキャビネットが並んでおり、向かいには古いプリンターやスキャナーが何台も置いてあった。ウェットティッシュの段ボール箱も積んであるのを見ると、どうやらいまは倉庫になっているらしい。いずれにせよ、パク・ヨンピルは警察署のなかで、最も人の出入りが少ない場所にソン・イナを連れてきたのだった。

窓ごしに、黄色い花をつけた木が見えた。その木を見ながらソン・イナは、煮過ぎて形の崩れたズッキーニを思い浮かべた。風が入ってくるたびに揺れていたガスレンジの火と、砂利の音をかき消すように鳴っていた豆腐屋の鐘の音も。死んだ老人が発見された時刻を聞いたからだろうか。ソン・イナは〈六時、私のふるさと〉が何時に終わるのか、思い出そうとした。

「わたしの名刺を持っていたということは、保健所に登録されている患者さんだと思います」

夜は家にいたと言ったあと、ソン・イナはそう付け加えた。

「おっしゃるとおりです。イ・ヨングァン、七十一歳。保健所に在宅じん肺患者として登録されていました。今年も禁煙クリニックに申し込んだのを見ると、じん肺症なのに煙草をやめられなかったようですね。昨年は気功体操の二期コースに名前がありましたし、ひょっとしたらと思って調べてみましたが、心の健康増進センターには申し込んだことがないようです」

「そうですか」

「イ・ヨングァンとソン・イナさんとは何の接点もないはずです。保健所に登録された情報が正しければ、禁煙クリニックの担当者か、気功体操の講師、あるいは肺のレントゲンを撮った放射線技師の名刺が出てくるのがふつうですよね？」

「そうでしょうね」

「亜硝酸ナトリウムってのは……簡単に手に入るものじゃない。保健所でも取り締まりの対象になっている薬品でしょう？」

「亜硝酸ナトリウムは、食品会社で着色剤として使われています。衛生係の担当ですから、わたしはわかりません」

パク・ヨンピルがうつむいて笑った。

「大学院に通っているうちの娘が言うんですよ。大学院生たちがいちばんよく言うのは『自分の専攻じゃないから』だと。だから私が言ってやったんです。公務員たちがいちばんよく言うのは『自分の担当じゃありませんから』だってね。ソン・イナさん、すっかり公務員ですね」

　パク・ヨンピルはまるで公務員になる前のソン・イナを知っているかのようにそう言った。何？　この嫌な感じは。ソン・イナはパク・ヨンピルから顔をそむけた。パク・ヨンピルは黙って窓の方に歩いていった。そして窓を開け、じっと外を眺めた。一分ほどしてからパク・ヨンピルはふたたび窓を閉め、元の場所に戻ってきて座った。煙草を吸う代わりに、窓を開け閉めしたのだろう。一瞬、何か甘酸っぱい匂いが部屋のなかに入ってきた、とソン・イナは思った。何かが腐っているような、あるいは花が咲いている匂いかもしれない。パク・ヨンピルがなかなか話を切り出せないでいるあいだ、ソン・イナも窓の方に視線を向けていた。黄色の花をつけた木と木のあいだに、公共機関の事業を宣伝する横断幕が見えた。

〝エネルギーの拠点都市、陟州《チョクチュ》〟

　上段の横断幕に濃い色のゴシック体で書かれた文字が、窓の外の風景のなかでいちばん際立って見えた。

「十八年前、この町である事件がありました」

　そう言って、パク・ヨンピルはひと呼吸おいた。

「トンジンセメント陟州工場の次長が、オラ港の埠頭で遺体で見つかりました。いろいろ疑惑を残しましたが、結局は自殺として処理されました。次長の死後、奥さんと高校生だった娘さんはこの町を去りました」

「……」

「それから十六年後、つまり一昨年の冬に、次長の娘さんは薬剤師としてふたたびこの町に戻ってきたんですよ」

「……」

「次長の死が自殺と断定されるまで、有力な容疑者がいました。当時、トンジンセメントの下請け会社で働いていた石灰石削岩技師です。その容疑者とは、亜硝酸ナトリウムの入ったマッコリを飲んで死んだイ・ヨングァンなのです。ご存知でしたか」

ソン・イナは答えなかった。ただひとこと、偶然ですね、と言った。

「そうですね。偶然という言葉はこういうときにぴったりですね。しかし、イ・ヨングァンの方はあなたのことを知っていたのではないですか」

「……」

「ソン・イナさんが戻ってくる前は、保健所に一度も行ってないんですよ」

「庁舎が新しくなってから来るようになった人なんて、いくらでもいます」

「いまでもイ・ヨングァンがお父さんを殺害したと思っていますか」

パク・ヨンピルは、今度はためらわずにストレートに訊いた。あまりに突然だったので、ソン・イナはごくっと唾を呑み込んだ。パク・ヨンピルは黙ってソン・イナが何か話し出すのを待った。

「その人は、なぜいまになって死んだんですか」

ようやくソン・イナは独りごとのようにそう言った。その言葉を吟味するかのように、パク・ヨンピルは片方の目でソン・イナを見つめた。スマホが鳴った。パク・ヨンピルは視線をそらせ、ポケットに手を入れた。

電話を切ったあと、別の刑事に連れられて部屋に入ってきたのは、なんと大家だった。ソン・イナは涙が出るほどうれしくて、大家を見るなり立ち上がった。連絡もしていないのに、自分のアリバイを証明しに来てくれたのだと思ったのだ。

「話はついたのかい？」

大家はパク・ヨンピルと知り合いなのか、いきなりそう尋ねた。

「このお嬢さんは一筋縄ではいかないよ。それとなしに人のことを弄《もてあそ》ぶからね。家のなかで走りまわっておいて走らなかったって言うし。すぐ嘘をつく。人は見かけによらないよ。あたしはこのお嬢さんの言うことを、正直言って、半分は信じないね」

「おばあさん……」

大家は横目でじろっと見ながら笑うと、手に持っていたリーフレットを揺らした。その晩、黒いコートを着た女たちが置いていったものだった。

「あたしたち二人のアリバイさ」

そのときソン・イナは、大家もイ・ヨングァン事件の参考人になっていることを知った。大家の名前がアン・クムジャだということも知った。ソン・イナは大家について外に出た。腰が痛いから少し休んでいこうと、大家はソン・イナを正面玄関前のベンチに座らせた。まだ花を咲かせていない青い藤の蔦《つた》がベンチの後ろで絡まり合っていた。大家は濃いピンク色のジャンパーを着て、白っぽい化粧をしていた。ソン・イナにはいつも体のあちこちが痛いと訴えるけれど、同年齢の老人たちよりずっと元気に見えた。もしかするとソン・イナよりも元気かもしれない。

「あいつは、今回の事件に何かあると見ているらしい。だから参考人として何人も呼んだんだよ。どれだけいるか知らないが、よく見ててごらん。あそこから出てくるのがこの事件の参考人たちだ。そのなかの誰が容疑者になるか、賭けでもしてみるかい？」

アン・クムジャは、あたかも自分は関係ありませんという言い草だった。そう言った矢先に、四十代前半ぐらいの男が出てきた。パーマをかけた栗色の髪の男で、半透明のサングラスをかけていた。不自然なほど鼻筋が通っており、ベンチにまで匂ってくるほど香水をふりかけていた。

「あの男、知ってるかい？　最近、この町の人気スターだ」

「あ……芸能人？」

「まあ、年寄りのあいだではちょっとした芸能人だね。寂しい気持ちを慰めてくれるし、一緒に遊んでくれるし、痛いところも直してくれる」

「薬売りかなにか？」

「保健所にいる誰かさんとは比べものにならない薬博士だよ」

「気をつけてくださいね」

「あたしは見物がてら行ってティッシュをもらってくるだけだけど、死んだイ・ヨングァンなんか、あの男から死装束やら、魚を干す……ほら、何だっけ？　乾燥台のようなものも買ったし、喘息《ぜんそく》に効くという器具も、ものすごい高い金払って買ったんだよ。あとで我に返って、返品したいって大騒ぎさ。息子たちに知れたらおしまいだってね」

「自殺の可能性もないわけじゃないですね」

「それはパク・ヨンピルが明らかにするだろうよ」

そう言ってアン・クムジャはソン・イナの顔をじっと見た。

「何ですか、人の顔をそんなにまじまじと」

「何かやましいことでもあるのかい？」

「ええ？」

「保健所は何やってるんだろうね。あんな薬売りの一人も取り締まれないのかい？」

「知ってるでしょ。あの人たち、網の目をうまくすり抜けるんだから」

その次に出てきたのは、ソン・イナの家を訪ねてきた女たちだった。彼女たちはまた黒いコートを着ており、それほど陽ざしが強いわけでもないのに、目の上に長財布をかざして早足で歩いていった。

「イ・ヨングァンを最初に見つけたのは、あの女たちだよ。薬王《ヤグァン》成道会の」

アン・クムジャが耳打ちをした。パク・ヨンピルに聞いたイ・ヨングァンの発見時刻が正しければ、彼女たちはソン・イナの家を出るなり、他の家には寄らずに、まっすぐ敬老堂に向かったことになる。

薬売りと黒いコートの女たちが出ていったあと、どのくらい時間が経っただろう。その次に出てきたのは驚いたことに、公益の青いシャツを着たソ・サンファだった。ソ・サンファはベンチに座っているソン・イナとアン・クムジャを見るなり、ぺこりと頭を下げて歩いてきた。

「サンファさんがどうしてここにいるの？　何も悪いことしてないでしょ」

ソン・イナは思わず興奮し、立ち上がった。ソ・サンファは戸惑ったような、恥ずかしそうな顔で、うつむいてほほ笑んだ。

「じつは……運転免許証の更新にきたんです。患者用じゃなくて、保健所の保管用だったから……警察署の相談窓口に、もう一度書類を出しに」

ソ・サンファが照れくさそうに、黒い帽子の上から頭をかいた。腕を動かすたびに、「陟州市庁　ソ・サンファ」と書かれた名札がシャツの上で動いた。ソン・イナはその名札を見ながら、保健所が市の付属だということを改めて実感した。ソ・サンファはもう一度頭を下げると、先に失礼すると言って去っていった。

「こりゃまた大層な美男子じゃないか。色白だし、背は高いし、礼儀正しいし。晩年はツイてなさそうだがね」

ソン・イナは話がおかしな方向にそれそうだったので、バッグを持って立ち上がった。アン・クムジャも一緒に立ち上がった。警察署の正門近くに、老人の男たちが五、六人集まっていた。彼らはベンチに足を上げて伸ばしたり、腰や首をまわしたりしていた。太極拳だか気功体操だかわからない動きをしながら、奇声を発している人もいた。瘦身で腹の出た老人と、尻を突き出した禿《は》げの老人のそばを通り過ぎながら、ソン・イナはどこかで見たような気がすると思った。彼らはアン・クムジャとソン・イナに手を振った。ソン・イナは軽く会釈した。

「あんなの相手にするんじゃないよ」

ソン・イナを反対側に引っ張りながら、アン・クムジャが言った。

「どうしてですか」

ソン・イナが老人たちの方を振り返りながら尋ねると、アン・クムジャが言った。

「おつむのなかで女のことばかり考えている、イカれたやつらだよ」

*

予防医薬係の事務室に移ってきたソ・サンファを、職員たちは「あの子、もともとあんなキャラだったっけ?」という顔で見た。診療支援係から異動してまだ一週間しか経っていないのだから、そう思われるのも無理はなかった。ソ・サンファはどうかするとパーティションのなかに隠れがちな職員たちに、一緒に遊ぼうと言ってきかない幼い子どものようだった。じっと座っていられないのか、絶えずうろうろしていたし、退屈しのぎに意味もなく職員たちにちょっかいを出した。

「注意力に欠けてるのかしら」職員たちは休憩室に集まると、まずはひとしきりソ・サンファの陰口をたたいた。「でも、やるべきことはやってるじゃない」「薬学部ってことは頭もいいのよね」。

同僚の陰口を言う前に行うストレッチのようなものだった。いつも遅刻する、話が通じない、スマホばかり見ている、言われたことをやらない、返事をしない、語尾を濁す、何を考えているのかわからない。そして、最後はいつも同じ言葉で締めくくられた。「そもそもまともな公益ってないよね」「まともだったら現役で入隊するでしょ」

休憩室ではそれだけしゃべっておいて、彼らは自分の席に戻ると、口をつぐみ壁を作った。ソ・サンファはパーティションのあいだを縫うようにして歩き、その壁を引っかいた。

「危険なときは119、苦しいときは？」

「129」

「苦しいときは129、急ぎのときはなーんだ？」

ソ・サンファが誰かのパーティションにもたれてそう訊くと、あちこちから職員たちが頭を出した。

「急ぎのときだって？」

「お金？　トイレ？」

「急いで用を足したいときに電話かける？」

すると、ある人が住宅ローンを借りたときの話をし、またある人はトイレを我慢したときの話をした。ソ・サンファは会議中にも、新聞を片づけながらいきなり「今日は何の日でしょう」と訊いた。

「うーん、清明《チョンミョン》も寒食《ハンシク》も過ぎたよね……。腎臓の日かな？」

「ブー。腎臓の日は三月でした」

「コレステロールの日？　郷土予備軍の日？」

「ブー」

「ああ、なんだろ、なんだろ」

この遊びにいちばん熱心なのは、小学生の娘がいるキム・スニョンだった。質問に答えられなかった日は、電話に出る声も違っていた。

「じゃあ次。『心の健康を守るための心得』を読みますね」

ソ・サンファは卓上カレンダーに書かれている、健康情報のページを開いた。

「一．一日三食、ゆっくり噛んで食べる。二．待ち合わせの場所には余裕を持って出かける。三．人を褒める。四．スマホで自撮りをする。先輩も自撮りします？」

ソ・サンファがそう言って、ソン・イナのパーティションの上にひょいと顔を出した。

「わたしは心が健康じゃないから……」

「自撮りなら健康増進係の、誰だっけ？　そう、キム・ミへ。あの子、いつも撮ってるよね。トイレでも自撮りしてるんだから」

ソ・サンファが卓上カレンダーをめくった。

「えーと今度は、母子保健室が考えた『よい食生活を実践するための心得』です。食品添加物を取り除く方法。たくわん、サッカリンナトリウムは冷水に五分ほどつける。魚のすり身、ソルビン酸ナトリウムは湯通しする。ハム、亜硝酸ナトリウムは二、三分熱湯でゆでる」

ソ・サンファの口から亜硝酸ナトリウムという単語が出たとき、ソン・イナはキーボードをたたいていた手を止めた。すると急に辺りが静まり返り、周りがみんな自分の方を見ているような気がした。ソン・イナはゆっくりと顔を上げた。みんなパソコンの画面を覗いており、ソン・イナを見ているのはソ・サンファだけだった。「亜硝酸ナトリウム」に反応したのに気づいたかのように、ソ・サンファはソン・イナの顔をまじまじと見つめた。何だろう、とソン・イナは思った。なぜわたしを見てるの？　ソン・イナはもう一度、ソ・サンファを見た。そのとき、キム・スンヒが業務用の手帳を閉じながら、事務室のドアを開けて入ってきた。

「主事、今日が何の日か、みなさんご存じないようですよ」

ソ・サンファがカレンダーを元の場所に戻しながら言った。

「嘘でしょ。今日は防疫発隊式の日よ」

キム・スンヒはいそいそと机の上を片づけた。

「防疫車の運転手さんと消毒員さんたち、三十分で着くそうです」

「じゃあ僕たち、先に行って待ってましょう」

ソ・サンファはキム・スンヒについて出ていこうとしたが、途中で一度、ソン・イナの方を振り返った。

夜のオラ港は騒然としていた。刺身屋と乾物屋に照明がつくと、夜の海はゆらゆらと灯りを呑み込みながら、さらに遠くの方まで照らしていった。そのせいか、昼間とはまた違ったきらびやかな空間となった。刺身屋のゴムホースから流れる水が地面のあちこちに水たまりを作り、そこに真冬とは違う生臭さが漂った。

　防疫発隊式を兼ねた保健所の会食は、オラ港の日の出刺身屋で行われた。イ・チャンギュ係長が防疫車の運転手と消毒員たちを一人ずつ紹介したあと、乾杯の音頭をとった。キム・スニョンは途中で席を立つつもりなのか、入り口に近い席に座って、つきだしのホヤばかりつまんでいた。

「うちの娘の学校にね、家族みんなで参加する縄跳び大会があるんだよね。久しぶりにやってみるかと思って行ったんだけど。一回跳んで、あっ、と思ったのよ。ちょっと待って！　その足で家に帰って、服を着替えて出直したわよ。もうあれがないと縄跳びもできやしない」

　彼女が尿漏れのことを話しているのは、わかる人にはわかった。刺身屋の主はキム・スニョンの前にアワビの皿を置きながら、家族は元気かと尋ねた。予防医薬係に来る前、長いこと飲食店の管理業務をしていたキム・スニョンは、会食の席でいちばん店主のもてなしを受けた。

　係長やキム・スンヒたちが座っている奥のテーブルと違って、手前のテーブルは、自然とソ・サンファの歓迎会ムードになった。ところが、事務室では落ち着きのないソ・サンファが、酒の席ではなぜかおとなしく座っているのだった。酒は一杯も飲んでいないのに、首から額まで真っ赤だった。訳もわからず果実酒のなかの果実を取り出して食べた子どもみたいだった。劇薬を飲んだカメレオンのようでもあったし、間違って血を吸い込んだ昆虫が驚いているようでもあった。

「サンファさんはお酒、ダメなの？　だったらソン・イナのとなりは避けた方がいいよ。彼女、保健所のなかで、行政係のユン係長の次に強いんだから」

ところが、ソ・サンファはトイレに行って戻ってくるたびに、席をいくつか飛び越えてソン・イナの向かいに座っていたかと思えば、彼女のとなりに座って誰かと話をしていた。

メウンタン〔魚のあらでダシをとった辛い鍋料理〕に入れた春菊が煮えはじめる頃には、店のなかは熱気でむんむんしていた。テーブルは団体客でほぼ埋まっていた。一見、和気あいあいと楽しそうに食べているようだが、人々のあいだには微妙な緊張感が漂っていた。誰もが表情を隠したまま、となりのテーブルの様子をうかがったり、向かいのテーブルに探りを入れたり、後ろのテーブルを注視したりしていた。この頃、陟州《チョクチュ》はどこに行ってもそんな雰囲気だった。

ソン・イナはテーブルの向こうの、窓側の席を見ていた。

「それより、サンファさんはなぜ公益？　どこか具合でも悪いの？」

「ああ……目が屈折異常だから……」

「じゃあ眼鏡かけてないと、足を踏み外したりするんだ」

ソ・サンファは何も答えなかった。そのとき、保健所の職員がいるテーブルから後方のテーブルに、牡蠣の殻が飛んだ。額に殻をあてられた女が、さらに大きな牡蠣の殻をつかんだかと思うと、投げた女のところに走っていって顔を引っかいた。悲鳴とともに、店のなかはあっというまに騒然となった。あたかも派閥争いをしているかのようだった。

「あたしも陟州女子高出身だけど、あの争いには巻き込まれたくないわね」

キム・スンヒが首を横に振った。陟州女子高の卒業生どうしの争いは、すでに横断幕によって市内のあちこちで繰り広げられていた。陟州女子高・総同門会は、横断幕にこう書いた。「母親の気持ちになって、陟州市の子どもたちを守ります」。すると、陟州女子高・総同門会・監査委員会という名の、また別の同門会員がすぐとなりにさらに大きな横断幕を掛けた。「政治と選挙に利用されたら、同門会もおしまいだ」

その争いの中心にいるのは陟州市長だった。陟州はいま市長派と、その反対派とに分かれていた。それは市長が誘致しようとしている原子力発電に賛成か反対かということを意味し、陟州で生活をしている人たちにとっては、市に協力するか、あるいは市ににらまれるか、という問題だった。陟州の人たちは、相手が原発に賛成なのか反対なのかがはっきりするまで、互いに口をきこうとしなかった。相手がどちらの立場にいるのか、どんな情報を握っているのかによって、口にしてもいいことと悪いことが決まってしまうからだった。

ソン・イナは騒がしい店を出た。海に向かって横にずらっと並んだ水族館のなかで、生きた魚たちが泳いでいた。夜も更けたというのに、オラ港は車を止める場所を探している人たちで混雑していた。真っ白な湯気が立ち上るズワイガニの店の前で、一人の女がうずくまって泣いていた。吐いているようにも見えた。どこかで、網ですくいあげられた魚がバタバタ跳びはねている音がした。そのとき、海の方から何かが匂ってきた。ソン・イナはその匂いのする方に歩いていった。そこでとっくに忘れていた煙草の匂いだった。二号店と大王《テワン》水産のちょうど真ん中辺りだった。ユン・テジンが海を見ながら煙草を吸っていた。

ソン・イナは彼のそばに歩み寄った。ユン・テジンは五秒ほどソン・イナを見たが、黙ってまた煙草を吸った。四十時間ほど髭を剃っていないような顔だった。シャツとズボンはよれよれで、目は血走っていた。

ユン・テジンがそのくらい疲れているとき、頬から、耳の裏から、喉から、どんな匂いがするのか、ソン・イナは知っていた。アンモニアに似た疲労の匂い。ひと晩体を洗っていないときの匂い。そんなとき彼を抱くと、どのくらいの強さで体のなかに入ってくるのか、ソン・イナはよく知っていた。

コンクリートの段差に結びつけてある黒いタイヤに、海水が押し寄せてきては引いていった。港に泊まっている小さな漁船が、灯りの上で幻影のように揺れていた。ユン・テジンは指でトントンと煙草の灰を落としたあとも、しばらくそのまま立っていた。

「先に入るよ」

三十秒ほど経ったとき、ユン・テジンはそう言って日の出刺身屋の方に歩いていった。ユン・テジンが店の入り口で靴を脱ぎ、騒がしいテーブルのなかをかき分けて窓側の隅に座り、酒をついで飲み干すくらいの時間が過ぎるまで、ソン・イナはその場に立ち尽くしたままゾウ山を見上げていた。オラ港が明るいからか、テレビ塔の灯りはぼんやりとしか見えなかった。ゾウの頭も背中もしっぽも、暗闇に埋もれていた。

「イナ」

コンクリートの段差の上で黒い宙を眺めていたソン・イナは、誰かに名前を呼ばれて振り返った。

*

「泊まってってよ」

ソン・イナはアパートの路地まで来たとき、ハ・ギョンヒの腕にしがみついた。

「この前みたいに、大家さんにつかまったら眠れないじゃない」

「でも泊まってって。ね？　先生」

先生と言われるなり、ハ・ギョンヒがソン・イナの背中をたたいた。

「ああ……十年ぶりね。オンニ〔お姉さん。女性が親しい年上の女性に対して使う〕に背中たたかれるの。痛すぎる」

「ずっと〝オンニ〟だったのに、急に先生なんて言うからよ」

もう寝てしまったのか、それとも家にいないのか、アン・クムジャの住む二階は電気が消えていた。用があって市内に来たというハ・ギョンヒに、保健所の会食場所を教えたのはソン・イナだった。保健診療所や支所にいる職員たちは、一年に二回ある全体会食のときでなければ、本所の職員たちと食事をする機会はほとんどなかった。口では代行を呼んで帰ると言っているけれど、ハ・ギョンヒはソン・イナがもうひと押ししたら、枕を並べて泊まっていくはずだった。

「ウンナムの様子はどう？」

「半数は上《かみ》の村にある関節炎の薬局側で、あとの半数はとなり村のじん肺の薬局側ね」

ハ・ギョンヒは靴下を脱ぎ捨て、クローゼットからジャージを取り出してはいた。ソン・イナが中学生のとき、ハ・ギョンヒは看護学部を卒業し、ウンナムの保健診療所で仕事を始めたところだった。彼女はウンナムで結婚し、子どもを育て、定住していた。ソン・イナは初め〝先生〟と呼んでいたが、十年ほど前から〝オンニ〟と呼ぶようになった。

「先週、保健所に薬事法違反の届け出があったでしょ？　あれ、関節炎の薬局が言いつけたんだよね。薬パラッチ［薬局の不正行為を告発して弁償金をもらう。パパラッチにかけている］にずいぶん取られたみたいよ。じん肺側は、あいつが言いつけたって噂を広めてるし、村の年寄りたちは、人情味もないやつだって言いつけた方を悪く言ってる」

　ソン・イナは、自他共に認めるじん肺専門薬局の薬剤師を思い出した。陟州は市内にある四つの町以外、どこも医薬分業が行われていなかった。つまり、医師の処方箋がなくても、薬局でいくらでも専門の薬品を買うことができた。ある特定の症状によく効く薬を処方してくれると噂が立てば、人々はその名前をつけて、○○専門薬局と呼んだ。そうなれば遠くからでも薬を買いにくる人が増えるし、それだけ薬局どうしの競争も、恨みや妬みによる諍《いさか》いも増えた。ハ・ギョンヒが暮らしているウンナムは、そんな薬局すらもない人里離れた漁村だったが、村の老人たちのなかには、他の村に行きつけの薬局をかまえているケースも少なくなかった。

「関節炎の薬局がどうやって常連客を連れ戻したか知ってる？　囲碁盤をもう二枚買ったんだって。栄養ドリンクとか胃腸薬をタダにしたり、湿布薬をおまけにつけたり」

　ソン・イナは、薬事法違反で取り調べを受けている薬剤師が、面倒くさそうな顔でしれっとしていたのを思い出した。医薬分業が行われていない地域に昔からいる薬剤師は、住民にとっては薬剤師であると同時に医師であり、暇さえあれば足しげく通う、言ってみればカフェのオーナーのような存在だった。痛みを和らげてくれる薬を握っているうえに、地域で唯一「学識のある」薬剤師のひとことひとことは、老人たちに対して影響力があった。

「こうしてると、昔のこと思い出すなあ」

ソン・イナが布団のなかで天井を見ながら言った。

「昔っていつ？　二年前？　五年前？　十年前？」

ハ・ギョンヒがソン・イナの方に寝返りを打った。

「十八年前」

たしか陟州を発つ前日の晩だった。ソン・イナはウンナムのハ・ギョンヒの家に行って泊まった。ひと晩じゅう泣いたような気もするし、父の葬儀のために眠れなかった分、ぐっすり眠ったような気もする。何よりも、もう診療所に遊びにこられないんだと思うと、父が死んだのと同じぐらい悲しくて、胸がちくちく痛んだのは覚えている。中学生のときウンナムに遊びに行って、トイレを貸してほしいと保健診療所に入ったときから、ハ・ギョンヒはソン・イナが唯一心を許せる他人だった。ソン・イナは内装から紙くずにいたるまで、診療所にあるものがみんな好きだった。将来は保健診療所で働きたいと思うほどに。いま住んでいるトンジンアパートから脱出して、海のあるウンナムで暮らすのが人生の目標だと、よくハ・ギョンヒに告白したものだった。海と診療所にやけに心を奪われている孤独な少女を、ハ・ギョンヒは同情したり感心したりした。

ソウルに引っ越してからも、ソン・イナは何かの節目にはいつもウンナムの海に戻ってきた。

薬学部を卒業したときも、公務員になったときも、何もかも失ってしまったと思った二年前の春もそうだった。とにかくユン・テジンのいるソウルから離れたかったし、耐えていける力が欲しかった。ハ・ギョンヒのところに行き、彼女のそばでひと晩じゅう波の音を聞きながら眠った数日後、もちろんそれだけの理由ではなかったけれど、ソン・イナは得体の知れない力に背中を押されるかのように、陟州に行きたいと人事異動の申し出をした。

「あたしも思い出すなあ。十八年前のこと」

ハ・ギョンヒはまた寝返りを打って、天井を見つめた。ソン・イナがなぜいまになって十八年前のことを持ちだしたのか、ハ・ギョンヒも気づいているはずだった。春になった頃から、ソン・イナが誰の名前を聞いて、どこを訪ねたのかも。

「いつ始まるんだっけ？」

ハ・ギョンヒが訊いた。

「再来週」

「どこから？」

「ユリ谷から」

ソン・イナがハ・ギョンヒの方に体を向けると、ハ・ギョンヒはこくこく頷いた。

＊

こんなにたくさん桜の木があったのかと思うほど、陵州市内は桜が満開だった。薬局と議員たちの集会所でもある陵州医療院前の十字路には、そこを出発点として、いろいろな種類の街路樹がそれぞれの方向に伸びていた。五十川路《オシプチョン》の方にはソメイヨシノが、中央路の方にイチョウの木が並んでいた。桜の木よりもはるかに大きなイチョウの木は、爪ぐらいの大きさの葉っぱをつけて、空高くそびえている。限りなく淡い若草色をしたこの時期のイチョウの葉に、ソン・イナは桜の花よりも心を奪われた。もし赤ん坊に色があるとしたら、こんな色じゃないかなと思った。

ゾウ山は、山全体がピンク色に染まっていた。まばらではなく、ぎっしりとソメイヨシノが植えられており、遠くから見ると桜色をしたゾウだった。週末の午後、なんとなしにゾウ山に散歩に出かけたが、一時間もしないうちに山を抜け出した。散策路に作られた桜のトンネルのなかには、恋人たち、子どもと手をつないだ若い夫婦の姿しかなかった。よく晴れた週末に公園を散歩するとき、スーパーの前を通るとき、小さな子どものいる母親から電話で相談を受けるとき、ソン・イナは、陵州にはこんなにも子どもと母親がいたのかと改めて驚いた。高齢者に比べるとはるかに少ないはずなのに、老人一人と子ども一人は、その存在がまったく違って感じられた。

毎年恒例の管内薬局点検の時期になった。ソン・イナは医療院前から蜘蛛の巣のように延びている、薬局の分布図を思い出した。点検事項を前もって知らせている、形式的な実査だった。免許証はよく見えるところに掛けているか、ガウンはきちんと着ているか、個人情報を扱う人には保安誓約書を書かせているか、麻薬類医薬品の管理台帳はすべて作成されているか、など。

外まわりが終わったら家に帰ってもよかったのだが、ソン・イナは医療院前から離れられなかった。近くの薬局前のベンチに座って、一時間ほど向かい側を眺めていた。信号が変わって車が止まると人が渡り、また信号が変わり人が止まると、車が通った。直進していた車が止まると、また別の車が左折し、信号が変わるとその反対に動いた。

遠くの方から女の人がベビーカーを押しながら、桜の木の下を歩いてきた。ベビーカーに乗った子どもは降りて歩きたいらしく、身をくねらせている。母親がベビーカーのベルトを外すなり、子どもはおぼつかない足取りで桜の木の下を走りまわった。母親は空のベビーカーを押しながら、子どもと一緒に歩いた。子どもは周りをきょろきょろ見まわしながら遊んだり歩いたりした。母親は足を止めては振り返り、子どもが来るのを待った。母親に追いついた子どもは、今度は自分がベビーカーを押すのだと、つま先立った。子どもがベビーカーのハンドルをつかむと、母親はその後ろで、ベビーカーと子どもを一緒に押した。そんなことを繰り返しながら、二人は蟻のようにゆっくりと桜並木の下を歩いていった。

医療院の前庭では、作業員たちが大きなハサミで松の木を剪定しているところだった。そのそばで、野菜を売っている老人がサンチュに霧吹きで水をかけていた。その前を馴染みのある番号をつけた江原道《カンウォンド》旅客市内バスが何台もゆっくりと通り過ぎ、信号は何度も変わった。花をつけた木は遠くの方に立ち並ぶ桜の木だけだったが、どこからか他の花の匂いが漂ってきた。

ソン・イナは黙禱するかのように目を閉じ、香りに集中した。ソン・イナが座っているベンチの向かいには、陟州医療院の葬儀場があった。葬儀場の裏の方には白いライラックが塊になって咲いていた。この時期に咲く花のうち、こんな濃い匂いを放つのはライラックしかない。香りはそこから漂ってきているに違いなかった。

　アーチ型の正面玄関には、葬・儀・会・館という四文字がアーチに沿って、一定の間隔をあけて書かれていた。その左側にある自動販売機の前で、黒い背広を着た喪主たちが熱いコーヒーを買っていた。彼らは少し離れた銀色の灰皿の方へと歩いていき、とてもゆっくりと煙草を吸った。黒い韓服《ハンボク》を着た、化粧っけのない女たちが、いそいそと出てきた。彼女たちが歩くたびに、裾からスニーカーが覗いた。止めてある車のサイドミラーを見ながら電話をかけている男がいるかと思えば、泣いている子どもと、その手を握った少年が一緒にコンビニに入っていったりもした。

　花輪をのせた車が十字路で信号を待っていた。やがて左折した車は、ソン・イナに後ろ姿を見せるようにして、医療院の方へとゆっくり向きを変えた。他にも誰か亡くなったのか、花屋の車が何台かそのあとを追った。車から下ろされた花輪は、いちばん上のリボンをアーチ型の天井に擦るようにして入っていった。三番目の花輪が入るとき、とうとうリボンが引っかかってしまい、運んでいる人たちは数歩、後退って斜めに傾けた。

　ちょうどそのとき——とソン・イナは心のなかで叫んだ。ちょうどそのとき、信号が変わった。それだけだ。信号が青になるなり、ソン・イナは腰を上げた。そして道を渡った。よそ見をせずに、まっすぐにアーチ型の玄関に入っていった。階段を下りて地下に行くと、焼香所の案内電光掲示板が見えた。一号室と二号室と五号室に焼香所が設けられていた。故人の名前と喪主の名前、出棺日と埋葬場所を知らせる文字が、右の方に流れていったかと思うと、また左から出てきた。ソン・イナはきょろきょろしながらトイレを探した。いくつかの花輪の前を通り過ぎたところにトイレの表示があったが、洗面台の前をうろうろしただけで、また階段を駆け上がった。

外に出ると待ってましたとばかりに、花の匂いがソン・イナを包み込んだ。ソン・イナは地下でずっと息を止めていたかのように、腰を曲げて大きく息を吸った。急にむせ返り、背後を振り返った。白いライラックが陽の光を吸い込んでは弾《はじ》き、目の前でゆっくりと揺れていた。冬に見たらあれがライラックの木だとは気づかないかもしれない、とソン・イナは思った。そして、少し泣いた。なぜ涙が出るのかわからなかった。医療院前の十字路を覆っているこの悲しみが何なのかわからないまま、ソン・イナは胸にかすかな痛みを感じた。

日が暮れようとしているらしく、光が一層、また一層と消えていった。ソン・イナはまた横断歩道の前に立って、さっきまで自分が座っていたベンチの後ろにある薬局を眺めた。白い正方形のなかに赤い文字で「薬」と書かれた、どこの薬局にもかかっている小さな看板に、ちょうど電気がついた。標識のように、ソン・イナはその文字をたよりに道を渡った。そのとき、薬局のなかにソ・サンファがいるのが見えた。

ソン・イナがなかに入るなり、ソ・サンファは驚いてカウンターから立ち上がった。「サンファさんがなぜここに?」「先輩がどうしてここに?」二人は同時にそう言った。

ソン・イナはようやく、ソ・サンファが提出した兼職許可の申し込み書を思い出した。たしか退勤後、薬局でパートタイムの仕事をしたいと書いてあった。その薬局がここだったのかと思い、ソン・イナは入り口のドアをもう一度見た。「中央薬局」という商号の下に、「病院処方調剤薬局」と誇らしげに書かれていた。

「薬剤師はいないの？　サンファさんが調剤してるんじゃないよね？　薬学部に在学中の学生が調剤するのは不法よ」

「わかってます。もしそんなことしたら、先輩に取り締まりを受けますよね。僕はただカウンターにいるだけです。在庫の整理を手伝ったり、薬を並べたり。それだけです」

ソ・サンファは公益の制服ではなく、ジーンズに藍色のTシャツを着ていた。私服姿の彼はずいぶんリラックスして見えた。町で見かけるごく平凡な大学生で、保健所にいるときよりも健康そうに見えた。一年後に兵役が終わればこんな感じになるんだなと思うと、ソン・イナは少し寂しくなった。

「エナジードリンク一本ください。バッカス〔エナジードリンク〕以外のものを」

聞き覚えのある声が薬局のドアを開けて入ってきた。パク・ヨンピル刑事だった。

「胃腸薬もね」

ソ・サンファがエナジードリンクを取ろうと後ろを向いた。

「サンファさん。薬剤師じゃない人が栄養ドリンク一本、売っちゃいけないのよ。早く薬剤師を呼んできて」

ソン・イナがそう言うと、パク・ヨンピルはソン・イナとソ・サンファを代わる代わる見つめた。

「そんなこと言ってたら、薬剤師はクソもしに行けないでしょうが」

パク・ヨンピルはケラケラ笑ったかと思うと、ソ・サンファが取ろうとしていたエナジードリンクを物欲しそうにじっと見た。

「ソン先生、おかしなことに私はこれを見ると胸が高鳴るんですよ。エナジーのせいですかね。いまこの町でいちばんホットな言葉、ご存知ですか？　まさにエナジーですよ」

ソ・サンファが薬剤師に電話をかけた。

「さっき葬儀に行って食べたスユク［ゆでた牛や豚の肉を薄切りにしたもの］のせいで、どうも胃がもたれてましてね。胃腸薬とあれと、混ぜて飲んでも大丈夫ですか」

パク・ヨンピルがソン・イナを見ながら尋ねた。

「いいえ」

「そうですか」

パク・ヨンピルはこくこく頷くと、またソン・イナの方を見た。

「さっきはなぜ入ってこなかったんです？　憎んだ歳月を思えば、菊の一本、置いてやればよかったのに」

ソン・イナは答えなかった。

「捜査自体を嫌がってましてね。息子娘ってのはそんなもんですかね。担当刑事の気持ちなんかおかまいなしだ。葬儀を済ませたら、年寄りひとりで暮らしていた家を処分して分けて、騒ぎを起こさず静かに終わらせたいと思っているようです。ま、可哀想なのは死んだ人ですよ。いつもながら」

「じゃあ、捜査はもう打ち切りなんですか」

そう訊いたのは、電話をかけ終わったソ・サンファだった。パク・ヨンピルは意味ありげにソ・サンファを上から下までじろじろ見た。

「ああ、この方があの有名な公益先生か。一度お会いしましたね」

パク・ヨンピルがソ・サンファに手を差し出した。ソ・サンファは少しためらってからその手を握った。

「遺族からなかったことにしてくださいと言われても、そうはできないんですよ、公益先生。人がひとり死んだんですよ。最後まで突きつめるべきでしょう、捜査ってのは」

そう言ってから、パク・ヨンピルはソン・イナの顔色をうかがった。

「……最後まで突きつめるまでもなく、結論が出ている場合もありますがね」

パク・ヨンピルが出ていったあとも、ソン・イナは自分がどんな表情をしていたのか知らなかった。薬局を飛び出した自分をソ・サンファが追いかけてきたとき、きっとふつうじゃなかったんだと思っただけだった。

「チャンチククス〔温麺〕、食べにいきましょうよ。ね？　急に麺が食べたくなって。薬剤師さんには今日だけ許可もらって出てきちゃった」

そう言ってソ・サンファは、ソン・イナを五十川《オシプチョン》沿いに引っ張っていった。さっき母親と子どもがベビーカーを押していた桜の並木道は夕暮れに包まれていたが、暗くはなかった。ソ・サンファはよっぽど麺が食べたいのか、早足で歩いた。ソン・イナは腕をつかまれたまま、ふと顔を上げると、両脇の街路樹をつなぐ桜のトンネルが嘘みたいに空を覆っていた。散歩に出てきた人たちが川沿いを歩いたり、バドミントンをしていた。自撮り棒を手に持って道の片側で写真を撮っている人もいれば、手に持ったアイスクリームが溶けて袖のなかに流れこんでいる子どももいた。ライラックの木は見えないけれど、どこからかずっと香りがついてきた。ソン・イナは散歩をしている犬のように、鼻をくんくんさせながら歩いた。二人は地面から噴水が出てくる公園に下りていき、そしてまた長い階段を上った。息を切らしながら上りつめたそこには、灯りのともった色とりどりの燃灯［提灯］がずらっと宙に浮かんでいた。ソン・イナは小さなため息をついた。

ソ・サンファは公園の片隅にある屋台にソン・イナを連れて入った。

「そっか。もう燃灯が飾られる時期ね」

ソン・イナは場所をとって座ったあとも、ぼんやりと燃灯ばかり眺めた。チャンチクスと焼酎が運ばれてきた。ソン・イナはずっと我慢していたかのように、焼酎を一気に二杯飲み干した。丹田から込み上がってきた熱気が、あっというまに首と耳の後ろを通って、頭のてっぺんにまで上った。悪くはなかった。

ソ・サンファはいかにもうまそうな音を立てて、鼻をすすりながら食べた。スープを飲むたびに、ソ・サンファの眼鏡が曇った。ソン・イナは眼鏡を外して食べたら、と言いたかったが、いつだったか、顔を洗うときも眼鏡をかけたままだと言っていたことを思い出し、言いだせなかった。

「先輩、いま僕の眼鏡が曇ってるのを見てます？」

スープもぜんぶ飲んで器を下ろしながら、ソ・サンファが言った。

「眼鏡をとったら、おかしな光が見えるんです。それが何かっていうと、嘘だと思うかもしれないけど、保育器の光なんです。僕、母のお腹のなかから予定より早く出てきたから。一カ月ぐらいかな、保育器にいたんだけど。そのときに見た光のせいで乱視がひどいんです」

「そのときに見た光がいまも見えるの？」

「はい」

ソ・サンファは手の甲で鼻の汗をさっとぬぐった。

「その光を見ると涙が出るんです。太陽を見たときみたいに」

燃灯の下でキャッチボールをしていた親子がとなりの屋台に走っていった。燃灯を吊るしたワイヤーが暗闇に埋もれているためか、燃灯は熱気球のように宙に浮かんで見えた。ソン・イナは、もう一杯酒をついで飲んだ。ソ・サンファがスマホを取り出して、電卓アプリを開いた。

「僕、真珠路《チンジュ》の方に薬局を開きたいんですよね。いつかお金が貯まったら」

「薬局？」

「はい。僕は自分の薬局を持ちたくて薬学部に入ったんです。製薬会社に入れとか、公務員になれとか言わないでくださいね。それだけは絶対に絶対にイヤだから。薬局の名前も決めてあるんですよ。〝サンファの薬屋〟」

「薬局をやってくのってね、大変なのよ。しかもこの陟州でしょ？　他の町をあたってみたら？」

「僕はこの町でやりたいんです」

「どうして？　ここが好きなの？」

「先輩はどうですか」

「わたしは好きじゃないのよ」

「でも戻ってきたじゃないですか」

「……」

「僕は先輩が戻ってきてくれてうれしいですけど」

ソ・サンファはそう言ってクックックッと笑った。何なの？　とまた心のなかでつぶやきながら、ソン・イナは電卓を覗いているソ・サンファの頭のてっぺんを見つめた。

「医療院の辺りは高すぎるし……陟州郵便局の方だったら少しはマシかな。保証金を三千万ウォンとして、権利金も二千から三千万ウォン。内装費は八坪だから一千万ウォン以内にして」

「八坪は狭すぎるでしょ。せめて十二坪ね」

「サンファの薬屋は八坪で充分なんです。なくてはならないものだけ売る薬屋だから」

ソ・サンファは電卓に数字を入力し続けた。

「浄水器とエアコンを設置して、錠剤用器具に……軌道に乗るまでは一年分の賃貸料を余分にキープするとして、初めに買う薬代と……」

そしてソ・サンファはため息をついた。

「余裕を持って一億ウォンはないと、薬局どころか何も始められないなあ。先輩、僕が一億ウォン貯めるのにどのくらいかかると思います？」

「……」

「休学してるから、あと二年大学に通わないといけない。卒業まであと三年だから……二十七歳で薬局に勤めたとして、生活費を除いて、ひと月に百五十万ウォンずつ貯蓄をしたら、かける十二で……」

ソ・サンファは果てしなく電卓をたたいては、ため息をついた。

「サンファさん、病院を通さないと薬局は成り立たないのよ。知ってるよね？　病院のある建物に入るとなると、病院に握らせる支援金だけでも一億ウォンよ。しかも手数料を取るだけ取って裏切る薬局ブローカーなんて、いくらでもいるんだから。一億ウォンあっても無理よ」

ソ・サンファがソン・イナをじっと見つめた。

「大学の授業料を出してくれてる人たちがいるんです」

「……」

「だから卒業したら早く仕事見つけて、少しずつでもその人たちに返さないといけないんです。……自由になるためには」

そう言いながらソ・サンファは屋台の外に目をやった。ソ・サンファをこんなに間近で見るのは初めてだった。強情な眼鏡のフレームに隠れたまつ毛がやけに長かった。頭の形もよかった。ソン・イナはソ・サンファは黙っている方が、人前でにぎやかに話すときよりももっと自然に見えた。ソン・イナはソ・サンファの横顔を見ながら、眼鏡を外すという行為は、もしかしたら彼にとっては武装解除を意味するのかもしれないと思った。

「高校のとき、春川《チュンチョン》の伯母のところに何日か遊びに行ったことがあるんですよ。そのとき従兄《いとこ》と中島《チュンド》に行ったんだけど、ちょうど薬剤師会の人たちがボランティアで来てて、キャンペーンみたいなことをやってたんです。僕、もともと薬学部志望だったから、面白そうだなあと思って近くをうろうろしてたら、ある薬剤師のお姉さんが……僕を呼んで、黄砂がひどいからこれしなさいって、マスクをくれたんです。他にもうちわとか、絆創膏とか」

「いいお姉さんね」

「夕方だったかな、その人たちがブースを片づけてたから、僕は従兄と一緒に手伝ったんです。そしたら僕たちの話を盗み聞きしてたみたいで、そのお姉さんが僕に、どこの高校？　って訊くんです。だから陟州高校です、って答えたら」

ソ・サンファがコップに水を入れて飲んだ。

「そしたらそのお姉さん、何て言ったと思います？　『あたし、陟州が嫌いなのよね』だって。あのときはほんと、ショックだったなあ。まるで『あたしはあんたが嫌いなのよね』って言ってるみたいで」

「悪いお姉さんね」

「そう。ところが保健所に初めて来た日、そのお姉さんとそっくりな人がいたんですよ。ワクチンを焼却した写真をプリントアウトしてたの、覚えてます？」

おそらくソン・イナがワクチンの廃棄報告書を書いた日だろう。その日のことは覚えていなかったが、小正月祭りでソ・サンファを見たことは記憶している。ソン・イナが陟州に戻ってきて三カ月ほど経った、昨年の初めだった。小正月祭りの会場で数日間、保健所の広報ブースを出展していたときだった。くじ引きを行うために用意しておいた箱がなくなって困っているときに、誰かが即席麵の段ボール箱を拾ってきて、隅の方で静かに抽選箱を作ってくれた。健康増進課の職員たちが「誰だ誰だ」と騒ぎはじめたので、キム・スニョンが誇らしげに言った。「新しく入った公益さんよ。うちの《ウリ》公益さん」

その日はとりわけ寒くて、会場にいる職員たちはみな温水タンクのそばから離れようとしなかった。ソン・イナにとっては、それがソ・サンファと初めて会った日だった。ソン・イナはその日のことを思い出しながら、おでん［串に刺した魚のすり身］を二本、汁に入れて持ってきた。さっきまで燃灯の下で遊んでいた人たちは家に帰ってしまったのか、姿が見えなかった。夜の空気はまだひんやりしていたので、汁で体が温まった。

「この前の男の人。会食のあった日に、オラ港で一緒にいた」

ソ・サンファは、ソン・イナがユン・テジンと一緒にいたのを見たのだろう。

「選挙管理委員会で公益をやってる友達がいるんですけど。そいつに会いに行ったとき、見たような気がしたから。親しいんですか」

「親しいかって？」

ソン・イナは腰を曲げて笑った。

「ふられた。ずいぶん前だけど」

「ああ……」

ソ・サンファがこくこくと頷いた。

「何よ、ああって」

ソン・イナはティッシュを取り出して、ソ・サンファに投げた。二人は一緒に少し笑った。

「〝ヌナ〟［お姉さん。男性が年上の女性を親しみをこめて呼ぶときに使う］って呼んでもいいですよね？」

「よくない」

「ええ、どうして？」

ソン・イナはグラスに残っている酒を飲み干し、立ち上がった。

「わたしはこの町が嫌いだから」

*

朝早く電話をかけるのは、たいてい夢の話をしたいからだ。ソン・イナは午前十時前に母親から電話がかかってくると、わざと出なかった。「昨夜《ゆうべ》の夢にお父さんが出てきたのよ」。出勤前にそういう話を聞くと、一日がつらかった。再婚後も、母は年中行事のように夢のなかで前夫に会っていた。今年の春になってその回数が増えた。イ・ヨングァンが死んだことは話していなかった。「イナ、あんたのお父さん、あたしたちに何か言いたいことがあるんじゃないかしら」「イナ、あんたが陸州に戻ったのを、お父さんが知ってるみたい」

六件も着信があったが、ソン・イナは気にも留めず午前中は会議をし、外まわりをする準備をした。

「とうとうこの日が来たか。サンファさん、彼女のこと、よろしくね。応援に何かあげるものないかな？」

キム・スニョンがきょろきょろしながら机の上を見渡した。イ・チャンギュ係長はモニターばかり見て、特に何も言わなかった。彼は初めから訪問服薬指導というものを、あまりよく思っていなかった。薬の服用については、指導セミナーやキャンペーンを何度か行うくらいで充分だと思っていた。長いあいだ薬剤師のいない予防医薬係を率いてきたイ係長としては、当然のことだった。ただ、それだけではなかった。ソン・イナに対するイ係長の態度には、何かしら「不満」のようなものがあった。ソン・イナは特に気に留めていなかったが、直属の上司がどれだけ応援し、力になってくれるかは、新しい業務を始めるにあたって思いのほか重要なことだった。

ソン・イナは訪問車のプライド［起亜自動車が生産していたサブコンパクトカー］の運転席に乗った。助手席にはソ・サンファが座り、看護師のホ先生が後ろに座った。ソ・サンファは浮かれた声で湾岸道路を通っていきたいと言ったが、ソン・イナはいちばんの近道を走った。雨上がりで風が強かった。

「まだちゃんと見てないのに、もう散りはじめたのね」

ホ先生は窓に肘をついて言った。木蓮の花はもう散り、若草色だったイチョウの葉は緑がかっていた。ソメイヨシノの並木道では窓に花びらが舞ってくるので、ソン・イナはワイパーをつけたままにしていた。交番の前を通り、オラ港が近づいてくるにつれ、向かいの方にユリ谷が見えた。山の斜面のあちこちに色褪せたスレート屋根が散らばっており、その合間を坂道がジグザグに縫っていた。

ユリ谷の入り口にある敬老堂の前に車を止め、三人はリーフレットや道具を持ってなかに入った。長いあいだこの地域を担当してきたホ先生は、老人たちと挨拶をし、親しくなければ訊けないような安否を尋ねた。生涯、漁師として生きてきた彼らは、陟州市の町対抗綱引き大会ではいつも優勝するほどの力持ちだったが、体のあちこちが壊れていた。

敬老堂を出ると、避難用の黄色い表示板が見えた。表示板の矢印が差す方向を見ながら、三人はユリ谷を上っていった。道はだんだん急傾斜になり、狭くなった。石垣の上に建てられた家々は、門のすぐ前が道だったり、下の家の屋根だったりした。魚を干した紐が家と石垣のあいだをつないでいて、そこに時折猫が現れた。坂道を上っている途中で振り返ると、防波堤と石灰山の彼方に、一点の濁りもない東海《トンヘ》が広がっていた。

百六十戸あまりの集落であるユリ谷には、ひとり暮らしの老人や外傷患者が多かった。傾斜のきつい坂道は、若い人でも上り下りするのが大変なので、冬になって道が凍ってしまうと老人たちは外に出なかった。ホ先生と一緒に見知らぬ人間が入ってくるのを見て、老人たちはあからさまに警戒した。ホ先生の助けを借りて今回の趣旨を説明すると、しぶしぶ薬箱を開けて見せた。五軒まわって残りあと一軒というとき、ソン・イナは口のなかが乾き、足が震えた。廃医薬品の回収箱を持ってついてきていたソ・サンファは、一軒ごとにミネラルウォーターを配った。最後の家はユリ谷の端にあった。ホ先生が入り口の戸をたたいても、なかからは何の気配もなかった。

下の方ではそよそよ吹いていた風が、ユリ谷では強風に変わり、頬が痛いほどだった。錆びついた倉庫の鉄門はがたがた音を立てており、足元ではビニール袋が舞った。最後の家の老人はまめな人なのだろう。庭の片隅には青々としたサンチュとネギが、ゴムの容器には唐辛子が何本も植わっていた。そのそばでゴマの葉に似た野菜が紫の花を咲かせていた。

「こんにちは。入りますよ」

ホ先生が戸を開けた。なかに入るなり、まず最初にソン・イナの目に留まったのは、古びた冷蔵庫のドアに貼ってあるトムとジェリーのシールだった。シールはずいぶん古いものなのか、剝がれかかっていた。他にも似たような物があった。トイレットペーパーのホルダーは三つ編みを左右に垂らした女の子の顔で、物干し竿の下にあるスリッパは、毛が抜ける前は可愛かったであろうライオンの形をしていた。もしかすると、正月などにやってくる幼い孫娘のために買ったものかもしれない。孫娘はもう高校生か大学生になってしまって、いまでは祖母の膝に座ることも、風の吹き荒れるこの家に遊びにくることもなくなったのかもしれない。

老人は寝ていたらしく、座ったままで部屋のドアを開け、入ってこいと手招きをした。部屋はこぎれいに片づけられていた。老人は小柄で痩せており、年寄り特有の匂いに、ナフタレンの匂いがかすかに重なった。布団のそばの盆には、やかんとコップと、薬袋が散らかっていた。

ホ先生が老人の血圧を測っているあいだ、ソン・イナは老人が出してきた薬箱を調べた。レモナ［ビタミン剤］の黄色い缶のなかには、製造年月が一九九七年のフェスタルと、青いカビの生えたケボリン［鎮痛剤］が入ったままだった。潰れたカプセル剤が漏れた軟膏とべとべとに絡み合って、ひどい臭いがしていた。薬はバッカスの箱にも入っていたし、薬局の紙袋に入ったままプラスチックケースのなかにもあった。病院で処方されたものではなさそうなステロイド剤が多く、ジアゼパムなどの向精神薬《こうせいしんやく》もいくつかあった。有効期間が五年を過ぎたものも多かった。

「おばあさん、この血圧のお薬、食後にいつも飲んでるんじゃないですよね？　これは一日一回だけですよ」

「そんなこと知るかい。痛くなったら飲んでるよ」

膝が疼いたら飲む薬、首筋が引きつって痛いときに飲む薬、胸が苦しいときに飲む薬……老人たちにとって薬は、そういうふうに区分されているようだった。ただ、薬は必ず食後に飲むということだけは守っているらしく、ひと口でもご飯を食べてから飲んでいるのは幸いといえば幸いだった。その代わり、一日に一、二回だけの場合は、服用時間がほとんど守られていなかった。服用中の薬を見ると、老人は高血圧と関節炎と椎間板ヘルニアと白内障とうつ病を患っており、それらの薬を一度に飲んでいた。

「先輩、これってバイオックスですよね」

薬箱を一緒に調べていたソ・サンファが言った。ソ・サンファがバッカスの箱の奥から取り出した薬は、二〇〇四年に販売中止になった関節炎の治療剤だった。

「おばあさん、このお薬、いまでも飲んでるんですか。副作用がひどいので、絶対に飲まないでください。亡くなった人もいるんですよ」

すると老人はさっと薬を奪い取った。

「これはよく利くんだよ。つべこべ言わずに、用がすんだらさっさと帰っておくれ」

老人は薬を腹のなかに隠した。ソン・イナは薬を奪おうと老人の腕をつかんだ。老人は腕を交差させて体を抱え込み、身動きしなかった。ソン・イナは老人の腕を解こうとますます力を入れた。小柄な体からは想像もできない力で老人は踏ん張った。二人は力ずくで争った。

「先輩、落ち着いて。あとでゆっくり話しましょう」

ソン・サンファが二人をやめさせた。ソン・イナが一歩下がって息を整えているときだった。老人が床にあった盆をつかんだかと思うと、ソン・イナをめがけて投げつけた。グラスは箪笥の方に飛んでいって割れ、やかんはソン・イナの肩と背中を濡らして転がった。

「ああ、大丈夫ですか。このおばあさん、感情の起伏が激しいんです。人は悪くないんだけど……」

ホ先生は途方に暮れたまま、老人を押さえた。老人も盆を投げた自分に驚いたのか、泣きそうになりながらその場に倒れ込んだ。

「なんてこった。病弱な年寄りに薬を持ってくるどころか、取り上げるなんて。その薬があるから、あたしは一日を安心して暮らせるんだ……。それがなけりゃ、痛くて眠れないんだよ……」

ソン・イナは濡れた体を震わせながら、老人を見た。やがて老人が同情心に訴え油断している隙に駆け寄って、腹のなかに隠したバイオックスを無理やり取り上げた。そして後ろを振り向いたときだった。狭い部屋に、老人の氷のように冷たい声が鳴り響いた。

「おまえは、親も亭主も子どもも殺しちまうような女だ」

ソン・イナは立ち止まり、ゆっくりと老人の方を振り返った。

「包丁で内臓を刺されても、一滴の血も流さない女め。雑魚《ざこ》にも劣る腐った女め。おまえのような女は、親も亭主も子どもも、みーーーーんな殺してしまうだろう」

老人はソン・イナの目を真正面から見据えて、そう言った。その言葉はフィルターを通さず、そのままソン・イナの体のなかに吸収された。ソン・イナは身動きもできないまま立ちすくんでいた。数秒後に、体が反応した。無防備のまま、ぼろぼろっと涙が流れた。口は開いたままで、息もできなかった。ソン・イナは有効期間の過ぎた薬を手当たりしだいに拾って、廃医薬品の回収箱に放り投げた。涙で光る顔を拭こうともせず、これ見よがしに薬を分けた。ホ先生が興奮した老人を外に連れ出した。

老人が出ていったあとも、部屋のなかは熱気でむんむんしていた。あたかも台風が過ぎ去ったあとの浜辺のように、床は足の踏み場もないほど散らかっていた。ソ・サンファが部屋の戸を開けた。遠くの方に海が見下ろせた。戸のすぐ前は絶壁のような石垣で、海には漁船一つ浮いていなかった。

ソ・サンファはガラスの破片を拾い、床を拭いた。ソン・イナは箪笥のそばに座り込んで、部屋の外の海と、部屋のなかで動いているソ・サンファをぼんやりと見ていた。片づけ終わったソ・サンファは、薬袋に投薬シールを貼り、服用量と時間を書いた。そして持ってきた箱とかごのなかから薬を取り出し、「陟州市保健所」と書かれた救急箱に、それぞれ種類別に入れた。

薬袋がカサカサと音を立てた。他のどんな音とも違う、紙の袋がくしゃくしゃになる音だった。ソン・イナはその音を聞きながら、夜になると漆黒に包まれる外の海を思った。ひと晩じゅう吹いてくる風についていても、絶壁の果てにある家でひとり耐えるしかない痛みについても。そのたびに、老人が吐き出した呪いの言葉が胸を引き裂いた。

先に帰っていいからと渡した車のキーをソ・サンファはホ先生に返して、ソン・イナについてきた。ソン・イナは防波堤の方へと歩いていった。ユリ谷からできるだけ遠く離れたかったので、ユリ谷を背にして、割腹場を通り灯台に向かった。ソ・サンファが十歩ほど後ろを黙ってついてきた。しばらくして灯台下のベンチに座ったとき、ソ・サンファがビニール袋から靴下を取り出した。

「靴下、濡れちゃったでしょ」

途中で店にでも寄ったのだろう。長めの黒い靴下だった。

「女性用がなかったから……」

ソ・サンファが頭をかいた。ソン・イナは濡れた靴下を脱ぎ、新しい靴下をはいた。

陽の光が近くまで下りてきた。春の真っ只中なのか、もう終わろうとしているのか、見当もつかない天気だった。右側に座ったソ・サンファの肩ごしに、真っ赤に焼けた灯台が見えた。さざ波は限りなくきらめく光をのせ、テトラポットを巻きつける波の音は竜巻のように荒々しかった。ソン・イナには、その二つが同じ海のものだとは思えなかった。

「ねえ、サンファ」

そう呼ばれてソ・サンファは、少し長いあいだソン・イナを見た。

ソン・イナはまた胸が張り裂けそうになった。

「……こんなことしちゃいけないよね」

声が震えていた。じっとソン・イナを見ていたソ・サンファが、腕を伸ばしてどこかを指さした。ソン・イナはその指のさす方を見た。静物のように佇《たたず》むユリ谷の坂道と、テレビ塔を頭にのせたゾウ山が見えた。ソ・サンファが指さしたところは、ユリ谷とゾウ山をつなぐ山の中腹だった。ソン・イナはそこに立ってこちらの海を見下ろしている大きな像を見た。ゾウ山の方にもユリ谷の方にも、その像は完全な姿を見せてはいなかった。海に出なければ全身を見ることはできない。

ずっと昔から、病気の人たちの祈りの場所だったところ。陟州に大勢の人を呼び寄せたところ。ソ・サンファが見ているのは、陟州で育った子どもなら一度は絵に描いたことのある薬師如来像だった。

日が暮れはじめ、割腹場にかかった雲が色を変えた。赤い雲は波のような速さでゾウ山を越えていった。灯台に灯りがともったのを合図に、テレビ塔も明るくなった。続いて、ユリ谷の家々にもぽつぽつと電気がついた。陽の光が消えるにつれ、如来像もしだいに暗闇のなかに姿を隠した。ソン・イナは、自分とソ・サンファの姿が点のように小さくなっていくのを感じながら、どこからどこまで続いているのかわからない彼方の暗闇を見つめた。

二章

スタート地点は公設運動場だった。運動場わきの国道に沿って走り、しばらくして左折すると峠道にさしかかる。学校から出発する日もあった。陟州《チョクチュ》高校からそのまま校洞《キョドン》路を走っていくと、ずっと向こうの方に峠の入り口を知らせる坂道が見える。広津《クァンジン》海岸に行く近道でもあるその未舗装の道は、自転車を走らせるのにちょうどよかった。でこぼこ道を上ったり下りたりしていると、マウンテンバイクに乗っているような気分にも浸れ、下り坂を走りながら、学校ではとても出せないような奇声を発した。山のなかを上ったり下りたりしているときに、ふと顔を上げると、目の前に海が広がっていた。汗びっしょりになって、荒い息を吐きながら山のなかで海を眺める時間だった。

ユン・テジンはいまでも毎晩、その道を走った。あるときは陟州公設運動場から、またあるときは陟州高校から。山のなかは真夏で、制服は汗で濡れている。蟬や夏の虫の鳴き声が耳をつんざく。自転車のブレーキを調節しながら、ユン・テジンは危なっかしく下り坂を走る。鼻の下につく湿気の半分は、海から吹いてきたものだ。首をかすめる風も半分は海から来たものだった。自分がまだ山のなかにいることを教えてくれるのは、耳のなかを埋め尽くす虫の声だけだ。坂道を走っている途中で、ふっと宙に浮かぶ。浮かんだまま考える。このまま飛んでいったら、海に着くかもしれない。しかし、自分が着地するところが海ではないことを、ユン・テジンはよく知っていた。知っていてもその道を走るのをやめられない。その瞬間を思い出すこともやめられない。

首筋と腕、両肘を何かにつかまれたまま、ユン・テジンは眠りから覚めた。黒い人工皮革のソファだった。体をつかんでいた黒い塊が他でもないソファだということに気づくまで、時間がかかった。仰向けになって天井を見ていたユン・テジンは、腕を少し動かした。腕はソファにくっついて離れようとしなかった。蒸し暑くなってきた証拠だった。

そばのテーブルにはマッコリ数本と、フライドチキンの骨が散らばっていた。マッコリの肴に甘辛ソースをからめたフライドチキンを出前して食べるのが、事務局長は好きだった。昨夜《ゆうべ》も酒に酔いつぶれた事務局長がマッコリを買って戻ってきた。まだ事務所に残っていたユン・テジンはチキンの出前をたのみ、事務局長はそのチキンを貪りながら、郷友会の誰それがどうだのと話した。ひと月に三、四回はあることだった。

ユン・テジンは肘に力を入れて、少しずつ体を起こした。ねっとりとした音とともに、半袖シャツから出た腕がソファから離れた。ユン・テジンが動くたびに、ソファは生き物のように反応し、音と匂いを放った。そんなとき、ユン・テジンは自分が陟州で最も憎悪しているのはこのソファではないかと思うのだった。老いた男たちの真っ黒な尻と、かしましい中年女たちの尻、飲み屋で何時間も居座ってきた事務局長の尻、どこの便器でどんな分泌物をつけてきたかもわからない尻たちが、数知れず座っては出ていくこのソファで、ユン・テジンは顔を埋めて眠るのだった。

ユン・テジンは壁に掛かった扇風機の紐を引っ張ってから、またソファに座った。脇の下は汗で濡れており、胸の動悸が速くなった。暑くなってくると、二週間に二、三回は、結膜がうっすらと充血した。机の上の薬を取りに行こうと思ったが、体があんまり重いので、ソファに座ったまま深呼吸をした。会議机の上に新聞がきれいに畳まれているのを見ると、事務局長は新聞が配達されてから家に帰ったのだろう。事務室の隅から隅まで見渡しながら、目が馴染んでくるのを待った。ユン・テジンの机から事務局長の机、事務員の机を通って、簡易キッチンと冷蔵庫が見えないように仕切られたパーティションのあちらに、ジャージャー麺の跡なのか、土の跡なのかわからないシミがついていた。入り口ドアの両側に置かれた青い蘭の鉢植えだけが現実感を欠いていた。

ユン・テジンはコーヒーを淹れたあと、生ゴミ袋を持ってきて、テーブルの上のフライドチキンの骨を流し入れた。イベント案内状を隅に片づけ、マッコリの容器を床に置くと、テーブルのガラスに差し込まれた写真が二枚、露わになった。六、七人の男が山登りをしたときの写真だ。自分が若い頃、議員と一緒に写したものだと言って、いつだったか事務局長が持ってきたのだ。

ユン・テジンはテーブルにくっついているソースをウェットティッシュで擦《こす》った。見るたびに釈然としない気持ちだった。片方の写真は竹嶺《テッチェ》を背景にしており、もう一枚は頭陀山《トウタ》の頂上で撮ったものだった。登山服の色も、夏山の色もすっかり褪せていた。写真に写っている男たちのなかでユン・テジンが知っているのは議員と事務局長だけだった。おそらく頭陀山岳会ができたばかりの頃だろう。ということは二十世紀半ば頃だろうか、と想像するだけだった。そろそろ登山のスケジュールを決めなければならない。ユン・テジンはソファの向かいの壁を覆っているホワイトボードを見上げた。そこに来月の予定をぎっしりと書き記したのは昨日のことだった。ユン・テジンは自分の机に戻って、パソコンの電源を入れてから、窓を一つひとつ押し開けた。

饐《す》えたマッコリと、甘酸っぱいソースの匂い、そこになんとも言いがたい黒革の匂いが混ざると、どんなに風通しをよくしても匂いがこもった。毎朝九時になると押しかけてきて将棋盤を広げる在郷軍人会の年寄りたちは、そんな匂いに敏感で、口うるさかった。

ユン・テジンは、何週間も主が留守にしている議員室の窓もみんな開けた。事務局長が欲しがっている胡蝶蘭が、応接テーブルの中央でまっすぐ伸びていた。ユン・テジンはテーブルとソファの前を通って、議員の机の後ろ側にまわった。机の横にある靴置き台に、革靴とスニーカーと登山靴がずらりと並んでいた。机と向かい合ったドア側の壁には、「陟州東海碑《チョクチュトンヘ》」の影印本の書刻が掛かっていた。海の災害から守ってもらえるようにと民衆の祈りが込められた「東海頌」が刻まれた碑文だった。そこに見られる「神秘な呪術性」「哲学的な文章」などの修飾語は、いかにも議員が好きそうなものだった。

ユン・テジンは、議員室の右側の壁を覆っている陟州市全図の前に歩み寄った。彼は誰もいない議員室でその地図を見るのが好きだった。事務局長が欲しがっているのが蘭の鉢植えだとすると、ユン・テジンが狙っているのは地図だった。ユン・テジンはよく、ホワイトボードと地図の位置を入れ替えたい衝動に駆られた。

チェ・ハンスは昨年、議員に当選してから、一週間の半分以上を地域区の事務所にこもっていた。ここ数週間は陟州に帰ってきていない。おかげで自称、議員の代理人である事務局長があちこちの行事に駆り出されていた。ユン・テジンは、東海碑のとなりに掛かっている広報用のスナップ写真を見た。オラ港の漁場で魚を見ているチェ・ハンスの写真だった。チェ・ハンスは、市民たちと握手を交わしながら豪快に笑っているものより、何かをじっと見ながらほほ笑んでいる写真の方が気に入っていた。実際、彼にはその方が似合っていた。笑うとひときわソフトな印象を与える五十代半ばの男を、ユン・テジンは複雑な気持ちで見つめた。とりわけ山登りが好きで、陟州市民たちとの絆を大切にし、宗教的な言葉に惑わされやすい男。政治家でなければ、人のよさそうな印象を与えた。ユン・テジンは振り返って窓の方へ行った。

事務所に泊まった翌日は、早朝からいろいろな音が聞こえてくる。対角線上に見える陟州郵便局は、まだシャッターが下りたままだった。ユン・テジンは十字路を囲むようにして立ち並ぶ建物の看板を、わけもなく一瞥した。ロッテリア、三星《サムスン》デジタルプラザ、アカシアビリヤード倶楽部、ジョッキジョッキ、東海舗装建設、大韓時調協会陟州市支部、陟州女子高同門会、三陽炭火カルビ……。その後ろと横に重なるように並ぶ古いビルには、まだ看板がつけられていなかったが、いつかに備えて動いている人たちがいるはずだ。ユン・テジンはその動きを感じ取ろうとでもするかのように、窓枠に指をあてて目を閉じた。

煙草を吸いたくなった。

だが、すぐには吸わない。

すぐに動いたりもしない。

したいことを我慢する。したいけれど我慢する——そんなときに味わう、少し苦痛な満足感をユン・テジンはよく知っていた。それはユン・テジンが自分よりも劣る人間たちに優越感を抱く、唯一の瞬間でもあった。

*

焼きタコの店からは、鳳凰《ポンファン》モーテルの裏口が見下ろせた。パク・ソンホはもう三十分ほど、そのモーテルを建てたときの話をしていた。兵役を終えた年の秋、建設作業のバイトで煉瓦を運んだところが鳳凰モーテルだというのだった。イ・ヨファンと二人で会うはずの場所にパク・ソンホが姿を現したとき、ユン・テジンは、どうやら今日は家に帰れそうにないなと思った。同級生のよしみで、飯でもどうだ、酒でもどうだ、と言ってくるパク・ソンホを、ユン・テジンはこれまで頑なに拒んできた。

「ウリジュンギ［うちの重機（ジュンギ）］……？」

パク・ソンホが差し出した名刺の裏表を見ながら、イ・ヨファンが言った。

「……ソン・ジュンギのファンクラブか何かか？」

「おまえ、どっかのばばあみたいなこと言うな。ま、それが面白いから、名刺にいちいち説明してないんだけどな」

パク・ソンホはタコを一匹、丸ごと網の上にのせながら、ユン・テジンとイ・ヨファンを交互に見つめた。

「よく聞けよ。〝ウリジュンギ〟が誰だか教えてやるから。スキッドステアローダーだろ、スクレイパーにクレーン、フォークリフト、油圧ショベル――。俺は近頃、こいつらに食わせてもらってるってわけさ。校洞《キョドン》から社稷洞《サジクトン》まで、二年にわたる下水道工事が始まっただろ？　マンホール用のポンプ場はうちに任せてほしいって言ってくるところがあるわ、そこの弓鼻の社長が昨日、土産を持って俺のとこに訪ねてくるわ。びっくりだぜ。あんなモーテルを建ててたこの俺にだぞ。おまえだってそうだろ？　予想してたか？」

パク・ソンホはトングを持った手をユン・テジンの方に振りまわしながら、ヘラヘラ笑った。

「そうだ。俺たち高三のときの担任、おぼえてるか？　若い頃に女房が病に伏せってて、自分が看病したとか言ってた。雨が降る日はいつも死んだ女房の話をしてたじゃないか。そのあとは決まって俺たちを殴った」

「ああ、おぼえてるよ。陰気な顔してさ」

パク・ソンホが秘密の話でもするかのように身を屈めた。

「このまえタンポポ老人ホームの前を通ったらさ、一人の爺さんが杖をついて前庭をうろうろしてやがるんだ。よく見ると担任なんだよ。だから行って挨拶したら、おまえのことを訊くんだ。あいつは元気にしているか、って」

ユン・テジンはパク・ソンホが何を言おうとしているのかわかるような気がした。イ・ヨファンがユン・テジンのグラスに酒をついだ。

「で、おまえの名刺を見せてやったのよ。ほら、このまえの説明会のときにもらった」

パク・ソンホがイ・ヨファンの方に体の向きを変えて補足した。

「先月、文化芸術会館で大事な説明会があってさ。妨害するやつらのせいで、警察より俺たちの方が苦労したぜ。そこにこのテジン君が来てたってわけだ」

パク・ソンホは口を動かしながら、タコの足を慣れた手つきで切った。それからニラキムチを運んできた店の女主人に、娘は試験勉強をしているか、姑の手術の日取りは決まったか、などと言って常連風を吹かせた。

パク・ソンホは兵役に就いているとき以外は、陟州を離れたことがなかった。親は早くして病に伏し、勉強もできなければ手に職があるわけでもない、だからてっきり一生金には縁がないものだと思っていたが、辛抱して働いているうちに道が開けてきた、というのがパク・ソンホ本人の言い分だった。

パク・ソンホは手作りの料理でもてなすかのように、ユン・テジンとイ・ヨファンに味つけされたタコを焼いてやった。その一方で、陟州がどれだけ変わったのかについて話し続けた。慶尚道《キョンサンド》と江原道《カンウォンド》の方言を半分ずつ混ぜたような、陟州特有のイントネーションがパク・ソンホの話し方にそっくり残っていた。

「担任は目が悪くて名刺が読めないんだってさ。だから俺が一句一句読んでやったよ。ソウル特別市、永登浦区《ヨンドゥンポ》、汝矣島洞《ヨイド》1番地、国会議員会館、四〇一号ってね。ユン・テジンは国会事務所で給料をもらっている。おたくが昔、その目は何だといたぶっていた、あのユン・テジンではありませんってね。いまは陟州でくすぶってるけど」

パク・ソンホがトングとハサミを置いて、ユン・テジンの顔をじろっと見た。

「それはそうと、あのとき担任が懲戒処分になったのはおまえの仕業だって噂だが、本当か？」

「本当だ」

ユン・テジンがグラスを下ろしながら言った。

「は……こいつ、顔色一つ変えずに認めたぞ」

パク・ソンホは口を開けてユン・テジンを見ていたが、またイ・ヨファンの方に向き直った。

「ほんとに怖いのは、こういう執念深いやつなんだよな。気に食わないことがあると、いつまでも根に持つ。隙をうかがっては、とことん痛い目に遭わせるんだ」

「担任は当然の仕打ちを受けたんだよ。あの頃のテジンに、その目は何だ、なんて言う方がおかしいだろ」

イ・ヨファンがそう言うが早いか、パク・ソンホがテーブルをたたいた。

「まったくだ。テジンがコール湯《タン》に落ちたのを、担任が知らなかったはずがないしな。だろ？」

パク・ソンホが嫌味な笑みを浮かべて、ユン・テジンに一杯勧めた。

「正直、おまえのこと知ってる人間はみんな心配してたよ。ユン・テジンは陟州でも指折りの秀才だったからなあ。あのとき事故さえなければソウル大学に行ってたね。おまえは学年でトップ、俺は四九九番。人の運命ってのはわからないもんだ」

ユン・テジンは、自分がなぜプライベートでパク・ソンホに会うのを避けてきたのかようやくわかった。彼は、俺の手で殺されたいかという顔でパク・ソンホを見つめた。俺の前でコール湯の話をするとはいい度胸だ、と思いながら。

「ひょっとして、花輪はおまえが送ってくれたのか？」

パク・ソンホがユン・テジンに真正面から喧嘩をふっかけるのを見て、イ・ヨファンが話題を変えた。

「聞いたこともない団体から送られてきたのがあったんだ。従兄《いとこ》が誰からだろうって言うから、俺の友人だって言ってある」

花輪？　ユン・テジンは考えた。友人の叔父に送る花輪に、自分の名前を明かさないはずがない。

「それはそうと、おまえの叔父さん、なんでまたあんなことに」

まさにそれが知りたかったとでもいうふうに、パク・ソンホがすかさず低い声で尋ねた。

「こっちが知りたいよ」

イ・ヨファンは手のひらで顔を撫でた。ユン・テジンもまた物言いたげに、イ・ヨファンの空になったグラスに酒をついだ。

「叔父の家に何カ月か居候していたけど、俺は朝早く家を出て、寝に帰るだけだったから。正直言って、咳の音しかおぼえてないな。ほら、あるだろ？　肺のなかで石の粉が本当に舞ってるような音。聞いてる方まで頭がおかしくなりそうさ。まあでも友だちもいるし、保健所だか老人クラブだかに通ってるみたいだったから、特に心配はしてなかったんだけど」

ユン・テジンは地方新聞に小さく出ていた記事を思い出した。お悔やみ欄に死因は服毒だと書かれていただけで、それ以外の記事はなかった。

「いつだったか仕事に出かけようと思ったら、まだ起きてるんだよ。耳元でずっとファンがまわる音がして眠れないって。精神安定剤だか睡眠剤だかを町の薬局で買い込んできてた。それから亡くなる一週間前だったかな、会わないといけない人がいるから保健所に連れてってくれって。保健所ならいつも行ってるのに、改まって何だろうって思ったけどね」

「いったいどこのクソ女がマッコリに毒を入れたんだ?」

パク・ソンホがニラキムチを挟みながら言った。パク・ソンホは相手が誰であろうと、女に対する罵りの言葉を吐いた。

「家族は大げさにしたくないと思ってる。生きているのがつらいから毒を入れて飲んだんだろうって。正直、35鉱区のことがあってから、ずっと体調よくなかったから」

イ・ヨファンが35鉱区と言うなり、話が途切れた。

「35鉱区で事故があったの、もう二十年も昔だよな」

「十八年前だ。俺たちが高三のときの夏だから」

「ヘリコプターが飛びまわってたよな。あのとき、35鉱区でいったい何があったんだ?」

だが、それに応えられる人は誰もいなかった。会話はふたたび途切れた。ユン・テジンとイ・

ヨファンとパク・ソンホは、それぞれ無言で酒を飲み干した。トンジンセメント35鉱区は、程度の差こそあれ、陟州で育った彼らの世代に愛憎の感情を呼び起こした。「お父さんはどんなお仕事しているの？」と訊かれて、「トンジンセメントに勤めています」と答えられる子どもたちは、それだけでクラスでは特別な存在だった。トンジンセメントのマークのついた券さえ持っていれば、市内ならどこでも豚肉だろうと即席麺だろうと手に入れることができた。父親はみな〝白パガジ〟［ひょうたんを半分に割ったひしゃく］と呼ばれる白いヘルメットをかぶり、ほとんどが五十川《オシプチョン》の南側にあるトンジンアパートに家族と一緒に暮らした。同じトンジンセメントの同じ石灰石鉱山で働いても、父親が白パガジをかぶっていなければ、お父さんは何をしているのかと訊かれても答えたがらなかった。

オラ港のそばで二十年あまりトンジンセメントの母なる存在だった35鉱区が、まもなく廃坑になる。その跡地は、何基建てられるかわからないが、原発の候補地の一つになっている。鉱山で白ヘルメットをかぶれなかった人たちは、石灰山が閉鎖したあと、陟州の町を徘徊していた。

「それで、部屋は借りたのか？」

ユン・テジンがイ・ヨファンに尋ねた。

「まったく頭痛いよ。いくら陟州が故郷でも、住むところがなけりゃよそ者だよな。ワンルームマンションの家賃が八十万ウォン［八万円ほど］なんだぜ。出せるか？　製缶係の二人とシェアしてるんだけど、そのうちの一人が鼾《いびき》がすごくてさ。勘弁してほしいよ」

高校卒業後、両親とともに唐津《タンジン》［忠清南道にある町］に引っ越したイ・ヨファンは、そこで陸上プラント配管の仕事をしていた。いまは陟州の湖山港《ホサン》にある、火力発電所の建設現場で働いている。

「ワンルームの家賃が八十万ウォンだって？　うちの《ウリ》ジュンギらの稼いだ金でワンルームの商売でも始めるかな。ワンルームを建てるのは、大邱《テグ》と浦項《ポハン》のやつらが上手いらしい。調べてみるか。ヨファン、おまえは同級生のよしみで半額にしてやるよ」

パク・ソンホがイ・ヨファンの肩に腕をまわした。

「口先だけで言ってるんじゃないぞ。うちの社長の部屋に鳥瞰図《ちょうかんず》が二枚、掛かってるんだけどさ。いまの状況は左の図だな。西海岸も慶尚道《キョンサンド》側の海岸にも発電所がちゃんと建っているってのに、江原道《カンウォンド》の海岸だけが空っぽなんだ。しーんとしてやがる。けど、右の鳥瞰図を見たら胸がいっぱいになるねえ。今後、十五年から二十年のあいだに東海岸に建てられる発電所が青、赤、緑の点でびっしりと印をつけられてる。そのうちの〝核〟心が赤なんだけどさ。要するに〝核〟発電所だ。そのせいで俺はクソ苦労させられてるってわけだ」

パク・ソンホはイ・ヨファンの肩に腕をのせたまま、ユン・テジンを見た。

「だからヨファン、おまえも陟州に根を下ろせよ。来年ここで結婚して、再来年に子どもをつくれ。その子が高校を卒業するまで、食いぶちに困ることはないぞ。だろ？　テジン」

そう言ってから店の女主人を呼び、もう一匹タコを注文した。店のなかの円卓はいつのまにか客で埋まっていた。鳥瞰図の話をしながらずいぶん興奮していたパク・ソンホは、腕まくりをして、はさみでタコを切りはじめた。そのときハエが一匹、合わせ調味料の皿に止まろうとした。パク・ソンホはいきなり「こら、この虫けら女め」と言いながら、両手でハエをたたくしぐさをした。となりのテーブルに座っている大学生たちが、眉をひそめて振り返った。パク・ソンホはこれ見よがしに顔を上げて叫んだ。「申し訳ありません、おハエさま。おふくろでもないのに虫けら女なんて言ってしまいました」。そして手の甲で額の汗を拭き、またタコを切った。

げす野郎が。

ユン・テジンはそれ以上、軽蔑の表情を隠さずに、煙草を持って立ち上がった。向かい合っているだけで、自分までくず人間になりそうだった。

最近は少なくなったが、かつてチェ・ハンス議員は度々市長と酒の席を設けた。彼の陟州での日程はたいていユン・テジンが決めていた。市長に会いにいくと、必ずどこからかパク・ソンホが現れた。おまえは議員の鞄持ち。俺は市長の鞄持ち。同じ境遇にいる者どうし、仲良くしようぜ。パク・ソンホがそう言うたびに、ユン・テジンは失笑した。いまも昔もパク・ソンホは自分と同じレベルの人間ではなかった。やつは自分とは違う世界にいるごろつきに過ぎない、そう思っていた。パク・ソンホの方も自分がユン・テジンにずっと軽蔑されていることを知っていたし、知っていながらユン・テジンにつきまとった。それがパク・ソンホのやり方だった。利益が得られるなら何でもする。いまはそれが原子力発電所なのだ。パク・ソンホとその仲間たちは、原発の誘致に死活をかけているオ・ビョンギュ市長の息子役を買って出て、韓国水力原子力から活動費をもらっていた。

ユン・テジンは店の外に出て、鳳凰《ポンファン》モーテルを見ながら煙草をくわえた。看板から降り注ぐ灯りが、薄暗い裏通りを埋め尽くしていた。モーテルの駐車場から出てきた車が、ユン・テジンに後ろ姿を見せながら、一台ずつ去っていった。ユン・テジンは煙草をゆっくりと、長く吸い込んだ。十九時間ぶりに吸う煙草のけむりは、体の隅々に火をつけて細胞を揺り起こしたあと、落ち着いた。温もりのある虚しさを感じた。

ユン・テジンは議員会館の八階にある、噴水台が見下ろせる部屋を思い出した。徹夜で質疑応答書を作成したり、常任委員会について勉強したりした部屋だった。政治部の記者たちと駆け引きをし、どうすれば省庁の公務員から核心となる資料を手に入れるかを考え、報道資料や討論会の資料に埋もれて過ごした頃。着替えを持って議員会館で寝泊まりしながらも、いつもそばにはソン・イナがいると思っていた頃。一日に会う数十人のなかに、政治が少しは世の中をマシにするのではないかと思わせてくれる人が、少なくとも一人、二人はいた——そんな頃だった。

議員会館のセミナー室の前でチェ・ハンスが話しかけてきたときのことを、ユン・テジンはときどき思い起こした。野党議員のところで政策秘書官をやっていた頃だった。常任委員会の会議中に保健福祉部の長官がずいぶんうろたえていたようですねと言って、チェ・ハンスが握手をしてきたのだ。「あの質疑書はユン秘書官が書いたのでしょう?」。どこで聞いてきたのか、チェ・ハンスはそう言ってからこうも付け加えた。「陟州市のご出身だとか」と。ユン・テジンは心のなかであざ笑った。野党の員外議員チェ・ハンスなど、彼の眼中にはなかった。

誰かの秘書官であるのはいまも変わりないが、ずいぶん遠くまで来てしまったものだと、ユン・テジンは思った。自分がいま陟州にいるのは自分の意志なのか他人の意志なのか、逃亡なのか島流しなのか、あるいは自虐なのか、もう何もわからなくなった。

ユン・テジンはその足で裏通りを抜け出した。歩いていると少しずつ酔いがまわってきた。やがて立ち止まって、そばの街路樹を押さえた。前屈みになった大柄な体をふらつかせているのを見て、道行く人たちは避けて通った。ユン・テジンはふと街路樹を見上げた。葉の生い茂ったイチョウの木だった。街路樹の灯りに照らされたイチョウの葉の隙間には、青々とした銀杏《ぎんなん》が鈴なりに実をつけていた。ユン・テジンはそれらを見て、ようやく少し吐いた。

夜の道をそぞろ歩いているうちに、郵便局前の十字路に出た。向かいの公園で、ツツジの花壇が街灯に明るく照らされている。ユン・テジンは立ち尽くしたまま、人工の滝を眺めた。花壇の背後にある聖堂の階段が水に影を落とし、ゆらゆら揺れていた。しばらくして、公園のとなりに立っているソニルビルの真っ暗な階段を上っていった。事務所のドアを開けるなり、什器がうっすらと輪郭を現した。窓の外の看板が照明の色を変えるたびに、事務所の壁に映る絵も変わった。ユン・テジンはパソコンの電源をつけ、椅子に深く腰を下ろした。あの写真が見たい。そう思い、彼は陟州市保健所のＳＮＳを開いた。

海が広がっていた。働いている人たちが写っている他の写真と違って、その写真には人の姿がなかった。小さな戸の外に石垣が見え、その向こうに海が見渡せた。何の説明もなかった。ユン・テジンはここ数日、その写真を見ながらずっとソン・イナのことを考えていた。保健所の人たちと一緒に刺身屋に入ってきたときのソン・イナ。外に出て煙草を吸っているとき、まさかのようにそばに来て並んだソン・イナ。別れたあと突然、陟州へ行ってしまったソン・イナ。いまこの町に、陟州にいるソン・イナのことを。

画面はすぐに暗くなった。ユン・テジンは真っ暗な廊下に出た。家よりも使い慣れている三階のトイレが見えた。そこは食事のあと歯を磨くところだった。事務所で徹夜した日は顔を洗うところであり、酒を飲んだ翌日はひとり座って下痢をするところだった。ところどころタイルが割れた洗面台の前に立って、ユン・テジンは鏡のなかの男を見つめた。

大柄な男の太い首に、目の飛び出た顔がのっかっていた。数年前から左目の二重がとれ、片目だけが一重になった。背が高い分よけいにがっしりとして見える肩と背中、片方の目だけが濃い二重、しゃがれた声。見知らぬ人には強健で彫りの深い顔という印象を与えたが、どれも本来の自分とは違っていた。鏡に映った姿を見ながら、ユン・テジンがいつも思うのは「気味が悪い」だった。

今日も変わらず気味が悪い。

ユン・テジンは歯磨き粉をたっぷりとつけた歯ブラシを、歯茎が痛くなるほど口のなかにつっこんだ。

＊

「事務局長」

「ああ、テジン。いや、ユン秘書官。俺が悪かった」

事務局長はソファに腰を下ろしたまま、ユン・テジンの顔色をうかがった。

「事務局長、また何かやらかしたんでしょ。今度はどこからの電話ですか」

　キム事務員はキーボードをたたきながら尋ねた。

「陟州《チョクチュ》新聞です」

「電気新聞じゃないのか？」

　事務局長がそう訊くと、キム事務員がパーティションの上にひょいと頭を出した。

「電気新聞って、オ・ビョンギュ市長がしょっちゅうインタビューを受けてるところですよね？」

「ああ。このまえのインタビューでも、陟州市を東北アジアにおけるエネルギーの根拠地にしたいとか言ってたな。それはそうと、陟州新聞の記者とは酒も飲んだことないのに、何の用だろう」

　事務局長が腫れぼったい目で首をかしげた。

「尻ぬぐいをするこっちの身にもなってください。お願いですから、酒の席では口を慎んでいただけませんか。こちらが口を滑らせると、相手はそれが議員の考えだと思うんですよ」

「悪かった。ユン秘書官の言うとおりだ。罰として何をしようか。トイレ掃除？」

　ユン・テジンが答えるよりも早く、事務局長のスマホが鳴った。昼食の約束をしている友人が事務所に着いたようだった。ユン・テジンは窓の方に歩いていく事務局長を見た。酒さえ控えてくれたらどんなにいいか。けれども、酒好きで人懐こい面が組織をまとめるうえで力になるのも確かだった。チェ・ハンス議員を兄貴と慕《した》う事務局長は、チェ・ハンスを初当選させた選挙陣営におけるいちばんの功労者だった。当選後、チェ・ハンスは真っ先に彼を補佐官に任命してソウルに連れていき、政策・実務を任せた。ところが国政監査の期間に、まだ数カ月も経っていないのに、事務局長はうんざりして陟州に戻ってきたのだった。

インターンから始め、一歩一歩ステップを踏んで五級秘書官になるまでのあいだ、ユン・テジンは事務局長のように急にやってきてはいなくなる人たちを数多く見てきた。地方の功労者ならまだわかる。議員たちはとりわけスペックを重視するので、ハーバード出身だという理由で、あるいは弁護士だったという理由で、簡単に人を採用した。彼らのほとんどは議員会館の生活が長続きしなかったが、そのポストは新たなハイスペックの天下りによって次から次へと満たされた。そんななか、自分の実力だけで這い上がってきたユン・テジンを、周りはみな生意気だと言った。若いのが人脈もコネもないうえに生意気だと、うんざりするほど聞かされた。六級秘書官になって八カ月目にして、最短かつ最年少で五級秘書官になったときなど、同僚たちの妬み嫉み、陰口はいうまでもなかった。議員たちは、うちの補佐官はどこどこの大学出身だと自慢するときには黙っているくせに、いざというときはユン・テジンを頼りにした。議員会館で長年こつこつキャリアを積んだユン・テジンは、誰も信じない人間になっていた。信じられるのは自分の能力と経験だけだった。

「兄貴がおまえをどんなに大事にしてるか、知ってるだろ?」。事務局長はよくユン・テジンにそう言った。「口に出して言わないけど、おまえに政治をやる気があるなら、後押しをしてくれるはずだ。あと一年だけ、地域区で辛抱しろ。おまえにとってもいい経験だ」。だがそれはチェ・ハンスではなく、事務局長の口から出た言葉に過ぎなかった。

事務局長は窓の外に向かって手を振った。彼には地域区を管理する仕事がお似合いだった。しかも、それをいちばんうまくやれる適任者でもあった。いつもヘラヘラ笑っているようでいて、市会議員からマンションの婦人代表にいたるまで、陟州内のたいていの動向は頭のなかに入っていた。ただし、彼はあくまでチェ・ハンス側の人間だった。

「ユン秘書官、チャン・ミョンスにはいつ会うんだい？」

事務局長が振り返って訊いた。

「今日の午後です。自宅を訪ねることになっています」

「そうか。紅参《ホンサム》エキスでも手土産に持って、様子を見てきてくれ」

後援会の口座にチャン・ミョンスという名前が二つあった。一人はひと月に一万ウォン［千円ほど］、つまり一年に十二万ウォンを、もう一人はひと月に四十万ウォン、一年に四百八十万ウォンを送ってきた。

チェ・ハンス議員は陟州の法会に参席することがあると、後援金を送ってくるチャン・ミョンスは甘露寺《カムノ》の法苑《ポボン》僧侶なのか、三恩寺《サムン》の智光《ジグァン》僧侶なのか、それとも竹蔵寺《チュクチャン》の石人《ソギン》僧侶なのか、と尋ねた。寄付金の領収書を発行しなければならない年末になると、行政秘書もユン・テジンに電話をかけてきた。「チャン・ミョンスはどこのお坊さんの俗名ですか」と。しかし、法廷の限度額である五百万ウォンぎりぎりの額を送ってくる、もう一人のチャン・ミョンスに対してはみな慎重だった。

彼のような個人が最近、急に増えたからだった。議員に高額の後援金を送ってくる人たちはほとんどが陟州出身で、ソウルで事業を立ち上げていた。しかし彼らはごく少数で、あとの後援者たちはひと月に一万ウォンを口座に振り込んだ。限度額ぎりぎりの金額を送ってくる個人は、党員でもなければ、議員と格別な間柄でもなかった。地方の事務所はいつも資金に飢えていたので、金が入ってくるのはありがたかった。しかし万が一、特定の団体から立法活動を目的に送られてくる金だとしたら、記者たちは小説を書こうと飛びついてくるだろう。資金の目的ははっきりさせておいた方がよい。彼らどうしが裏でどのようにつながっているのかわからないので、まずはチャン・ミョンスから探りを入れてみよう、というのがチームの考えだった。

「二人は初対面だろ?」

事務所に入ってきた事務局長の友人は、事務局長と違って不愛想で痩せた男だった。

「こちらは保健所の陰のボス。こちらはうちの親父さんがいちばん頼りにしている我がチームのボス」

名刺を受け取ったユン・テジンは、事務局長の友人の顔をもう一度見た。陟州市保健所予防医薬係、係長イ・チャンギュ。予防医薬係の係長ということは、ソン・イナの直属の上司か。友人に会いにきたというのに、どこかとげとげしく見えた。痩せているからか顔は事務局長よりも老けて見えたが、若々しくきびきびした態度だった。どんな人なのだろう。ユン・テジンはイ・チャンギュのことをもっと知りたくなりそうな予感がした。もし保健所が嵐に見舞われたら、どう対処するのだろう。

「ヨンピルは顔も見せないな」

事務局長が腰のポケットに財布を入れながら言った。「あ、おまえはヨンピルと縁切ってるんだったっけ」

イ・チャンギュは返事をしなかった。嫌なことは口にもしたくないようだ。

「ま、陟州で刑事をやってりゃ忙しいわな。あのひねくれ者が忙しくしてるんだから不思議だよ」

事務局長とイ・チャンギュが外に出ようとしたときだった。一人の男がおろおろしながら入ってきた。背中は曲がっており、髪の毛が耳を汚らしく覆っていた。背広を着ていたが、もう何日も家に帰っていないようななりだった。男はドアノブをつかんだまま、「もう生きていたくない」と言った。泣きながら駆け込んでくる人も、一週間に一人二人はいた。どうせ、事業に失敗したから予算を取ってくれとか、救済方法を教えてくれという話だろうと、ユン・テジンは男の恰好を見ながら思った。

事務局長はとにかく男をソファに座らせた。男は体をすくめたまま言った。

「以前、妻がカルト宗教にはまりましてね。金を持って家を出ていってしまった。妻は腎臓を患っていたんですが、何カ月かして、病気は完治したからって帰ってきたんです。なのに今度は息子の授業料を持って逃げてしまった。カルトを懲らしめる法律はありませんかね」

男は焦燥した眼差しで事務所のなかを見まわした。ずいぶんと陟州のイントネーションが濃かった。

「それはもしかして……」

「薬王成道会《ヤグアンソンドヘ》です」

「ええ？　あそこ、いまもそうなんですか。最近、静かだったよな？」

事務局長がイ・チャンギュの方を振り返った。

「二十年ほどおとなしかったな。いろいろいいこともやってるみたいだが。週末は会館に年寄りたちを呼んで、無料で食事を提供したりとか」

「そうだよな。生活に困っている学生に奨学金も出してるらしいし。水害があれば寄付もしてるんだろ？　おーい、キム君、そっちにくわしいよな？」

「くわしくはないですけど、事務局長のお好きなマッコリが薬王成道会のだってことは知ってます」

「そうなのか？」

「となり町にあるカジノリゾート、あれだってそうだし。海水浴場にいくつかリゾートも持ってるみたいですよ。山のなかには博物館があるって噂ですし。一歩間違えたら、出てこられなくなるんですって」

「知られていない事業はまだまだあるんだろうな。あいつら、絶対公にしないだろうけど」

「そのうち東海岸の土地も買い占めるんじゃないか？」

「まさか。それは韓国水力原子力の職員たちがとっくに買ってるさ」

男はため息をつきながら、さらに体をすくめた。事務局長が歩み寄って男の腕をつかんだ。

「お客さんの前で内輪の話ばかりしてすみませんね。薬王成道会の件は承知しました。こちらで調べてみます」

事務局長は男を支えながら、イ・チャンギュと一緒に外に出た。

薬王成道会か。久しぶりに耳にする名前だった。ユン・テジンが高校生のときまでは、町で攻撃的な布教をしていた。道を行き交う人たちの様子を見ながら、体のどこどこがよくないのではないですか、と言って近づいてくるのだった。さっき男が訴えたようなことも、当時の陟州ではめずらしくなかった。それがいつの頃からか、町での布教を中断し、しだいに人々の記憶から消えていった。噂に上るようなスキャンダルもなかった。二十年あまりのあいだ、静かに福祉と教育事業に専念してきたこと。事業をしているが、その規模を知る者は誰もいないこと。知られているのはそのぐらいだった。ところが最近、薬王成道会の名前がふたたび聞こえはじめたのだ。

ユン・テジンは窓辺に立った。さっきの男の姿はなかった。その代わり、彼の目に入ってきたのは、ビルの前の路肩に止められたうす茶色のサンタフェ［現代自動車が製造した乗用車］だった。事務局長が助手席に、イ・チャンギュが運転席に乗っていた。ユン・テジンは十字路でゆっくりと右折するその車を目で追った。そういえばいつだったか、あの車を見たような気がした。どこだっただろう。ユン・テジンは車が完全に視野から消えるまで、その場を動かなかった。

＊

〝監視カメラ作動中。いつも安心〟

赤いセコムのステッカーの前に立って、ユン・テジンは門が開くのを待った。垣根を越えた赤いバラの蔦《つた》が、地面に向かって垂れていた。陽ざしが熱かった。

門を開けて紅参《ホンサム》濃縮エキスを受け取ったのは、チャン・ミョンスの妻だった。手の込んだ庭だったが、長いこと手入れをしていないのか、空っぽの大きな鉢植えがいくつもあった。そのうちの一つに飼い猫なのか野良猫なのかわからない猫が座って、ユン・テジンをじっと見ていた。

ベランダには背の高い観葉植物が所狭しと置かれていた。そのせいか、昼間なのに部屋のなかが薄暗かった。ユン・テジンはチャン・ミョンスに挨拶をしてから、リビングのソファに座った。向かいの壁には何やらいろいろ掛かっていた。赤土で覆われた畑の写真が真っ先に目に留まった。そのとなりの額には、ヨングム窟の入り口が見えるトグァン山の写真が入っていた。そのとなりには絶壁に立っている松の木の写真があり、そのまたとなりには達磨図が、キッチン側の壁には薬師如来像のカレンダーが掛かっていた。奥の方から漢方薬を煎じているような、むんとした熱気が漏れてきた。

「ずいぶん暑くなりましたわね」

チャン・ミョンスの妻が氷を浮かべたオミジャ茶を運んできた。壁いっぱいに掛かっている額縁のせいで落ち着かないのか、それとも漢方薬の匂いのせいなのか、ユン・テジンは家のなかに入ってきてからずっと頭がズキズキした。松の写真の上にある陟州東海《チョクチュトンヘ》碑拓本を見ているうちに、ようやく額《ひたい》の熱が冷め、呼吸も元通りになった。

「ほら、台風ルサが来たとき、五十川《オシプチョン》があふれて大変だったでしょ？　でもこの碑文がある家は水に浸からなかったんですって。だから、わが家もこうして掛けてるんですよ」

ユン・テジンが東海碑の額を見ていると、チャン・ミョンスの妻が言った。黒いノースリーブのワンピースを着たチャン・ミョンスの妻は、年寄りくさい夫と違って、何歳なのか見当もつかなかった。中年太りの見られないほっそりした体つきで、長い髪を一つに束ねていた。

「昔、オラ鎮《ジン》が大波に襲われたとき、船がユリ谷の頂上に引っかかったそうなんだけど、そのときも陟州東海碑に兆しが現れたんですって……。三恩《サムン》寺に行くと、信者さんたちがそんな話をするんですけどね、そりゃ面白いのよ。いついつ津波が来るって書かれた秘訣書があるとか……奥様はそういう話がとてもお好きで」

　彼女の言う奥様とは、チェ・ハンス議員の妻のことだろう。二人は三恩寺の薬師如来像の前で祈禱をしているときに知り合ったのだという。オラ鎮の海を眺めるように立っている薬師如来像は、八公《パルゴン》山の笠をかぶった如来像［慶尚北道（キョンサンプクト）軍威（クニ）郡に位置する］や、慶尚南道《キョンサンナムド》の南海《ナメ》菩提庵と並ぶ祈禱の名所だった。薬師如来の祈禱の受け付けが始まると、陟州市民はもちろん、全国各地から病気の信者たちが集まった。住職が特別法会に呼んでくれたりするだけで、チェ・ハンスのところに一票入るのだった。

「いまいちばんお忙しいときですよね。議員ともども、いつも感謝しております」

　ユン・テジンはチャン・ミョンスにできるだけ丁寧にそう言った。

「アカシアの花が例年より早く咲いたので、そりゃもう大忙しですよ。一昨日、トグァン山から下りてきたばかりでしてね。栗の花が咲いたらまた行くんですが」

　顔が赤黒く焼けた、いかにも田舎者のチャン・ミョンスを、ユン・テジンはまじまじと見つめた。山で鍛えたからなのか、背は低いけれど肩も腰もがっしりとした男だった。

「この人は家よりも山の方が好きなのよ」

チャン・ミョンスの妻が夫の背中を擦りながら言った。

「なら頭陀《トゥタ》山にご一緒にいかがですか。もうすぐ夏の登山があると思います」

ごく自然に体を寄せ合っている二人を、ユン・テジンは交互に見つめた。妻の手が夫の体から離れないからだろうか。口では山登りの話をしつつも、頭のなかでは二人の諸体位のセックスシーンが映像で流れた。ユン・テジンはオミジャ茶を飲みながら平然と映像を押しのけ、チャン・ミョンスの返事を待った。

「私なんかとてもとても。日々の生活だけでやっとですよ」

チャン・ミョンスは手を横に振った。そして、自分みたいな者が行くところではないとでもいうように、照れ笑いを浮かべた。ユン・テジンはチャン・ミョンスのごつごつした顔をもう一度見た。彼は養蜂家だった。しかも、ただの養蜂家ではなかった。彼がトグァン山のヨングム窟辺りで採取した在来種の蜜は、市の特産物だった。あちこちのイベント会場や観光地で、長脳参［人工的に山で栽培した高麗人参］やエゾウコギなどとともに販売されていた。

「ところで、奥様が陟州女子高のご出身じゃないのは幸いです。最近、同門会からかかってくる電話で頭が痛いんですよ」

ユン・テジンがそう言うと、妻が同門会の話を始めた。

「私はどちらにも親しい人がいるんです。同門会の監査委員会の人たちが同門会長を訴えたでしょう？　会費を反核団体に寄付したからって。背任・横領罪の疑いで。でもそれだけじゃないんですよ。オ市長を取り巻く〝チンピラ〟たちが……ほら、年の初めに陟州女子高の総同門会で、原発反対の記者会見をしたとき、あのとき頭を剃って抗議した同門会のメンバーがいるのだけれど、その人たちの自宅付近をうろついているらしいのよ。怖くて娘を夜遅く、塾にもやれないって言ってたわ」

「市長は最近、ずいぶん焦っておいでのようですな」

チャン・ミョンスはそうつぶやきながらユン・テジンを見た。チェ・ハンスの立場をもっとくわしく知りたい様子だった。いまでも市長側なのかどうか気になっているのだろう。

「監査委員会の方たち、とても意気込んでるんです。陟州で公務員をやっている陟州女子高出身者は、団結して市長のためにがんばろうって。こんなとき私は、ああ、公務員じゃなくてよかったって思うんですよ」

チャン・ミョンスの妻がユン・テジンの方に少し体を傾けた。

「ここだけの話ですけど、ユン秘書官。私たちも養蜂の事業をやっていくの、大変なんですよ。身の振り方も考えないといけないですし」

「……」

「このままじゃ、陟州に何かとんでもないことが起こりそうで」

彼ら夫婦も集まりや職場などで、立場をはっきりするようにと圧力をかけられているのだろう。陟州の住民は、政府与党で推進している原発の建設事業に、与党一筋のチェ・ハンスが反対するとでも思っているのだろうか。

チェ・ハンスの目標は再選だった。福島で原発の事故があってから、あまり大きな声で原発建設に賛成していては陟州で票が得られないことを、彼はよく知っていた。だが、与党の公認を得られなければ、その票を得る機会すらなかった。チェ・ハンスはどうすれば再選に有利なのか、陟州市と党の派閥の顔色を同時にうかがっているところだった。

「でも、署名簿って本当にあるのかしら。おかしな噂が立ってるんだけど」

「おかしな噂とは？」

「今日、三恩寺で聞いた話なんですけどね。その署名簿には死んだ人の名前も書かれているんですって」

チャン・ミョンスはケラケラ笑いながら、寺に行って祈禱もせずに小説でも書いているのかとからかった。

「常識で考えてもそうでしょ？　陟州市民の九十六パーセントが賛成の署名をしたっていう、そのリストはいったいどこにあるのかしら」

チャン・ミョンスの妻は声をひそめた。

「新千年道路にある、ほら、あの希望の塔よ。あの塔には寄付した人たちの名前が、町別にぎっしり刻まれてる。それをそっくり写したんじゃないかっていう噂なのよ。それだけじゃないの。昔、ユリ谷で死刑になった罪人たちの魂が、陟州を滅ぼすために自分たちの名前を貸したって噂もあるんだから。市の方で一度お祓いしてもらった方がいいわよねえ」

放っておくと、妻の口から限りなく噂話と怪談が出てきそうだった。

福島の事故で自分の立場が不利になるにつれ、オ・ビョンギュ市長は署名簿を前面に押し出し、それを原発を誘致するための口実にした。陟州市の有権者の九十六・九パーセントが原発の建設に賛成したという署名簿だった。住民投票をすべきだという声も、署名簿があるという理由で無視されていた。

ユン・テジンは昨年の春、陟州体育館で大騒ぎのなか開かれた原発誘致決起大会を思い出した。賛成者の署名簿が初めて人々の口に上ったのはそのときだった。体育館には三千人を超える人々が動員され、町には千枚あまりの原発誘致を支持する横断幕が掛けられた。東日本大震災による福島原発の事故があったのは、決起大会があった二日後のことだった。その三日後、韓国水力原子力の敷地選定委員たちが陟州に下見にやって来た。オ・ビョンギュ市長と市議会議長と一緒に、原発の建設候補地を見てまわった敷地選定委員たちは、新羅《シルラ》会館で牛を一頭食べながら、陟州市民の九十六・九パーセントがサインしたという署名簿を受け取ったことになっていた。

しかし、署名簿は当初からでっちあげの疑惑が絶えず、いまは原本は言うまでもなく、複写本すら行方がわからない状態だった。

「その署名簿がどこどこにあるという噂はありませんか」

ユン・テジンが冗談半分で訊いたところ、チャン・ミンスの妻は待ってましたとばかりに「もちろんあるわ」と言った。

「市庁の浄化槽の蓋《ふた》にくっついているという説と、保健所にあるワクチンを保管する冷蔵庫、そこに入ってるって噂よ」

そう言って妻は上半身を揺らしながら笑った。見かけと違い、笑い声が奇怪だった。議員の奥さんが親しくしてもいい人なのか、ユン・テジンには判断がつかなかった。

チャン・ミョンスが電話に出るために部屋に入ったときだった。ノースリーブ姿の妻が両腕を上げ、緩《ゆる》くなった髪を解いた。大きく広げた彼女の脇の下から、ユン・テジンはすぐ目をそらした。しかし、しまったと思うよりも早く、彼女の脇の下から腰の辺りに視線を這わせてしまっていた。妻は時間をかけて髪を結び直しながら、意味ありげな顔でユン・テジンを見つめた。そのうち「ちょっと失礼」と言ってキッチンに入った。

ユン・テジンはなんとなく侮辱されたような気がした。

しばらくして夫婦は示し合わせたかのように、身支度をして出てきた。

「一緒に行きましょう、ユン秘書官。あなたが興味を持ちそうな講演があるんです」

これからが肝心だとでもいうように、二人はユン・テジンを自分たちの車に乗せた。

＊

チャン・ミョンス夫妻が車で向かったところは陟州《チョクチュ》文化芸術会館だった。二人は小講堂の前でユン・テジンに、この辺りにいてください、と言ってどこかへ行ってしまった。小講堂の入り口に置かれたテーブルには、紫の花が咲いた小さな鉢植えがずらっと並んでいた。ちょっとした菓子も置いてあった。

かつてここでつかみあいの喧嘩があったとは思えないほど静かだった。ユン・テジンがパク・ソンホと名刺を交換した日は、韓国水力原子力による原発説明会が開かれていた。前方では警察が、後方ではパク・ソンホの取り巻きが、原発に反対する住民たちがなかに入れないように塞いでいた。

〝陟州の新しいエネルギー、原子力発電所!〟

会館の正面玄関に掛けられた大型のプラカードの前で、住民たちが警察と対峙していた。彼らは「土地を汚すな」と書かれたプラカードを体に巻きつけ、どうにかしてなかに入ろうとした。原発に賛成の住民だけが入場し、説明会は一時間後に終わった。肩に生卵をぶつけられたパク・ソンホがベンチに座っているユン・テジンの方に歩いてきて、名刺と食券を渡した。一緒に食事をしないかと言うパク・ソンホは、汗びっしょりになって息を切らしていたが、ずいぶん興奮していた。彼が手渡した食券には、七千ウォンという値段とともに「本券を受け取った飲食店は、原発誘致協会に提出してください」と書かれていた。

あのときパク・ソンホの取り巻きが、髪を剃った中年の女性たちに罵声を浴びせていた文化芸術会館の前庭には、赤いバラが咲いていた。いまの時期、陟州のどこに行ってもバラの花が見られた。その前庭を通って、一人二人となかに入っていった。何人も連れだってやって来た人もいれば、トレーニングウェア姿で子どもの手を引いてきた人たちもいた。ベビーカーを押している人もいたし、妊婦の姿もあった。彼らは紫の花の鉢植えを受け取り、なかに入っていった。

ユン・テジンもスタッフが差し出した鉢植えをどさくさに紛れて受け取り、なかに入った。みんなイベントの趣旨を知って来たのか、誰もユン・テジンのようにきょろきょろしたりせず、ごく自然に席を見つけて座った。ほとんどが小さな子どもを連れた女性たちだった。

しばらくして、一人の女性が壇上に現れた。スーツを着ていて、五十代ぐらいに見えた。

「お暑いなか、お越しいただきありがとうございます。こんなときこそ本音で話し合いたいと思って、このような場を設けました。ひとり不安な気持ちでオンライン・コミュニティにあれこれ質問しても、モヤモヤはなくなりませんよね」

インターネットコミュニティを通して講演の案内があったのだろう。壇上に立った女性は表情も声も穏やかだった。両家顔合わせの席に、上品に着飾って座っている父方の伯母《コモ》のようだった。

「こんな暑い日は、洞窟の写真でも見ながら涼みましょうか」

女性がそう言うと、背後のスクリーンに映像が現れた。石灰岩がそびえる山だった。映像は、石灰岩から下の方へ下りていった。岩石のあいだに、三角形をした石窟の入り口が見えた。

「陟州には五十個あまりの石灰洞窟があります。なかでもヨングム洞窟は有名な観光地ですから行かれた方も多いと思いますが、いまから一緒にご覧になるのは、まだ開放されていない石灰洞窟です。どの辺りでしょう。七番国道［釜山市中区から咸鏡北道穏城郡を結ぶ、東海岸に沿って走る約1200キロの国道］の下孟坊《ハメンバン》から西の方に六キロほど離れたところですので、意外と近いですよね？」

カメラは洞窟のなかに入っていった。白っぽい鍾乳石がカーテンのように広がっていた。石筍や輝石などをゆっくりと写したあとは、滝のような鍾乳石に沿って垂直に下りていった。ずっと下りていったところに、洞窟珊瑚《さんご》に囲まれた池があった。真珠のようでもあり、花のようでもある白い石と石のあいだに、何かを反射している池が見えた。風が吹いてきたのか水面に小波《さざなみ》が立った。

「みなさんはいま、五億年前にできた洞窟のなかに入っているのです。チョソム窟と呼ばれているところです。見えますか。汚れた外とは別世界です」

講堂のなかは咳払い一つ聞こえず、静まり返っていた。それだけ洞窟のなかは非現実的で、見ている人たちを一瞬にして異なる次元に連れていってしまった。

「信じられますか、ここが陟州の地下だなんて。みなさんはこのような洞窟の上を歩き、生活しているのです。地上で五億年もの歳月が流れるあいだ、洞窟のなかではいったい何が起こったのでしょう」

「……」

「人間には決してわからない、生命体のようなものが育ったのではないでしょうか。地球上のどこにも存在しない、陟州の地下にしかないもの」

五億年経った洞窟のなかの水と生成物を映していた映像は、やがて海へと続いた。オラ鎮《ジン》だった。ユン・テジンは思わず唾を呑み込んだ。

「ここはみなさんにもお馴染みですよね」

映像は海と防波堤と灯台を過ぎて、陸地を照らした。ゾウ山とユリ谷、三恩《サムン》寺の薬師如来像に近づいた映像は、急に向きを左に変えたかと思うと、谷を一つ越えた。35鉱区だった。

「すっかりへこんでしまってますね。ここが二十年間、石灰石を掘り続けた35鉱区です。この山は、鉱区として開発されるまでは〝薬山〟と呼ばれていました。ご存知でしょうか。薬草が豊富で、祈禱がよく効くところとして有名だったんですよ。いまはもう何も残っていませんけど。その代わり、35鉱区に変わる新しい鉱山が、いまふたたび開発されているのです」

女性のきちんきちんとした声とともに、映像は石灰石の塊が乱雑に積まれた他の山へと移った。

「ここが新たに石灰石を掘ることになっている鉱山です。位置を確かめてみましょうか。七番国道の下孟坊から、西の方に五キロほど離れたところですね。ええ、そうです。さっきみなさんがご覧になったチョソム窟のすぐそばです。この鉱山とチョソム窟はもともと海のなかにあった……同じ石灰岩の塊なのです。もしここで石灰石の採鉱を始めたら、チョソム窟では何が起こるでしょう」

環境団体か？　洞窟の映像に釘づけになっていただけに、ユン・テジンは体からすうっと力が抜けた。

「かりにチョソム窟のなかに何かあるとしましょう。それが五億年のあいだに大きくなっていたとしますすよ。でも、私たちにはもう時間がないのです」

洞窟を愛する人たちの集まりだろうか。講堂のなかには、これが何のための講演なのかを示すプラカードもポスターも見当たらなかった。舞台の袖にチャン・ミンスの妻の姿がちらっと見えたような気がして、ユン・テジンは首を伸ばした。

「ここに入ってくるとき、紫の花をお渡ししましたよね？」

スクリーンはいつのまにか太平洋の地図に変わっていた。

「ムラサキツユクサという花です。放射能を検知してくれる植物です。放射能の数値が正常なときは紫色ですが、数値が高くなると色が変わります。ここはどうですか。まだ正常ですよね？」

人々はうつむいて花を見た。

「私も陜州で子どもを二人育てました」

女性がそう言うと、母親たちは顔を上げた。

「子どもが成長したあとも心配は絶えないのに、いま子育てしているみなさんのお気持ちはどうでしょう。昨年、福島で事故があったとき、私たちはどれだけ不安でしたか。陜州は、福島の事故のあと、世界で初めて原発の敷地に決まったところです。昨年の春、放射能の雨を浴びた日のことをおぼえてらっしゃいますか。ここに原発を建てようと小細工をする、太白《テベク》山脈の西側に住んでいる者たちが、放射能の雨を防ぐために太白山脈に人工雨を降らせました。そのせいで東側にいる私たちがヨウ素やセシウムの雨をかぶりました」

女性はそれまで穏やかに話していたのに、人工降雨の話になるなり少し興奮して見えた。反核団体だろうか。ユン・テジンは顎《あご》を撫でた。話し方からして、次の選挙の準備をしている予備候補のような気もした。

「石灰石をまた掘る――それは仕方ないことです。原発が作られたら、格納容器や放射能廃棄物にコンクリートを大量に注ぎ込みますよね？　だからセメントがいくらあっても足りないんです。セマウル運動［一九七〇年代、朴正熙（パクチョンヒ）政権による地域開発運動］のときよりも必要かもしれません」

女性はゆっくりと水を飲んだ。冷静になろうとしているようだった。スクリーンに映っている太平洋の地図を見ながら、落ち着きを取り戻した声で話を続けた。

「陸州のお母さん方。私たちは海のそばで子どもを育てています。やっぱり不安で怖いですよね。ここを海流が通っています。この流れからすると、二〇一九年には太平洋全体が放射能で汚染されるそうです。ですが、それまでは安全でしょうか。福島県に源流を持つ阿賀野川が、ここ東海《トンヘ》に直接流れ込んでくるとも言われています。日本産のサバが台湾産のふりをして公然と売られています。日本まで行く必要がありますか。ズワイガニは盈徳《ヨンドク》よりも鬱津《ウルチン》の方がもっと捕れるのに、絶対に鬱津産とは言いません。生協とかオーガニックマーケットを利用すれば本当に安全でしょうか。信用できる放射能測定器を教えてください、とオンライン・コミュニティに投稿したところでどうなるものでもありません。子どもたちが幼稚園や学校で何を食べているのかわからないのですから」

　女性は話を止めて息を大きく吸った。

「この地球上には、細胞分裂のスピードが遅い生命体が二つあります。老人とゴキブリです。彼らは放射能の影響をあまり受けません。でも、子どもたちは、私たちの子どもの体に汚染されたものが入ったら、どんな致命傷を負うことになるかわかりません」

　放射能と体内の被曝の話が出るなり、母親たちは目に見えて集中しはじめた。壇上の女性の「私たちの子ども」という言葉が、聴衆に奇妙な興奮をもたらした。スクリーンは太平洋から大海原の写真へと変わった。

「太平洋で捕れる魚や海藻は食べられるのでしょうか。みなさんは海が信じられますか。私はもう信じられません」

　あちらこちらで頷いているのが見えた。誰かがはっきりこう言ってくれるのを待っていたかのような反応だった。

「甲状腺防護剤というものがあります。政府はこう言っています。原発の事故に備えて、ヨウ化カリウム、プルシアンブルーなどをストックしてあると。みなさんは、それらの薬がみなさんのもとにまで迅速に、充分な量が届くと思いますか。インフルエンザのワクチンでさえ足りないのに？　前もって配布してはくれません。事故が起こったときに、逃げなければならないときに、保健所に薬をもらいにいけますか。自分に順番がまわってくるかどうかもわからないんですよ」

　女性はゆっくりと聴衆を見渡すと、攻撃的な口調で尋ねた。

「政府は薬をくれると、私たちに約束してくれるでしょうか」

　あちこちで低いため息が漏れた。

「次は、これをご覧ください」

　スクリーンに映されたのは、意外にも薬師如来像だった。

「みなさん。私は陸州で生まれ、陸州で小学校から高校まで通いました。陸州の男性と結婚して、陸州で子どもを産み、育てました。私の母も祖母も体の具合が悪くなると、この薬師如来像のもとで祈りました。霊験あらたかな薬師如来さま。薬壺を持っていらっしゃる薬師如来さま。私は陸州の人間です。その薬壺のなかにはいったい何が入っているのですか！」

　恨んでいるような皮肉っているような声で、女性が静かに叫んだ。

「薬師如来さまは、病の苦しみも災難も追い払ってくださるのでしょう？　海を眺めながら上品に立っていらっしゃいますけど、いま海には災いが襲ってきているのですよ。なのに薬壺も開けないで何をしていらっしゃるのですか！」

壇上の女性は聴衆の心をつかもうと、涙ぐんだ声で空気を揺るがした。

「お母さん方」

聴衆の視線が壇上に注がれた。

「この薬師如来が、私たちに薬を約束してくれるでしょうか」

客席はしんと静まり返った。

ソン・イナが講堂のなかに入ってきたのは、そのときだった。

ソン・イナはスクリーンのなかの薬師如来像をじっと見ていたが、しばらくして通路の向かい側の席に座った。一緒に入ってきた公益の青年がユン・テジンの視野を遮りながら、ソン・イナの左側に座った。ユン・テジンは自然と背中に力が入った。壇上の女性が本格的に甲状腺の話を始めたが、ユン・テジンの耳には何も聞こえなかった。

公益の青年が好奇心に満ちた顔で講堂のなかを見渡した。ふとユン・テジンに視線が止まり、目が合った。彼は意外にもユン・テジンに目礼をした。ユン・テジンは彼の名前を知っていた。保健所のSNSを何度か見たことのある人なら、知らないはずがなかった。

ソ・サンファは足を震わせたり、耳を触ったり、前の席の子どもが振り返ると手を振ったりした。ソ・サンファが体を傾けて何か言うと、ソン・イナが頷いた。二人は日の出刺身屋で会ったときより親密に見えた。ソ・サンファは近所のお姉さんについて来た少年のようでもあり、家庭教師につきまとう生徒のようでもあった。浮き立っていた。ユン・テジンともう一度目が合ったときも、ソ・サンファは笑いながら彼の視線を受け入れた。ソ・サンファはたぶんソン・イナと自分の関係を知っているのだろうと、ユン・テジンは思った。

ソ・サンファは座席のなかにきちんと収まらないほど足が長かった。端正な肩とすっと伸びた首、短く切った髪、汗もかかないような軽やかで痩せた体を、ユン・テジンは何ともいえない気分で見つめていた。女性と分け隔てなくしゃべり、誰とでも親しくなれる男たち。ユン・テジンはそういう男たちに違和感を覚えた。パク・ソンホのようなやくざ者よりも遠い存在に思えた。誰もが自分に好意を持っているかのように、何の警戒心もなしに他人に歩み寄る人。

ただ、ソ・サンファにはそれだけでは説明のつかない何かが感じられた。何だろう。ユン・テジンは考えた。なぜこんなに不吉な予感がするのだろう。ソ・サンファが体を屈めて前の席の子どもと戯《たわむ》れるたびに、ソン・イナの横顔が見えた。薄化粧した顔に忍耐強さが潜んでいる、以前と変わらない顔だった。自分のせいで泣き、自分の言ったことで傷つき、自分に立ち直れないほどの傷を負わせたのは、本当に彼女だろうか、とユン・テジンは思った。

ユン・テジンはソン・イナと一緒に、陟州の町を歩いたことがなかった。ソウルで出会い、二人ともソウルで仕事をしていたからだ。口裏を合わせたかのように、二人とも陟州の話はしなかった。お互いあまり思い出したくないのだろうと憶測するだけだった。ところがその日は違っていた。急ぎの仕事も片づけ、二人とものんびりできる週末だった。とにかくどこかに行きたくて車に乗ったのだが、気がついたら嶺東《ヨンドン》高速道路［仁川（インチョン）と江陵（カンヌン）を結ぶ］にいた。

ひと晩じゅう雨が降ったので、朝早くに通った大関嶺《テグァルリョン》トンネル［江陵（カンヌン）と太白（テベク）山脈の山岳地帯に位置する全長二十一・七五キロのトンネル］のなかは濃霧が立ちこめていた。夏なのに冷気を感じるほどで、ユン・テジンは助手席で眠っているソン・イナに毛布をかけてやった。車は東海《トンヘ》料金所を出て、武陵《ムルン》渓谷の方へと向かった。木の生い茂った渓谷道にさしかかった頃、ずっと眠っていたソン・イナが目を開けた。

渓谷に沿って立ち並ぶ飲食店の前には、孫の手や、お腹を押すと音のするぬいぐるみ、蝶の絵柄の登山用ハンカチなどがぶら下がっていた。二人は近くの食堂に入った。渓谷が見下ろせるいちばん奥の縁台に座ると、騒音を呑み込んでしまいそうな激しい水の音が聞こえてきた。渓谷の下の方から上ってきた松の幹が、テーブルのそばを通って長く伸びていた。濡れているからか、濃い松脂の匂いがした。松の葉にぶら下がった水滴が、手が届きそうなほど近くで揺れた。

「いいね……」

松林を見ていたソン・イナが言った。じゃがいものチヂミとどんぐりムック［どんぐりのデンプンを固めたゼリー状のもの］が運ばれてくるまで、二人は水の音を聞きながら、黙って渓谷を見下ろしていた。テーブルが料理でいっぱいになった頃、ソン・イナがこちらに体を向けて、手で顎をさっとぬぐった。そのときユン・テジンは、ソン・イナが泣いているのに気づいた。なぜ涙が出るのだろうというふうに、ソン・イナは照れくさそうに笑いながら箸を取った。そして「どうかしてるよね」と言って、また涙をぬぐった。

縁台の手すりの下には、背の高い鉢に植えられた多肉植物があった。鶏ペクスク［漢方の入った鶏煮込み］に入れるキバナオギの根の匂いがかすかに漂ってきた。テーブルを覆った白い紙の上に、小さな虫がやって来ては、飛んでいった。登山客たちが帽子を脱ぎながら入ってくる一方で、とうもろこしの蒸し器から立ち上る湯気がガラスを曇らせていた。テーブルの向かいに、手を伸ばすと届くところに、ソン・イナがいた。

これから自分たちに何が起こるのか、二人ともわからなかった。両手に箸を一本ずつ持ってじゃがいもチヂミを裂いているソン・イナを見ながら、ユン・テジンは思った。イナが俺のそばでこうして訳もなく涙を流してくれたら、そしたら迷わずに行けるのに、と。

ユン・テジンは紫色の花をその場に置いて、小講堂を出ていった。

薄暗くなった事務所には誰もいなかった。夕闇が迫るにつれ、ユン・テジンは体のなかが空っぽになっていくような虚《むな》しさを覚えた。時計を見ると、飯時は過ぎていた。ユン・テジンは出前をたのみ、パーティションに背をもたせかけてぼんやり立っていた。味噌チゲ定食は、丸い盆にのせられてきた。ユン・テジンはテーブルに盆を置いて、ソファに座った。ご飯の蓋《ふた》を取り、土鍋の器から味噌チゲをスプーンですくった。花柄の模様が消えかかったステンレスの盆の上には、魚のすり身の煮込みが少しと、わかめの茎が少し、茹でたシラヤマギクのナムルが少し、サバの煮込みがひと切れのっていた。ユン・テジンは白ご飯と一緒にそれらを口に放り込んで、しばらくぼんやりしていたが、急に思い出したようにもぐもぐ噛んで呑み込んだ。真っ暗な事務所のなかで電気もつけずに、ユン・テジンは大きな背中をまるめて食べ続けた。

＊

男は笑っている。男は前を見ながら後ろ向きに走っている。同時にスマホで動画を撮影している。ユン・テジンは男の幸せそうな表情が理解できない。どうすればあんな顔ができるのか、自分には死ぬまでわからないだろう。

子どもはよちよちと、走るようにして歩いた。男は子どもと向き合ったまま、うれしくてたまらない様子で動画を撮っていた。育児バラエティー番組の一シーンだった。ユン・テジンはそれを見ながら思った。

俺はこいつが嫌いだ。

笑っている面《つら》を一発殴ってやりたい。

明け方うたた寝から目を覚ましたとき、ユン・テジンは自分の体がベッドに呑み込まれるような感じがした。連日、繰り返される映像がユン・テジンを刺激した。ユン・テジンはある女の骨盤を押さえて、体を揺り動かしていた。彼の手はうつ伏せになった女の腰を通って、乳房をつかんだ。ユン・テジンは喘ぎながら叫んだ。頭がおかしくなってしまいそうだと、何もかも壊してやると。何もかも壊してやる。女はそう言ったユン・テジンの方を振り返り、フッと笑った。チャン・ミンスの妻だった。ユン・テジンは彼女から体を離そうとしたが、もう後には引けなかった。そんな二人の姿を撮っているのはソ・サンファだった。歯の隙間から獣のような声が漏れ、鼻の穴が広がっているユン・テジンの顔を、結局はチャン・ミンスの妻に射精し、射精をしたのに何事もなかったかのような状況を、ソ・サンファが撮っていた。

ユン・テジンは力尽きて、その場に倒れた。体内から抜け出した精液は、この世でいちばん汚い汚染物質のようだった。ひとりオーガズムに達するたびに死ぬほど惨めな気持ちになるのに、ふたたび絶頂に向かって体を動かしている自分は、ブレーキが壊れた暴走機関車のようだった。ユン・テジンは自分が性的にどれだけ歪んでいるのか、よく知っていた。周りに人がいれば、冷静に仕事をし、会話をし、そしらぬ顔で世の中と向かい合えることも知っている。性的なものを抑え込んでいても爆発することはないが、その分ひとりで悶えることも知っていた。

ユン・テジンは体を起こした。こんな明け方、いちばん最後に襲ってくるのは、死ぬまでもう二度とソン・イナを抱くことはないという実感だった。ソン・イナを抱くことのできない世界に自分は生きている。それだけが唯一の現実だった。

ユン・テジンは、ソン・イナに自分の過去について話したことがなかった。彼にはよくある小学校の遠足の写真も、中高の卒業写真すらなかった。幼い頃の写真はすべて捨ててしまっていた。切れ長で一重の、笑うと太いペンで線を描いたような元来の目を、ユン・テジン自身も覚えていない。

あの年の夏、自転車にさえ乗っていなければ。自転車に乗って海へ向かってさえいなければ。海辺に続くあの山道で、道路の舗装工事をしていなかったら。自転車とともに宙に浮いたとき、すべての動きが止まっていたら。ユン・テジンはこの二十年間、数えられないほど仮定した。

その頃、陟州のあちこちで道路舗装工事が盛んに行われていた。南の地方に早く行ける自動車専用道路ができ、観光客の便宜を図って海辺に行く近道が作られていた。舗装されていない道にアスファルトを敷き、狭い道路は広げられた。道路工事が行われているあちこちにコールタールの泥濘《ぬかるみ》ができていた。人はそれをスープ［湯（タン）］にたとえてコール湯《タン》と呼んでいた。

ユン・テジンはコールタールが自分をどれだけ強い粘りで押さえつけたか、いまでもはっきりと記憶している。下り坂を走っていた自転車とともに泥濘に頭からつっこんだとき、そこが容易に抜け出すことのできない恐ろしい泥沼だということを、本能で知った。だから必死でもがいた。体の穴という穴に黒い液体が染み込んだ時間は、ひょっとしたら十秒にも満たなかったかもしれない。ユン・テジンは、息をする穴だけはどうにか開けたまま、黒い獣のように這い出てきた。作業員が走ってきて、救い出してくれた。ぽっとん便所に落ちるよりはましだから、これで厄逃れをしたと思えばいいと言われた。自転車は壊れてしまったが、ユン・テジンの体には傷一つなければ腕も折れていなかった。

ところが、ゆっくりと変化が現れた。ユン・テジンはどこにでもいるような、痩せっぽちで切れ長の目をした平凡な高校生だった。ボールが飛んできたら受けとめられる運動神経があり、何時間でも数学の問題に没頭できる集中力があった。ところが、コール湯に落ちてからはすべてが変わった。

真っ先に現れた症状は、舌が何倍にも膨れあがって、口のなかいっぱいになっているような感覚だった。話すのも鈍くなった。以前のような敏捷さがなくなった。机の前に一時間座っているだけで、どうしようもない疲労感に襲われた。首が太くなり、声が変わり、体がむくんだ。

なかでもいちばん変わったのは目だった。整形をしなくても人間の顔や体型は変わりうるのだということ、それによってその人の雰囲気も変わるということを、ユン・テジンは自分の体を見ながら実感した。

自分は怪物になったのだろうか、とユン・テジンは思った。暗黒のなかに吸い込まれていた怪物が、世の中を汚すために這い出てきたような。眼球を支えている筋肉が盛り上がり、劇的に怪物の形ができあがった。

そんなことがあってから数年間、薬を飲み続けた。薬は体内の数値を正常に戻してくれた。集中力も回復し、反射神経ももとに戻った。戻らないのは容姿だけだった。だから、変わり果てた目も体も、洗ったり刺激を与えたり寝かしつけたりしながら、月日とともに生きてきた。陟州を離れると、ユン・テジンを特別な目で見る人はいなかった。元の形に戻ろうとしてやめたような片方だけの一重は、むしろ魅力的でもあり、徹底して鍛えた体は引き締まっていた。

そして、イナ。

ある日、ユン・テジンの前にソン・イナが現れた。

ソン・イナに会って、ユン・テジンは思った。ひょっとしたら俺はまともな人間かもしれないと。だが、そうではないことを教えてくれたのもソン・イナだった。

ユン・テジンは枕元にある茶色の容器から錠剤を四つ、取り出した。ソン・イナと別れてからふたたび数値が悪くなり、ホルモン剤を飲みはじめた。ユン・テジンはMと書かれた白い錠剤を見下ろしながら、これまで自分の体のなかに入れてきた薬のことを思い浮かべた。まぶたが腫れ、炎症がひどいときに飲んだステロイド剤、飛び出た眼球に結膜充血を引き起こすたびに打ったステロイド注射剤。その副作用で、夜になると筋肉がよじれた。血を採ってホルモン検査をし、数値を測り、一般の人たちの二倍も三倍も気を遣っていなければ、彼らと同じような生活を送ることができなかった。つかんでいる綱を放してしまうと、もう二度と抜け出せない泥濘に落ちてしまうことを、ユン・テジンは知っていた。ひとり過ごす夜に突然襲いかかってくる、その綱を放してしまいたい衝動との闘いが、彼にとっていちばん苦痛だった。

＊

――午後七時に郵便局の前で。

朝早く、陟州新聞の記者からメッセージが届いた。ユン・テジンは曜日を確かめた。水曜日だった。毎週、水曜日の午後七時は、原発反対派がろうそく集会を開いていた。記者が連絡をしてくるということは、ろうそく集会の他にも何かあるということだろう。

長い一日になりそうだと思っているとき、誰かが事務所のドアを開けて入ってきた。

「ユン秘書官。夏の登山リストになぜあたしの名前がないの?」

そう言ったのは、選挙のときたすき掛けをしたチームで活動していた女性活動員だった。

「春の登山から帰ってきたとき、話したわよね?」

女はユン・テジンをキッチンの方に引っ張っていき、囁くように言った。

「どんな噂を聞いたのか知らないけど、あたしじゃないから」

「言い訳はけっこうです。今回は外れてください」

女が「ユン秘書官」と言ってユン・テジンの腕をつかんだ。ユン・テジンは不潔なものにでも触れたかのように体を震わせ、女の腕を払いのけた。春の山登りで、数人の男女が頭にムクゲの花を挿して酒に酔っぱらっていたときから雰囲気は怪しかった。山の麓で入った居酒屋で誰の目にもいちゃついていた彼らを、ユン・テジンは夏の登山メンバーから外した。山岳会は目的のはっきりした集まりだった。脂ぎった五十代の男女に惚れた腫れたの場を設けるためのものではなかった。

「ユン秘書官の目で確かめたわけじゃないでしょ。これは罠なのよ。どこのどいつよ、告げ口したのは。あ、もしかして同門会長の取り巻き？　あいつら、喧嘩ふっかける気ね」

ユン・テジンは女の厚かましい顔を見下ろした。話が通じないと思った女は、チェ・ハンスを持ち出した。

「チェ議員も知ってるの？　ユン秘書官が自分勝手に山岳会を操《あやつ》ってること。なんなら、あたし議員に直接話してもいいのよ。こんなことも波風立てずに始末できないのかって、さぞかしお喜びになるでしょうね」

「だから私が管理を任されているんです」

「だったら……」

女がユン・テジンの顔色をうかがった。

「臨機応変にいきましょうよ、ユン秘書官」

女がじっとりとした手でまたユン・テジンの腕をつかんだ。

「頼むから！」

ユン・テジンは女を振り払い、片方の目を見開いた。

「不倫は他の山岳会に行ってやってください」

ユン・テジンが目を見開くと、たいていの相手は威圧された。そのことを確かめながら、女から顔をそむけた。

「議員も議員よね。追い払われた女はユン・テジンの方を振り返って、鼻息を荒げた。

「誰のおかげで国会議員になれたと思ってるのよ。忘れたのかしら。党内の候補者を一本化するルールを決めてなければ、そもそも選挙に出られなかったんだから」

ちょうどそのとき、事務局長が入ってきた。女は話し続けた。

「若造が」

「……」

「あんた、なんなの？」

出ていきながらもまだ怒りが収まらないのか、女は事務局長を見ながら言った。

「女房が浮気しても目をつぶってくれる人なのよ、うちの旦那は。ユン秘書官、あんたをこの地で結婚できないようにしてやる」

女が出ていくと、事務局長が缶ジュースを開けて差し出した。

「あんまり敵を作るなよ。この陟州じゃ、知り合いの知り合いは親戚か同窓生なんだぞ。どこでどうつながっているかわからない。最近、何かあったのか？」

ユン・テジンはジュースを一気に飲み干した。

いつだったか、母親の見た胎夢［妊娠を予期する夢］について聞いたことがあった。夢のなかで巨大な蛇が山を取り巻いていた。道もないのに、山にはカモメの絵が描かれた黄色い標識が立ち並んでおり、蛇はその合間を縫うようにして上っていった。標識に巻きつく蛇の腹がちらちら見えた。母は不思議な気持ちで、その様子をじっと眺めていた。家に帰ってきてちゃぶ台の前に座ったとき、足がひやっとした。うつむいて見ると、なんとさっきの蛇がちゃぶ台の下でとぐろを巻いていた。これがユン・テジンを妊娠したときに母の見た夢だった。ユン・テジンは尋ねた。蛇の表皮が足に触れたとき、嫌じゃなかったのかと。蛇と目が合ったとき、どんな気持ちだったのかと。

「びっくりした」。母は蛇を見てびっくりしたとだけ言った。ユン・テジンと姉を女手一つで育てた女だ。いまは陟州でひとり年老いていた。

若くして夫を亡くした女が幼い子どもをどう育てるか、周りの人たちはよく知らなかった。忍耐、苦難、献身は結果論にすぎず、日々の生活には苛立ちと暴言しかなかった。少なくとも、ユン・テジンの知っている母はそういう女だった。苦しいときは夫と世の中を恨み、その怒りを娘と息子にぶつけた。幼い子どもなら誰でも犯すミスを不幸の兆しだと勝手に思い込み、濡れ衣を着せた。

子どものためを思って再婚しなかったわけではなかった。好きな男ができると会ったし、家に連れてきて紹介したこともあった。母親が再婚せず、ひとり老いているのは、たまたまそうなっただけのことだ。なのに、あたかも子どものために大きな犠牲を払ったかのような恩着せがましい態度に、ユン・テジンはうんざりした。

ユン・テジンが十歳頃のことだった。家によくみやげ物を持ってやって来る男がいた。七歳のときから父親のいない家庭で育ったユン・テジンは、いつもおとなの男が恋しかった。中学生だった姉は振り向きもしなかったので、男はたいていユン・テジンに話しかけ、ユン・テジンに合うプレゼントを買ってきた。おとなしい人だった。話し方も服装も、町でよく見かける武骨な男たちとは違っていた。男はユン・テジンと相撲をとったり、キャッチボールの相手になってくれたりした。

その日、男はロボットを買って家にやって来た。プレゼントをもらって興奮していたユン・テジンは、他にも欲しいものがあるから次に来るときはそれを買ってきてくれとせがんだ。おそらく腕にまとわりついて、駄々をこねたはずだ。すると、それまでほほ笑んでいた男の顔が微妙に歪んだ。あのときの目を何と言えばよいのだろう。一線を越えてきた他人の子どもを見る眼差し。何とも言いようのない、人を蔑《さげす》む目つき。

世の中がどんな法則によってまわっているのか、その目を見て知ってしまったことを、ユン・テジンはソン・イナが出ていったあとに思い出した。ソン・イナと別れたとき、真っ先に頭に浮かんだのもその男の目だった。それからだろうか。希望を持っている人を見ていると、いたたまれない気持ちになるのだった。

午後、ユン・テジンはチェ・ハンスに電話をした。

穏やかさを装うチェ・ハンスの声を聞くなり、ユン・テジンは神経が膨張するような感じがした。そこの様子はどうだとチェ・ハンスが訊いた。議員会館のスタッフたちも毎日同じことを訊いてきた。そこの様子はどうだ、と。陜州に来ないくせに、口だけでそう言う者たちに怒りを覚えた。

ユン・テジンは孤立したなかで日々を送っていた。地方では行動範囲が狭かった。補佐官の命は情報力なのだが、情報が遮断されていた。いくら親しい部署の人や記者がいても、中央では一日で得られる情報が、地方では一週間から十日かかった。地方にいるということはそういうことだった。ユン・テジンは党籍を移した秘書官でもあった。野党から与党の議員のもとには移れても、与党から野党に戻るのは容易ではなかった。

ソン・イナと別れたからチェ・ハンスの提案を受け入れたのだろうか。与党陣営に移ろうとするユン・テジンをめぐってあれこれ噂が絶えなかったが、ユン・テジン本人はまったく気にしていなかった。その頃は、世の中は変わるはずがないと思っていた。結局、ユン・テジンはチェ・ハンスと手を組むなり、自暴自棄になって陜州に向かった。自分を窮地に追いつめたかったからかもしれない。

チェ・ハンスは再選、三選できる人間だろうか。補佐官たちはことあるごとにチェ・ハンスに言った。陜州に行って陜州市民に会ってください。握手をして、名刺を渡してください。どうか私に一票くださいと頭を下げてください。しかし、チェ・ハンスはそうすることを恥ずかしがった。なのに再選、三選を望んだ。三選すると四選、四選すると五選したくなるだろう。陜州の地に根を下ろして、死ぬまで国会議員でいること。それがチェ・ハンスの夢なのだ。だがそこまでだった。チェ・ハンスは人前に立って先導するよりも、おとなしくもてなしを受けるのが好きだった。誰かに自分の座を狙われると不安なくせに、何の手も打たず、世の中の大勢をうかがい、じっとうずくまっていた。何より、中央の党職には欲がなかった。オ・ビョンギュ市長のように、ヤクザじみた真似をしてでも何かを手に入れようとする、がめつい性分ではなかった。

ユン秘書官だけを頼りにしてますよ、とチェ・ハンスはよくユン・テジンにそう言った。そのたびにユン・テジンは、チェ・ハンスの胸ぐらをつかんで問い詰めたかった。頼りにしてるだと？　くそっ、いったい何を。ユン・テジンは抑えきれないものが胸に込み上げてきて、目の前にある紙を握りつぶした。

外からアンプの軋《きし》む音が聞こえてきた。ろうそく集会が始まったようだった。ユン・テジンは窓辺に行き、十字路を見下ろした。スローガンの書かれた紙とろうそくを持った人たちが郵便局の階段に列になって並んでいた。ふだんは核反対派の人たちが何人かいるだけだが、今日はその何倍もの人が集まっていた。両親についてきた子どもたちもいれば、白髪の混じった人たちもいた。アンプをのせた小型トラックから〈故郷の春〉という歌が流れた。スローガンはいつものように二つだった。「原発の新規敷地を撤回せよ」「エネルギー政策を転換せよ」

郵便局の左側の路地にパク・ソンホの取り巻きが見えた。カメラを持った記者たちがいるので、裏通りでうろうろしていた。東海《トンヘ》市庁組合のコーラス団が紹介され、彼らの歌に合わせて集まった人たちも歌いはじめた。

「少ししかなくても私たちは幸せよ」

「少し」と「私たち」と「幸せ」という歌詞が、夕暮れの十字路を埋めていった。暮色が迫り、ろうそくがつけられ、十字路は穏やかな活気に満ちていった。その光景はどうしたわけかユン・テジンの胸を痛めつけた。ユン・テジンはいまにも胸が張り裂けそうな危うい状態で見下ろしていた。核反対闘争委員会の委員長がマイクを握ると、彼らはもう一つのスローガンを付け加えた。

キム事務員も窓辺にやって来た。

「うわっ、マジで市長を引きずり下ろすつもり?」

委員長の響きわたる声が建物のなかを昇ってきた。

「私たちは、今日という日を、陟州の歴史的な一日として記憶するでしょう。私たち住民は、捏造された署名リストを理由に、住民によるリコール投票を拒む、陟州市長を拒みます」

委員長が大声でスローガンを宣言した。

「脱核元年、六月二十日。陟州市長の解職を請求する運動を始めることを、ここに公式に宣言します!」

音楽とともに人々の歓声が響いた。ユン・テジンは鳥肌の立った腕を擦りながら、この状況がなぜ自分を興奮させるのかを考えたくて、目を閉じた。

彼らは市長を辞めさせられるだろうか。陟州市有権者の十五パーセントの署名を得、有権者の三分の一を投票所に来させることができるだろうか。ユン・テジンは首を振った。陟州は政治の力が絶対的な町だ。いまの住民召喚法では官庁が妨害してくる余地が充分あった。

ただ、変動があったとしたら？　疑惑を真実として明かす証拠品が出てきたら？

ユン・テジンは署名リストを思い出した。「陟州市原子力クラスター構築のための、原発誘致の賛成署名簿」。五万六千人あまりがサインしたという署名簿は、全部で十二冊あると言われている。行方不明の原本と写本が見つかったら、何か変動があるかもしれない。ユン・テジンは深呼吸をした。市が原発の誘致を申請するときに、署名簿の写本を送ったと思われるところはどこだろう。韓国水力原子力？　知識経済部？　国会事務所？

ユン・テジンは振り返って、黒い人工皮革のソファを見つめた。陟州市真珠《チンジュ》路郵便局十字路ソニルビル３F。一年間寝泊まりした事務所が薄暗がりのなかに広がった。ユン・テジンはオラ港を眺める写真のなかのチェ・ハンスをちらっと見た。市長が解職になろうがなるまいが、この先、陟州は泥土と化すだろう。

十字路のろうそくが、ユン・テジンの眼下で踊るように揺れ動いた。ユン・テジンは通りを見ながら、窓枠に沿って垂れているブラインドの紐を、ゆっくりと手に巻きつけた。

三章

保健所の裏側と向かい合っているアパートは階が低いので、屋上が見下ろせた。屋上を横切るようにつけられた物干し竿には、布団やタオルが掛かっている。黒い靴下や白いランニングシャツ、作業着などが掛かっているときもあった。洗濯物の下には、何かの支えにするためか、セメントのブロックがいくつか置かれていた。昼間は猫が一匹上がってきて、そのそばで日向ぼっこをしていた。高い建物に囲まれているために、屋上は垣根を張りめぐらした庭園のようにも見えた。もっと高い建物の屋上にあるアンテナや換気扇が風で揺れ動くたびに、低い屋上に光が散りばめられた。

ソン・イナは保健所三階の、資料室と通信室をつなぐ長い廊下の端に立っていた。保健所のなかでいちばん人通りの少ないところだった。屋上を見下ろしているときにふと顔を上げると、垢じみたアパートの外壁や、あちこちにかかっているエアコン室外機が目に留まった。その向こうでこちらを見下ろしているのは、ゾウ山の耳の部分だった。耳は絶壁になっており、夏になって山全体が青々してもそこだけが土色なので、遠くからでも目についた。コーヒーを手に廊下の端で外を眺める時間が、ソン・イナにとっては唯一の休息タイムだった。

洗濯物とセメントのブロックしかなかった屋上に、いつの頃からか丸いテーブルが置かれるようになった。X字型にクロスした鉄製の脚は錆びついていた。誰かがその上に新聞を敷き、山菜などを干している。外まわりで忙しくしているあいだに、屋上に新たに登場した物だった。罵りの言葉を一生分聞かされた上半期の服薬指導も、あと一週間で終わる。一部の老人たちは、長いあいだ病と闘ってきた鬱憤を、訪問看護師や薬剤師に当たることで晴らそうとした。物を投げたり、何かに対して腹いせをするのはまだ我慢できるが、男の老人に性器をほのめかすような罵声を浴びせられると、わたしはなぜこんな仕事をしているのだろうと何日も後悔した。時間と忍耐力が必要なのは初めからわかっていたけれど、何もかもソン・イナの予想を上まわった。薬物の乱用は聞きしにも勝り、薬に対する老人たちの執着心は、家も壊してしまわんばかりの勢いだった。彼らは長い月日をかけて徐々に何かの中毒になり、洗脳されていた。ソン・イナは空のコップを持ったままぼんやり立っていたが、やがて事務室に入っていった。

「オラ鎮《ジン》から三陽洞《サミャンドン》の方に行くと、架道橋下の十字路に出ますよね。はい。そこで左折です。……ゾウ山の耳を見ながら、鼻に沿って真っ直ぐなんですけど」

ソ・サンファが受話器を持って、保健所の位置を説明していた。ソン・イナは事務室のドア近くで、そんなソ・サンファの様子を眺めた。

いつだったかソン・イナは、ソ・サンファが広げたままにしていた業務ノートを見たことがあった。地図は一つでも、それを説明するときの言葉や方法は、職員たちによってさまざまだった。ソ・サンファのノートには、ソン・イナが保健所の位置を説明するときの言葉がそのまま記されていた。他の人たちはゾウ山の真ん中辺りとか端の方と言うことはあっても、ゾウの耳とか鼻という言い方はしなかった。そう言うのは保健所でソン・イナしかいなかった。ソン・イナは、自分の言葉がソ・サンファの声に乗って聞こえてくるのを不思議な気持ちで聞いた。春から初夏にかけてユリ谷の家々を一緒に訪ねてまわったソ・サンファは、今後は防疫の仕事をすることになっていた。勤務時間をずっとソ・サンファと一緒に過ごしたのを、いまごろになって実感した。この間、ソ・サンファについて知ったこと。それは、瞳が茶色だということ。左の耳介《じかい》にほくろがあって、何かに夢中になっているとき、そのほくろがくっきり見えるということ。小学四年生のときとなりの席だった女の子に、子どもを四人持つだろうと予言されたこと、などだった。

服薬指導をしていて嫌なことがあった日は、ソ・サンファは訊いてもいないのに自分の話をした。ほとんど幼い頃の話だった。オラ小学校で自分がいちばん〈青い空　天の川〉を歌うのがうまかったということや、自分とペアになりたくて女の子たちが争って泣いた話。そんな話を聞いていると、最後はフッと笑ってしまった。そのうちそれが大げさな話だとも思わなくなった。相手の話に耳を傾け、調子を合わせ、おしゃべり上手なソ・サンファは、女の子たちに人気があったに違いない。

受話器を持ったソ・サンファの大きな手を見ているうちに、ソン・イナはその日を思い出した。ソ・サンファがとなりの席の女の子の話をしながら、ソン・イナに自分の手首を見せたのはユリ谷の頂上でのことだった。あと反対側の稜線にある一軒をまわれば終わる、遅い午後だった。ソ・サンファは指で円を描きながら、「死刑場の跡、意外と広いですよね」と言った。枯れ木が一本立っている空き地の周りに、とうもろこしの茎が青々と伸びていた。日はゾウ山の方に傾き、夕暮れの光を浴びたテレビ塔の向こうには、波のように山脈が連なっていた。ソ・サンファは幼い頃、暇さえあれば友達とそこに上って遊んだと言った。冬は早く暗くなるので、灯台に灯りがともり、海が黒くなってから下りていったとも言った。ソン・イナはいまさらのように、雲が散らばっている空と水平線を眺めた。希望の塔の方に続く新千年道路の一部が、海と海のあいだからちらっと見えた。自分が陟州市内を見下ろしていたのはどの辺りだろうと思いながら、ソン・イナはゾウ山のテレビ塔を見つめた。いつのまにそっちに行っていたのか、死刑場跡の大きな電信柱のそばを通って、ソ・サンファがこちらに歩いてきた。とうもろこしの茎よりも高くそびえた「地震・津波の避難場所」の標識の上に、赤い夕日が沈んでいた。ソ・サンファが一歩近づいてくるたびに、電信柱よりも影が長くなった。

夕日を背に、並んで歩いているときだった。「その子が僕の手首をつかんで」とソ・サンファが腕まくりしながら、となりの席の子について話しはじめた。その子はソ・サンファの手のひらを裏返し、両手の親指でソ・サンファの手首の内側を押したという。何か粒のようなものがソ・サンファの手首にぽこっと浮かび上がった。「四つか。子どもは四人だね」。その子はそう言うと、他の子どもたちの手首も押した。ソ・サンファはなぜかそのことがあってから、小学校を卒業するまでその子を避けたと言った。

ソ・サンファはいまでもあるよと言いながら、自分の手首を押して、ソン・イナの前に差し出した。下り坂になる前だった。夕暮れて、海の風が強く吹いてきた。急な階段の前に立って、ソン・イナはソ・サンファの手首に浮き上がった四つの粒を見た。なんとなく触った方がいいような気がした。ソン・イナは思わずソ・サンファの手首に人さし指を伸ばした。一つ、もう一つ。どれもふにゃっとしていた。しばらくしてソン・イナは、自分の顔をじっと見つめているソ・サンファの視線を感じ、指をひっこめた。

ソ・サンファがその手で受話器を握っていた。食事のときには箸を差し出し、仕事中にはマウスを動かしたり。Ａ４用紙が入った段ボールを持ったり、ソン・イナの椅子の背もたれを押さえたりする手だった。

「何？　その表情」

事務室の入り口にぼんやりと立っているソン・イナに、キム・スニョンが顔を近づけた。

「何かを懐かしむような……ほほ笑んでるの？　怪しいわね。そんな顔してどこ見てるのよ」

幸いにもソ・サンファは電話を切って、パーティションのなかに入ったあとだった。ソン・イナはソ・サンファの席とつながっている自分の席に戻った。ソン・イナが座るのを待ってましたとばかりに、ソ・サンファが振り返った。見られていたのを知っているかのような、上気した表情だった。

＊

「一緒に薬を飲んでいた仲間だよ」

大家のアン・クムジャが言っているのは、イ・ヨングァンが死んだ日、一緒に酒を飲んでいた老人たちのことだった。イ・ヨングァンが死んでから季節は過ぎたが、参考人として呼ばれた人たちのなかに被疑者となった人はいなかった。敬老堂からは、証拠になりそうな指紋も足跡《そくせき》も、監視カメラの資料も出てこなかった。何の証拠も見つからないので、事件は長期化するだろうとも言われていた。

アン・クムジャはソン・イナに、イ・ヨングァンとの関係について訊くわけでもなければ、白分との関係についても話さなかったが、ただ、それ以外のありとあらゆることをひたすら話し続けた。

一緒に薬を飲む仲だという二人の老人のうち、一人はもう何年も前立腺肥大症の治療を受けていた。老人は治療薬として処方された薬の一部を、脱毛症に悩んでいる他の老人に売った。同じ成分の薬でも脱毛の薬として処方されると、保険適用外となり薬代が高くなるからだという。

「薬も安く手に入る。だから二人はいつも連れだってたよ。それだけじゃない。あるときなんか、一緒に赤っぽいカプセル剤を飲んでるんだよ。一錠、五千ウォンだっていう」

「何の薬ですか」

「あいつらが躍起になって飲むのは一つしかないね。勃たせてくれるんだったら、毒薬でも飲むだろうよ」

保健所で抗生剤を処方してもらう男性の老人は、ほとんどが性病だった。彼らは処方箋を持って医薬分業から外された村の薬局に行き、勃起不全治療剤を買った。そこには薬剤師が自ら作って売る精力剤も多くあった。そんな生活を何年も続けていると耐性がついて、抗生剤も勃起不全治療剤も効かなくなる。そうなるほど老人たちは、もっと強い薬を探し求めるようになるのだった。

アン・クムジャが杏《あんず》を抱えて上がってきた。夕飯を食べて後片づけをしても外が明るいので落ち着かないと言いながら、彼女はソン・イナのところにしょっちゅうやって来た。

イ・ヨングァンも彼らの薬仲間だったのだろうか。ソン・イナは眠れないとき、ソ・サンファがネットに載せた気功体操クラスの写真を開いた。イ・ヨングァンはいつも、二人の老人の後ろに猫背で立っていた。遠くの方に小さく写っていたので、消えかかった灰のようだった。色黒で、体中から水分が抜け出てしまったかのように枯れていた。これまで保健所ですれ違ったかもしれないのに気づかなかったのは、十八年前の面影がなくなっていたからだろうか。ソン・イナは、拡大すればするほどぼやけるイ・ヨングァンの顔を何度も覗き込んだ。

「ゾウ山の森林浴場側に行ったら、墓が一つあるだろ？　そのそばに大きな杏の木があるの、知ってるかい？　うちの息子を身ごもったとき、そこでずいぶん杏を拾って食べたもんだよ」

アン・クムジャが杏の入ったかごをソン・イナの方に押した。

「これもそこで拾ってきたんだよ。食べてごらん」

そう言って、いちばん大きなのを差し出した。

「あの子を産んだのは真冬だった。いまでも産んだ月が来ると冷や汗が出るよ」

「……」

「それもこれも産後のケアが悪かったからだね」

ソン・イナは杏を手のひらにのせて、ころころ転がしてみた。

「あのときちゃんと養生していれば、まだまだぴんぴんしてるよ」

ソン・イナは扇風機をつけた。

「赤ん坊を産んでも乳は出ないわ、空咳は出るわ。おしっこが漏れるぐらい咳ばかりしてたら、となりの家の奥さんが若鶏とヤマツルニンジンを煮込んだものを持ってきてくれてね。最後の一滴まで残さず平らげたら、不思議なことに咳がぴたりと止まったんだよ。そのとき思ったね。いつかうちの嫁が赤ん坊を産んだら、あたしも若鶏を絞めて、ヤマツルニンジンを入れて煮てやらなきゃって。あれを一羽食べると症状がよくなって、二羽食べたら顔がつるつるになるね」

「となりの奥さんと親しかったんですか」

「そのあと親しくなったよ。あたしが腰が痛くてうなってたら、それだってちゃんと養生しなかったからなんだけど、その奥さんが自分も産後、苦労したけどこれでよくなった、って薬を持ってきてくれたんだよ」

「どんな薬ですか」

「くしゃくしゃの黄ばんだわら半紙を開いてみたら、粉薬がいっぱい入ってるんだ。それを水に溶かして飲んだよ。そしたら、ほんとに腰が痛くないんだよ。そのときの気分といったら、ひざまずいて奥さんを拝みたかったね。ところがある日、突然引っ越してしまったんだ。夜逃げでもするみたいに。そのときはほんと、旦那も子どもも捨てて彼女を探しに行きたかったよ。わかるかい？　その気持ち」

「……いいえ」

「もとはといえば産後のケアをしなかったせいだ」

「その人とはその後、会ったことないんですか」

「会ったよ。あたしは早くに旦那を亡くしたからね。旦那が死んでからしばらく放心状態だった。ふと我に返ったら、そばには六歳と九歳の息子と娘がいたんだよ。その後、いろいろあってとなりの奥さんと再会したんだけど。その〝いろいろ〟を説明してたら二日は夜を明かすね」

「杏、おいしいです」

「そうかい？」

アン・クムジャが顎を引き、上目遣いでソン・イナを見た。春にイ・ヨングァン事件で参考人として警察に呼ばれて以来、アン・クムジャは時折そんな視線をソン・イナに向けた。気持ちのいいものではなかった。

「もしかしたら薬王《ヤグァン》成道会かも」

「何が？」

「……いえ、なんでもないです」

ソン・イナは文化芸術会館で開かれた講演会を思い出し、何か言おうとして首を振った。

「薬王成道会について知りたいことでもあるのかい？」

「……」

「まあ、薬王成道会の方でも、陟州市の保健所にいる薬剤師ぐらい、とっくに調べているだろうがね……」

アン・クムジャは意地の悪い顔でソン・イナをじろっと見た。そのとき、鈴の音が聞こえてきた。豆腐売りがやって来る時間だった。外はまだ明るく、扇風機の風がカーテンを揺らし、静かにまわっていた。「ごめんください」と誰かが玄関のドアをたたく音に、ソン・イナとアン・クムジャは驚いて顔を上げた。ある春の夕方のことが思い出されたからだった。

ソン・イナは玄関の方にゆっくりと歩いていった。

「どなたですか」

返事が聞こえないので、ソン・イナはドアのレンズから外の様子をうかがった。外に立っている女性が持っていたのは、薬王菩薩の誓願が書かれたリーフレットでも、廃医薬品の回収箱でもなかった。ソン・イナはそっとドアを開けた。

「こんにちは。陟州市長のリコールの件で来ました」

女性が陟州市選挙管理委員会の職印が押された受任者マークを見せながら差し出したのは、市長の解職を求める署名用紙だった。

＊

「診療支援係にいるときは、いつもパスタだったのに」

食堂に入るとき、ソ・サンファが蚊の鳴くような声で言った。

「診療支援係は麺がお好みだけど、うちはスープ料理よね」

今月の予防医薬係の昼食会は、新しくできたナクチヨンポタン［テナガダコを丸ごと、野菜とともに鍋で煮込んだもの］の店だった。

「予防接種室からは誰も来てないの？」

「広報の先輩はソウルからお客さんがみえてるし、パク主任は有給休暇でお休みです」

大きな鍋が二つ、それぞれのテーブルに置かれていた。イ・チャンギュ係長とキム・スニョンが左側のテーブルに、キム・スンヒとソン・イナとソ・サンファが右側のテーブルに座った。だし汁が煮えた頃、店主が生きたテナガダコを二匹、運んできた。ぐつぐつ沸いた湯のなかに放り込まれたテナガダコは、体じゅうをくねらせた。大根と野菜をかき分けるようにして悶えていたかと思うと、足を伸ばし、鍋の取っ手に巻きついた。放っておくと鍋の外に這い出てきそうだった。ソン・イナは唇をかんで、テナガダコの動きを目で追っていた。生きてるんだからおいしいはずよね。生きているのに、どうしてゆでて食べるんだろう。

「早く蓋をしめて。見てらんないわ」

眉をひそめたキム・スニョンを見て、ソ・サンファがポケットから〝悩み解決ブック〟を取り出した。小学生の末の娘がくれたのだと、キム・スニョンが事務室に持ってきたものだった。彼女は待ってましたとばかりに姿勢を正し、悩みを打ち明けた。

「私の悩みは、このテナガダコをどうしても食べないといけないのか、です」

手のひらの四分の一にもならないミニブックが、ソ・サンファの指先でするっとめくられた。

キム・スニョンがストップ、と叫んだ。ソ・サンファが指にかかったページを広げて読んだ。

「チャンスはいまだ」

「何よ、いまって。やめた。他の悩みにする」

「いいですよ、いくらでも」

キム・スニョンはもう一度姿勢を正した。

「私の悩みは、暑くて何もしたくない、ということです」

ストップの声とともに、ソ・サンファが本を開いた。

「叩けよさらば開かれん」

「叩けって何を？　今日はちっとも役に立たないわね」

キム・スニョンから悩み解決ブックをもらって以来、ソ・サンファは何かあるとすぐそれを開いた。ソン・イナも何回かさせられたので、それ以来、絶対に悩みを口にしなかった。このゲームが気に入っているのは、ソ・サンファとキム・スニョンだけだった。

「サンファさん、たくさん食べなさいよ。これからは炎天のなかで浄化槽の防疫作業をしないといけないんだから」

キム・スンヒがソ・サンファの受け皿にスープを入れながら言った。

「昨年だったっけ？　公益の子が防疫作業してて、一週間で倒れたじゃない？　びっくりしたわよね」

「今年の夏はもっと暑いらしいから心配ですよね」

そのとき、スープを飲んでいたイ係長が顔を上げた。

「軍隊に入ってみろ。真夏に遊撃に行ったり行進したりするんだぞ。市内の浄化槽をまわるぐらいでなんだ」

一瞬、しんとなった。イ係長が兵役の話をすると、誰も言い返せなかった。ソ・サンファはうな垂れたまま、黙ってエリンギを食べた。誰に何を言われても平気なソ・サンファにも、例外があった。兵役の話が出たときだった。


陽の光が強くなった分、木の葉は生い茂り、街路樹の下には陰ができた。木と陽の光が作った陰に、初夏の風が吹いてきた。ひと月に一回、予防医薬係の人たちと外で昼ごはんを食べ、一緒に歩いて保健所に戻ってくる時間が、ソン・イナは好きだった。テイクアウトしたコーヒーを手に持って、そぞろ歩きながらダイソーの前で靴下を見たり、十字路で案山子《かかし》のバルーンを見上げたりする時間。

道はあちこちが黒い染みになっていた。春には桜が、秋にはイチョウの木が足跡を残すように、この季節には桑の木があった。木から落ちた桑の実は一カ所にうず高く積もったり、潰れて道を黒く染めたりした。街路樹下の白いベンチも黒ずんでいた。この時期、桑の木の並木道を通る人はみんな市庁の悪口を言った。

キム・スニョンはイ係長と一緒に前を歩いた。その後ろをキム・スンヒがソ・サンファに何やら説明しながら歩いた。ソ・サンファはあちこちに潰れている桑の実を避けながら、時折振り返ってソン・イナを見た。キム・スニョンとイ係長が郵便局の方に曲がった。ソン・イナはキム・スニョンの端正なおかっぱ頭を見つめた。歳の離れた二人の子どもを育てながら仕事を続ける大変さを、いつも率直に話すからだろうか。彼女は女性たちのあいだでは相談役のような存在だった。ソン・イナが陟州市保健所に来て、それなりに馴染んでいるのも、そばで支えてくれたキム・スニョンの力が大きかった。服薬指導に行くと、一部の老人の暴力に脅威を感じることがある。それに対する最小限の安全対策を一緒に考えてくれたのも彼女だった。彼女の助けがなかったら、イ係長はいかなる要求も聞き入れてくれなかっただろう。肝心なときにイ係長がキム・スニョンの意見に従うことについて周りの人たちは、キム・スニョンのバックには市庁を牛耳っている課長の夫がいるからだと言ったが、彼女はいままで保健所でそんなそぶりを見せたことはなかった。

郵便局に近づくにつれ、通りは騒がしくなった。「リコール投票を勝利に導け」と書かれたテントの前で、予防医薬係の人たちは足を止めた。信号はまだ赤だった。テントの前で署名を求めている人たちは、ソン・イナの家に訪ねてきた人と同じ受任者証明を首にかけていた。テントの横に、市長解職の理由が書かれた横断幕が見えた。「陟州市民の生存と安全に関わる問題と、市民の意見に、耳を貸さない市長」「賛成署名簿を捏造し、陟州市民の意志をねじ曲げ、抑圧した市長。陟州の民主主義を抹殺しようとする市長」……。受任者たちは解職の理由を叫びながら、行き交う人たちに署名を求めていた。キム・スニョンとイ係長はテントに背を向けて立っていた。信号が変わるなり、二人は早足で道を渡った。保健所の前まで来たとき、キム・スニョンはキム・スンヒとソン・イナだけを呼び止め、夜の集まりに来るようにと言った。

＊

陸州大学近くにある窯焼きピザの店に、ソン・イナとキム・スンヒが少し遅れて入っていくと、他の人たちと話をしていたキム・スニョンが手招きした。二階には保健所の団体客以外の客はいなかった。保健所女子職員の定期集会はたいていここで行われた。

いつもより参加者は多かったが、みんなどことなく緊張した面持ちだった。座長役を務めている診療支援係のシム・ウンスク係長が、長いテーブルのいちばん奥に座っていた。そのとなりにチン・ミジンが見えた。キム・スニョンは昼間とはうって変わって深刻な顔をしていた。入り口近くの席には、とりわけ競争率の激しかった昨年の公務員九級に合格し、保健所で行政の仕事を始めたばかりの職員も座っていた。

女子職員の集まりに来るたびにそうなのだが、ソン・イナは見知らぬ人たちを眺めるように彼女たちを見た。ほとんどが陸州に両親がいたり夫の実家があったり、自分の家族がいる人たちだった。陸州の学校に通っている子どもがいて、その子たちが大きくなったらできれば陸州から出ていってほしいと願う人たち。集まりはいつものような活気がなかった。夏休みはどう過ごすかとか、どこどこは睫毛《まつげ》の施術が上手だとか、共同でネットショッピングをする話も出なかった。時折しんとしてはまた話しはじめる、そんな退屈な食事が終わった頃、シム・ウンスク係長がひとこと投げかけた。

「署名した人、ここにはいないよね？」

シム・ウンスクの言う署名とは、いま陟州を騒がしている市長の解職を請求するものだ。陟州の有権者のうち九千人ほどが署名をしたら、市長解職のための住民投票日が決まる。テーブルは静かだった。

「原発に賛成でも反対でも、それは自由だけど」

キム・スニョンは両手で顔を擦《こす》ってから、話を続けた。

「署名だけはしないで。九千人が署名して選挙管理委員会で投票日が決まったとしても、どのみち市長を辞めさせるのはムリなのよ。署名して自分を追い出そうとした人たちを、あなたたちなら放っておく？　不利益を被るのは目に見えてるんだから」

それとなしに脅迫しているようでもあったが、キム・スニョンが言ったからか心配しているように聞こえた。

「いま市庁ではね、公務員に担当地域を決めさせて、町長や村長たちを取り締まってるの。こんなちっちゃな町だけど、今後、町長村長たちは、誰が署名するか目を光らせて監視するわよ」

「義母から聞いたんですけど」

テーブルの真ん中辺りに座った人が言った。

「うちのアパートの班長は原発誘致協議会の人なんですって。市庁の職員がよく会食する刺身屋の主人も、このまえ班長になったたって」

そう言った職員の方に、キム・スニョンが体を向けた。

「それで？　あなたのお義母さんは署名したの？」

さっきまでは後日降りかかるかもしれない不利益を心配したり、現状を嘆いたりする程度だった。ところがキム・スニョンがそう訊くなり、その場の雰囲気が一変した。

毎日、顔を突き合わせているこの人たちはいったい誰なんだろう。本当に私の知っている人たちだろうか。みんな複雑な面持ちだった。幸いにも話を切り出した職員は、そんな雰囲気など気にも留めていないようだった。

「うちの義母は反対派だから、もちろん署名しました。でも義父はちょっと違うみたい。陟州に原発を作るのは反対だけれど、でも七十過ぎた年寄りを追い出すようなことはできないって言ってます。原発反対デモをしている人たちを見ると、傀儡軍《かいらい》みたいだって」

「傀儡軍？」

「傀儡軍なんて言葉、ほんと久しぶりに聞くわね」

誰かがけらけら笑った。

「ねえ、それよりオ・ビョンギュ市長って七十過ぎてるの？」

「そうよ。トンジンセメントの社長だったのがもう二十年も昔なんだから」

オ・ビョンギュ市長には、陟州の郷土企業と呼ばれるトンジンセメントの七光り効果がつきまとった。彼が与党の公認なしに市長に再選できたのは、そのためだともいわれた。

「あなたのお父さんもトンジンセメントに勤めてたんでしょ？　ちょうど市長がいた頃よね？」

ソ・サンファを予防医薬係に連れてくる会議をしたあと、とりわけソン・イナに関心を見せるようになったシム・ウンスク係長が訊いた。ただ、ソン・イナの父親の死因については知らないようだった。

「ええ？　イナさんって陟州出身だったんですか」

周りの人たちの視線がいっせいにソン・イナに注がれた。チン・ミジンが姿勢を正し、耳を澄ませているのが見えた。

「イナさんも陟州の人なんだ」

誰かがそう言ったが、言った人も訊いた人も、ソン・イナ自身も知っていた。誰もソン・イナを陟州の人間だと思っていないことを。

小学校のときから陟州で暮らしたが、ソン・イナは一度も自分が陟州の人間だと思ったことはなかった。噂好きな隣人たちのねっとりした視線、友達の父親の死をゴシップぐらいにしか思っていないクラスメートたちのひそひそ話――そういうことを思い出すと、いまでも目を背けたくなる。ソウル市の公務員だったソン・イナが陟州市に移ってきたのを見て、保健所の人たちは、どうせいつか出ていくんだろうくらいに思った。何かを始めようとすると、仕事を増やさないでくれと言いたげな目を向けた。いま陟州でいちばん必要なのは訪問服薬指導だとソン・イナが言ったときも、保健所の内部には大きな壁が立ちはだかっていた。

自分に視線が注がれているのを見ながら、それからキム・スニョンを見ながら、ソン・イナは、今後この集まりに来ることはもうないだろうと思った。そのせいで毎日顔を合わせるキム・スニヨンとの関係がぎくしゃくしたとしても、平穏で和気あいあいとした職場の雰囲気が崩れたとしても、もはやどうすることもできない時が来たのかもしれなかった。

ソン・イナは灯りのついたテレビ塔を見ながら歩いた。夜の町を一人で歩くときは、目でゾウ山をなぞった。テレビ塔の近くまで来ると安心した。

桑の実の落ちた道を歩いていくと、郵便局のある十字路に出る。ソン・イナは立ち止まって、公園の花壇と、街灯の灯りを浴びてゆらゆら波打っている人工の滝を眺めた。夜の空気が蒸し暑いせいか、もう遅い時間なのに公園のあちこちに人の姿が見えた。ソン・イナはベンチに座り、となりの建物の看板を、一階から順に読んでいった。

三千里《サムチョルリ》自転車、ナレ企画、国会議員チェ・ハンス、アダルトゲームランド。

三階は窓が開いており、電気もついていた。バラが咲きほこっていた数週間前の文化芸術会館で、薬師如来の話をしていた女が甲状腺の話を始めたとき、急に席を立った男がいた。後ろ姿をちらっと見ただけだが、間違いなくユン・テジンだった。市長リコールの話が出たということは、もう単なる原発賛成・反対レベルではなくなった。陟州のいろいろな問題が水底で、政治的に絡み合ってきたのだ。そのなかでユン・テジンの欲望は果たしてどこへ向かうのか、ソン・イナは手に取るようにわかるようで、何一つわからなかった。

＊

予防接種を受けにくる赤ん坊は、たいてい午前中にやって来た。一人が泣きはじめると、順番を待っている他の赤ん坊たちもつられて大声で泣きだした。一階の注射室で始まった大合唱は、三階の事務室にまで勢いよく響いてきた。赤ん坊の泣き声が聞こえてくると、もう何も手につかなくなる。ソン・イナは円筒型の廊下に出て、一階のロビーを見下ろしながら泣きやむのを待った。妊娠しているときは鉄剤を取りに、出産後はさく乳器を借りにきていた女たちが、むくみの取れた体で赤ん坊を抱いて、予防接種を受けにきていた。廊下でその様子を見ていると、ソン・イナはソウルの新吉洞《シンギルドン》でユン・テジンと暮らしていた数年間を思い出した。

ユン・テジンがいまにも倒れそうな体を引きずるように家に帰ってきたあと、何日も眠り続けたのは、国政監査も終わり、かなり寒くなった頃だった。ソン・イナが仕事を終えて帰ってきたとき、ユン・テジンはまだベッドのなかで眠っていた。いつもより寝息が荒かったので、額に手を当ててみた。熱があった。薬を飲ませた方がいいだろうか。タオルで冷やすだけで充分だろうか。ソン・イナはユン・テジンの顔と首に当てた手を離し、タオルを濡らしにいこうと立ち上がった。ドアのノブをまわそうとしたときだった。ユン・テジンが寝ぼけたようなくぐもった声で訊いた。

「いま何時だ……」

ソン・イナが振り返ると、ユン・テジンはげっそりした顔で体も起こせないまま、こちらを見ていた。ソン・イナがタオルを濡らしに出ていけなかったのは、そのためだった。熱のこもった声で「何時だ」と訊かれたから。この世でいちばん寂しくて哀しくて、誘惑的な声。ソン・イナはユン・テジンのいるベッドのなかに入った。彼の体は熱っぽく、ふだんよりも荒々しくてふわふわで柔らかくて硬かった。

ユン・テジンと別れたあと、二人で交わした言葉はすべて失ってしまったけれど、いま何時だ、という言葉だけはなかなか消えなかった。それと、いまでも忘れられないものがあった。ユン・テジンの肉体がもたらす感覚だった。ユン・テジンの陰茎がもたらす感覚。ユン・テジンの皺《しわ》、匂い、重さ。ユン・テジンという塊に触れ、さらに奥深いところに触れた瞬間。自分の体が感じ、自分が感じているのを相手が知り、そうやって互いをつかみ合ったときの満足感。ソン・イナはユン・テジンとそんな瞬間を分かち合うだけで充分だった。あまりに気持ちのいいその瞬間に、それでいて刹那の喜びに留《とど》まらず何か結果をもたらすということに、ソン・イナには謎めいた罰のようなものを感じた。

妊娠したとわかったとき、おろおろするほど二人はもう若くなかった。避妊が失敗したことにうろたえたのも束の間、ソン・イナはこれからするべきことを冷静に考えた。お互いの両親に挨拶する日取りを決め、お腹が目立たないうちに結婚式を挙げられる式場を予約し、のんびりできる新婚旅行のプランを立て、お互いの財政状態に見合った家を借りること――そういうことをすればよかった。妊娠後に結婚する多くのカップルと同じように、結婚して七カ月目に子どもを産み、保健所で予防接種のスケジュール表をもらい、子どもが中耳炎にかかるのを心配しながら暮らせばよかった。

妊娠がわかった数週間後、二人で産婦人科の定期検診に行った。その日はなぜかお腹に塗る超音波のジェルが冷たく感じた。ソン・イナが緊張しているのを見て、ユン・テジンはそばで手を握った。超音波の画像を見ている医者の顔色がよくなかった。時間がのろのろ過ぎていった。

「神経管が欠損しているようですね」

しばらくして医者がそう言った。神経管欠損とはどういう意味なのか、ソン・イナもユン・テジンもわからなかった。揺れ動いている超音波の画像と、医者の顔を交互に見ながら、次の言葉を待つしかなかった。

「頭蓋骨が見えません」

医者はソン・イナの腹のなかにいる十三週目の胎児に、無脳症という診断を下した。心臓は元気だが大脳がないと、無事に生まれてきても数時間のうちに死亡する率が高いと言った。

そのあとのことは覚えていない。遅い夜だった。ふらふらしながら家に帰ってきたユン・テジンがソン・イナの顔を見ながら言った。

「吐きそうだよ」

ソン・イナにはそれがどういう意味なのかわかった。ネットで無脳症を検索すると出てくる写真を見たのだろう。無脳症がどんな病気なのか、無脳症になるとどうなるのか、なぜそんな病気にかかるのか。調べているうちに、ユン・テジンも無脳症の胎児たちの写真をたくさん見たに違いない。頭のない写真を。ひどく飛び出た目が顔の半分を占めている写真を。

そのときからだった。ユン・テジンは自分のなかに溜まっていたものを、こんなことがなければ一生見せる機会すらないであろう姿を、一つ、また一つと、ソン・イナに向けて投げはじめた。

ユン・テジンは中絶手術をしようとしないソン・イナを、毎日のように責め立てた。

「生まれてきても、どうせすぐ死ぬんだぞ」

正常でないものを孕《はら》んだソン・イナに一時《いっとき》も我慢できないとでもいうように、ユン・テジンの目は血走っていた。

「わたしたちだっていつかは死ぬのに、生きてるじゃない」

ソン・イナは感情を押し殺した目でユン・テジンを見つめた。反発心からそう言ったのだろうか。ソン・イナもその子をどうしても産みたいわけではなかった。自分の体のなかで何かが育っているという、変化を受け入れるだけで精一杯だった。どうするべきか決断を下すためには、まず無脳症だということを認め、受け入れなければならなかった。ソン・イナには時間が必要だった。

ユン・テジンは、無脳症の子どもができたのは自分のせいだと思い込んでいた。ソン・イナもユン・テジンが十代のときに遭った事故で、長いあいだ甲状腺疾患を病んだことは知っていた。しかし、それが原因かどうかは誰にもわからない。

ソン・イナはある日、ユン・テジンの鞄のなかに「ゲノムの完全性 genomic integrity 高解像度《ハイレゾリューション》スキャニング検査」と書かれたリーフレットを見つけた。二十五万ウォン払えば十四日以内に結果が出るというその検査を、ユン・テジンが実際に行ったかどうかはわからない。検査をしない代わりに、自分のせいではないという可能性を一パーセント残し、なのに自分のせいにしながら、自分と周りの人を虐待する方を選んだのかもしれない。

そんななかでもつわりは続いた。つらくて調剤室のどこでもいいから横になりたかった。家に帰るなり、まだ夜も更けていないのに眠くなった日のことだった。ソン・イナはベッドにもたれてスマホを見た。ユン・テジンからメッセージが届いていた。

――イナ。おまえがおかしな仮面をかぶって俺を追いかけてくる。その仮面は、俺が憎んでやまない俺の顔だ。目の飛び出た、気色悪くて頭がおかしくなりそうな顔。切り裂いてしまいたい顔。消えてしまえ。何もかも。

ソン・イナはそのメッセージを何度も見ているうちに、眠ってしまった。どのくらい眠ったのだろう。急に寒気がして目を覚ました。窓の方から光が差してきたが、それは自然の光ではなく看板の灯りだった。まだ夜は明けていないようだった。もう少し眠ろうと思い振り返ったとき、ソン・イナは驚いて息が止まりそうになった。ユン・テジンがベッドに腰かけて見下ろしていたのだ。彼の巨体がソン・イナの視野を遮っていた。目が暗闇に慣れてくるにつれ、ユン・テジンの瞳が見えた。ソン・イナはユン・テジンの目を見つめた。長いあいだ見てきた目だ。朝、目を覚ましたとき、体を交えたとき、静かに互いの深いところに触れ、少し動いただけで喘ぎ声が漏れたとき、数えきれないほど見つめ合った目。その大きくて濃いユン・テジンの目に、涙が溜まっていた。ソン・イナは、自分でもどうしてよいかわからず、声を殺して泣いているユン・テジンの目を見ながら思った。この人はこんな哀しい目をして何かを傷つけるかもしれない。言葉では言えないけれど、納得もいかないけれど、直感でそう思った。

ソン・イナは、ユン・テジンにゆっくりと背を向けた。

＊

保健所の正門を渡ったところにATMがあった。一つだけぽつんとあるせいか、一見大きな公衆電話のブースのようだった。一本の樹がその上を覆うように枝を垂らしていた。エアコン室外機から風が出るたびに、その前に伸びた葉がぶるぶる震えた。向かい側で信号を待っているとき、そこだけがなびいているので誰かがわざと枝を揺さぶっているように見えた。ぼんやりとそれらの動きを眺めていると、急に蟬の鳴き声がぷつりとやむときがあった。そんなとき、ソン・イナは唾をごくりと呑み込んだ。するとまた、やかましく鳴きはじめるのだった。

「秋になったら、あそこだけが先に葉を落とすかもしれない」

ソ・サンファがそばに来て言った。

「そうね」

「今日も湾岸道路に行くんですか」

「……うん」

「僕も連れてってってください」

「……」

「今夜はバイトに行かなくてもいい日なんです。おとなしくしてますから。……防疫の仕事に戻ったら、いままでみたいに会えなくなるし」

おとなしくしていると言ったソ・サンファは、本当におとなしく窓の外ばかり眺めていた。ソン・イナは校洞《キョドン》の十字路を通って、湾岸道路のスタート地点である陟州ビーチの方に車を走らせた。23師団の正門の前を過ぎ、リゾート近くまで来た頃、やがてバカンス客で混み合うことになる海辺の店が見えた。車が絶壁に近づいたとき、ソ・サンファは窓を開けて海を見つめた。

「同じ海なのに、浜辺で見るのと、道路から見るのとは違うんですね」

南海《ナメ》よりも穏和だといわれる陟州の海岸に沿って、車は走り続けた。広津《クァンジン》を過ぎ、彫刻公園を通って、ソン・イナは希望の塔の入り口で車を止めた。松が生い茂った散策路に入り、二人は塔を見上げた。ソン・イナは木の階段の手すりにもたれて汗を拭いた。体をツタで覆われた松の木が、鉄条網ごしに並んでいた。松林の彼方にある絶壁に哨所が見えた。哨所の向こうには「陟州の海の色」としか言いようのない色の海が、空と触れ合うようにして広がっていた。

階段を上っていたソン・イナは、となりが寂しくなって振り返った。コーヒーを買ってくると言って道を渡ったソ・サンファが、キャリアに入れたコーヒーを持って手を振っていた。ソ・サンファが道を渡ろうとしたときだった。一台の車が太陽の光を弾きながら、フルスピードで走ってきた。

「サンファ！」

ソン・イナは思わず大声で呼んだ。どれだけ時間が過ぎただろう。道の向こうにいたはずのソ・サンファがいつのまに渡ってきたのか、元気よく階段を上ってきたかと思うとソン・イナの前に立った。

「はい、ヌナ。呼びました？」

ソ・サンファが唇をぴくぴくさせながら笑った。

「サンファさんって呼ばれたら、はい、先輩って答えるけど、サンファって呼ばれたら、はい、ヌナでしょ。こればっかりはどうしようもないなあ」

ソ・サンファはソン・イナの腕をつかんで、階段を上っていった。上りつめると、両腕を広げて抱きかかえるような形をした造形物が現れた。希望の塔だ。曲線を描いた塔身の内側は銀の板で覆われ、外側には小さな石を埋め込んであった。塔の前にはタイムカプセルが埋まっていた。

ソン・イナは屋根のついたベンチ型のブランコに乗った。いつも車で通り過ぎるだけで、上ってきたのは久しぶりだった。ソ・サンファは塔の外側にまわって、石に書かれた落書きを読んだ。

「ジスとヨンジ、私たちいつまでも一緒にいようね。テホとウニョンが来たよ。スー！　おまえはきっと成功する。愛するジヨン、浄水器をおまえに一生貸してやる。愛してる」

ソ・サンファがくっくっと笑いながら落書きを読み続けた。

「うちのおじいちゃんの病気が早くよくなりますように……かわいい子どもが生まれますように……死ぬまで健康で愛し合おう……クァンヒョンの友達、テイン、スンヨップ、ジョンウン、ヨンジョン、スヨン、テギョンより」

ソ・サンファの声が蟬の鳴き声に埋もれたかと思うと、また聞こえ、湾岸道路を走る車の音や、奇岩怪石の上を飛びまわるカモメの鳴き声にまぎれたかと思うと、また聞こえてきた。ソン・イナは揺れるブランコに身をまかせて海を眺めた。海藻が漂っている海に太陽の光が粉のように降りそそぎ、キラキラ光っては消え、光ってはまた消えた。海の方から吹いてくる風に、木の葉がゆっくりと揺れた。足が熱いなと思ってうつむいて見ると、サンダルから覗いている足の甲に陽が射していた。足をブランコの下に隠して顔を上げると、いつのまにか視野に入ってきたソ・サンファが、少し離れたところで松の枝を突っついていた。

彼はソン・イナの前をうろうろしながら、もう一度自分の名前を呼んでもらいたがっているようでもあり、ソン・イナの心に自分の姿を刻みつけようとしているようでもあった。ソ・サンファが血管の浮き出た腕を伸ばすたびに、ソン・イナは炎天下で長いあいだ立っているときのように、立ちくらみがしそうになった。

ソ・サンファはアカシアの葉を摘《つ》み、塔を指さした。ソン・イナは塔の方へ歩いていった。ストローがささった透明のプラスチックコップが二つ、並んでいた。まだ氷が残っているのをみると、さっきすれ違った人たちが置いていったのだろう。塔の内側の銀板には、願い事一件につき、決められた後援金を出した人たちの名前がぎっしりと刻まれていた。触ると、ざらざらした感触が手のひらに伝わってきた。太陽の光で温まっていた。

「ここにヌナの名前もあるんですか」

「ううん。わたしは新千年になったとき、ここにいなかったから。あなたの名前は?」

ソン・イナはオラ洞《ドン》地域の名前を見ながら訊いた。

「僕もないんです。クラスメートの名前はほとんどあるのに。千ウォン出せば名前を彫ってくれるっていうから、どこの家も、おばあちゃん、おじいちゃん、一歳の赤ん坊の名前まで載せたらしいのに、うちの祖母がその日、他のことに気を取られてて、僕の名前を渡すのを忘れたんですって。あのときはずいぶん泣いたなあ」

ソン・イナはソ・サンファの名前のない希望の塔を見上げた。

振り返ると、ソ・サンファがタイムカプセルが埋められた場所に二つの前に立っていた。ソン・イナはそのとなりに行った。ソ・サンファがタイムカプセルの前に二つの日付が記されていた。一つはカプセルを埋めた日の二〇〇〇年一月一日。もう一つはカプセルを開ける日の二一〇〇年一月一日。ソン・イナは、現実味のない二一〇〇という数字をじっと見下ろした。

「ヌナ」

ずっと数字を見つめていたソ・サンファが、顔を上げずにソン・イナを呼んだ。

「一緒に刺身、食べにいきましょうよ」

そう言って、ソ・サンファはそうっと顔を上げた。その顔は返事を期待していた。

「わたし、刺身は嫌いなのよ」

「うそ」

「……」

「テナガダコがくねくねしてるの見て、つば呑み込んでたの知ってるんだから」

「……」

「よくムルフェに冷や飯混ぜて食べてるのも知ってる」

ソ・サンファはすねた顔で塔の後ろにまわり、しばらく何かを書いた。希望の塔を下りてから、ソン・イナは海ではなく市街地の方へと車を走らせた。そして途中、黒豚の店に入った。会食みたいだから嫌だと文句を言いながらも、ソ・サンファは脂身も残さずきれいに平らげた。そのあと、市内まで来たついでにゾウの耳を近くで見たいと言って、とうとうソン・イナのアパートまでついて来た。

アパートの塀を這うように伸びた大きな南瓜《かぼちゃ》の葉が、街路樹の下でふにゃふにゃ揺れ動いていた。夜に見る南瓜の花は、やけに白く、壁に頭をもたげていた。テレビの音が漏れてくる路地を並んで歩いていると、夜の空気に混じったソ・サンファの汗の匂いが漂ってきた。

ソン・イナはアパートの裏を通って、ソ・サンファをゾウの耳の近くに連れていった。ソ・サンファは真っ暗な山の前で、体を反《そ》るようにしてゾウの耳をしばらく見上げていた。

「僕の知ってる絶壁を思い出すなあ」

街灯の灯りに照らされたソ・サンファの痩せた上半身を見ながら、ソン・イナは、どうしてわたしはこの子と陸州の隅から隅まで一緒に歩いているんだろう、と思った。

「サンファ」

「はい？」

「長いあいだお疲れさま」

「……」

「あんたがいてくれて心強かった」

ソ・サンファはうれしさを隠せないまま、後ろを振り向いて、大きく深呼吸をした。

＊

「僕の知ってる絶壁を思い出すなあ」

ベッドに入ったあとも、ソン・イナは眠れなかった。ソ・サンファがゾウの耳を見ながら言ったことが頭から離れなかった。ソン・イナもまた、ゾウの耳を見るたびに、ある絶壁を思い出していたからだった。

削られたところに作られた階段。傾斜が急なので絶壁としか言いようのない広い空間。絶壁の頂《いただき》にぶら下がって、ゆっくりと動いていた灯り。下の方から沸き上がった海霧が絶壁を徐々に引きずり下ろし、その灯りまでも呑み込んでいた光景を、ソン・イナはたった一度だけ見たことがあった。

その空間はいろいろな音に掌握されていた。目の前のものを破壊してしまいそうな音や、頑丈なものが砕け、割れる音。ところがその日、ソン・イナが骨材置き場［コンクリートやアスファルト混合物を作るときに用いる砂利や砂などを置くところ］で聞いたのは、バックミュージックのように流れるいつもの騒音とは質的に異なっていた。それは確かにおとなの男性の泣き声だった。自分の口を塞いで泣いているような。「確かめたのか？」という狼狽《ろうばい》した声とともに。

二人以上の声が混ざっていたが、35鉱区と呼ばれていた石灰山でソン・イナが見たのは一人だった。破砕機の音が耳を塞ぎ、海霧が視野を遮っていたけれど、十八年という月日が五十代半ばの男を萎《しな》びた老人にしてしまったけれど、ソン・イナが見たのは間違いなくイ・ヨングァンだった。ソン・イナを見てうろたえた人。知られてはいけないという眼差しでソン・イナを追い返した人。

ソン・イナが高校一年生のときだった。学校にいても家にいても息がつまりそうだったので、五十川《オシプチヨン》に沿って歩いたり、アパートの屋上に上がって時間を潰したりしていた。トンジンアパートはゾウの後ろ足の麓にあった。セメントの粉塵のせいで外に洗濯物が干せなかったので、アパートの屋上はいつも空っぽだった。アパートの裏には樹木が多く生い茂っており、そのなかの小径を歩いていくと竹蔵寺《チュクチャン》という小さな寺があった。ソン・イナは人出の多い三恩寺《サムン》よりも、竹に囲まれたその寺の方が好きだったが、ソン・イナの母親をはじめ、トンジンアパートで暮らす女たちはよく連れだって三恩寺に行った。

当時は五十川沿いに、いまのような自転車道や公園がなかった。アパートの屋上から眺めても、生い茂った雑草や川、その向かいのセメント生産工場ぐらいしか見えなかった。工場の裏側には、露天鉱山が果てしなく続いていた。石灰山の方には朝も夜も灯りがともっていた。雨が降ろうと大雪が降ろうと、海霧が生じて山全体が視野から消えてしまっても、バイブレーションのように伝わってくる騒音は途絶えることがなかった。

五十川沿いをぶらぶらしていたということは、おそらく土曜日の昼間だった。とても暑い日で、背の高い桑の木が鬱蒼と茂っていた。ソン・イナはいつものように、長いコンベアベルトに沿って歩いた。セメントの粉を運ぶコンベアベルトは川を横切り、オラ港のトンジン埠頭へと続いていた。地面を揺るがす騒音が嫌だったので、耳にイヤホンをさしていた。ソン・イナは「カレイの刺身できます」と書かれたプレハブの前を通って、埠頭に続く小路に足を踏み入れた。「YOKO」という文字がとれた廃タイヤの切れ端を踏んづけて転びそうになったり、のどが渇いて背中のバッグから水を取り出して飲んだりしたような気もする。そのうち、にぎやかな音に誘われるように埠頭を通り、港の防波堤の方へと向かったのだった。

ソン・イナが父親に会ったのは、本当に防波堤の人混みのなかだったのだろうか。そのあと父が仕事に戻ったところは、いつものセメント工場の事務所だったのだろうか。それともその裏の露天鉱山だったのだろうか。あるいは海だったのだろうか。

イ・ヨングァンの甥だという人から連絡がきたのは、ソ・サンファに絶壁の話を聞いた数日後のことだった。彼は連絡をするべきなのかずいぶん迷ったと言った。会おうと決心したあとも、市内に出てくるまでかなりの時間を要した。

「叔父はソン・イナさんに会いたいと思っていたようです」

イ・ヨファンと名乗るその男は、氷の入ったジュースを半分ほど飲んだ頃、ようやくそう言った。二週間ぶりに作業服を脱いだという彼は、声が小さく、目が大きかった。待ち合わせをしたカフェは、数本の大きなゴムの木で空間が仕切られており、窮屈な感じがした。どこからか濃い香水の匂いがしてきた。イ・ヨファンからでも店員からでもなさそうだった。ソン・イナは誰もいない周囲を見まわしてから、またイ・ヨファンの方を向き直した。

「保健所に来てくれたら、いつでもお会いできたのに」

「そうですね。叔父も迷っていたのではないかと……」

「なぜですか」

そんなことを数カ月間、イ・ヨングァンの家に居候をしていただけの甥に訊いてもしかたのないことだった。

「暖かくなった頃から、体調を崩してたんですよ。もともと難聴でしたし。お正月とかに会ったら、叔父はきまって大声を出すんです。騒音のひどい鉱山にいたからだということをあとになって聞きました……。そういえば、睡眠剤の副作用なのか、しばらく妙なことばかり言ってました……」

「たとえばどんなことですか。思い出せるかぎりのことを話してください」

ソン・イナが責め立てるように尋ねると、イ・ヨファンは身をすくめ目を伏せた。

「私が覚えているのは……保健所の話とか……ソン・イナさんのことも何度か。でもそのときは聞き流していました。叔父が亡くなったあと、保健所のホームページに入ったら、本当にソン・イナさんという人がいてびっくりしました」

イ・ヨファンは早口ではなかった。ソン・イナは慌てずに次の言葉を待った。

「叔父が持っていたものがあるんです。でもこれを……ソン・イナさんに渡そうとしていたのかどうかはわかりません。……わかりません」

それは何なのかとすぐにでもまくし立てたかったが、ソン・イナは辛抱強くイ・ヨファンの顔色をうかがった。彼は相手が急かせると、首をひっこめて固い殻のなかに隠れてしまいそうな人だった。

「従姉が叔父の遺品を片づけているんですが……これは渡してはいけないような気がしたんです。かといって、僕が持っているわけにもいきませんし。最近、陟州の雰囲気も落ち着かないですから……。友人に相談しようかとも思いましたが、やめました」

イ・ヨファンもまた、ソン・イナの顔色をうかがっていた。

「それを渡していいのか、まだ決めかねているんですね」

でも、ソン・イナを訪ねてきたということは、ある程度心を固めたということだろう。信じてよいのか確信はないけれど、信じたいと思っているのだ。何を見せたら信用してもらえるだろうか。ソン・イナは水をひと口飲んだ。

そのとき、イ・ヨファンがのど飴の缶を取り出した。

「叔父は健康食品だと言っていました。でもどう見ても薬のようで……」

ソン・イナはそっと蓋を開けた。缶のなかには、大きさも色も違う錠剤が山のように入っていた。

「いつも枕元に置いていました」

薬の成分をきちんと教えてくれたら信用してやろうと言わんばかりに、イ・ヨファンはソン・イナを見た。そのとき、ゴムの木の向こうのテーブルに、半透明のサングラスをかけたパーマの男が見えた。なんとなく見覚えがあった。男は自分が見ていることを隠さずに、ソン・イナとイ・ヨファンを見た。ソン・イナは慌ててのど飴の缶をバッグに入れ、席を立った。そしてイ・ヨファンと一緒に店を出て、バス停留所の方へ歩いていった。

「今日わたしと会うことを誰かに話しましたか」

「いいえ」

イ・ヨファンは意外そうな顔で立ち止まった。ソン・イナは一度振り返ってから、またイ・ヨファンに言った。

「事故のあとに、パク・ヨンピル刑事以外の誰かに会いましたか。刑事にはどこまで話したんですか」

*

梅雨もなしに猛暑の続く七月だった。事務室でソ・サンファに会うことはほとんどなかった。ソ・サンファは九時に出勤すると、すぐ公共勤労者［高齢者や失業者に与えられた公共の仕事］とペアを組んで外まわりに出た。午前中の防疫作業を終えると構内食堂で昼ご飯を食べ、午後はまた炎天のもとで仕事をし、夕方五時近くになるとようやく保健所に戻ってきた。

ソ・サンファとペアを組んでいる公共勤労者のパン・ハクスは四十代の半ばぐらいの男だった。ストレートの髪が耳にかぶさり、毛先はいつも汗で濡れていた。ソン・イナは彼とすれ違うたびに、耳を覆った髪さえ切ればもっとすっきりするだろうに、と思った。彼はイ・チャンギュ係長と知り合いなのか、初出勤の日から親しげに話をした。ソ・サンファともすぐに仲良くなったようだ。夏のあいだ大変なスケジュールをともにこなさなければならないのだから、いい人だったらいいのに、とソン・イナは防疫の薬を引っ張っていく二人の後ろ姿を見ながら思った。

キム・スニョンは職員たちと一対一で昼ご飯を食べることが多くなった。女性職員の集まりでリコール投票の署名問題が話題になった日、姑の話をした職員をこっそり呼んで、署名撤回書を差し出した。市庁の課長である夫はオ・ビョンギュ市長から重要なポジションを約束してもらっているだの、キム・スニョン自身、次の保健所長を狙っているだの、いろいろな噂が飛び交った。

陟州で長いあいだ横断幕を作る店を営んできたキム・スンヒの叔父は、市庁の前でひとりデモをやっていた。原発賛成派だけでなく反対派の横断幕も作ったという理由で、市庁は取り引きをやめたのだった。官庁からの注文が途切れ、店は痛手が大きかった。

「春の祭りは稼ぎ時なのに、今年は注文がなかったんだって。うちの叔父は、どうせにらまれてるんだ、市長が退陣しないかぎり売り上げは見込めない、って言ってる」

炎天のもとでひとりデモをしているキム・スンヒの叔父を見て、自営業をしている人たちは「自分たちもああなったらどうしよう」とため息をついた。娘が公務員なのがご自慢のキム・スンヒの母親は、叔父のせいで娘がとばっちりを受けるのではないかと心配しているうちに、叔父夫婦と仲たがいをしてしまった。家族どうしの喧嘩に巻き込まれていると、キム・スンヒは首を横に振った。

あれこれ慌ただしい午後だった。ソン・イナはいくつかの文書を見ていた。ステロイドの処方がとりわけ多い薬局を対象に、食品医薬品安全処からの指摘があったのだ。ソン・イナはそのリストを見ながら、薬事法違反の事例が多かった薬局をリストアップしたファイルを開いた。麻薬・向精神薬の破損申告が多かった薬局のリストも開いた。昨年の秋、下長《ハジャン》の麻農家で見つかった大麻廃棄の報告書ファイルもあった。それらを前に、ソン・イナは身動きもしないで座っていた。数日前、介護施設に点検に行ったときのことを思い出した。点検を終えて出ていこうとするソン・イナの手首を、一人の患者がつかんだ。黒いシミだらけの頭皮に、白髪がまばらに生えている、少なくとも何年か病に伏せっていたように見える老人だった。ソン・イナが誰であれ、どういう目的で来ていようと、そんなことはおかまいなしに、とにかく自分の話を聞いてもらいたいと思っている様子だった。入れ歯を外したすぼんだ口で、老人はソン・イナに囁いた。三陽洞《サミャンドン》に住んでいた知り合いががんで死んでしまった、彼が死ぬ直前まで飲んでいた鎮痛剤が家にかなり残っているはずだ、それを持ってきてほしい、あいつらに持っていかれる前に早く。老人はそう言って泣きついた。老人の言う「あいつら」とは誰なのか、ソン・イナは何日も考えていた。ソン・イナはどのリストにも入っている薬局を探した。

午後の遅い時間になると、苦情の電話がひっきりなしにかかってきた。市長のリコール運動が始まってからというもの、特定の薬剤師を指して、どこどこの薬局の薬剤師が不親切だ、薬の飲み方をちゃんと教えてくれない、ガウンを着ずに絆創膏を売っていた、というものが多くなった。薬事法に違反していると訴えるものだけでなく、単なるクレームもあったので、ソン・イナが一人で対応するには多すぎた。ソン・イナは、もともと犬猿の仲だという市庁老人大学の卒業生と、農協シルバー大学の卒業生たちが、政治的な立場が異なる薬局を拠点に心理戦を繰り広げていると、ハ・ギョンヒが言っていたのを思い出した。ソン・イナは、じん肺専門薬局と関連のあるものだけをまとめてハ・ギョンヒに送ったあと、ひと息つこうと事務室を出た。

そのときちょうど、ソ・サンファがトイレから出てきた。午後の防疫作業を終えて戻ってきていたのだろう。トイレの洗面台で汗を洗い流したのか、首と腕から水がぽとぽと垂れていた。

「暑いでしょ」

「保健所に戻ってきたら生き返ります」

ソ・サンファの体から汗の匂いがした。べっとり体に貼りついている公益のシャツを脱がせて、冷水のなかに放り込んでやりたくなった。シャツは煮沸消毒をしなければ匂いがとれない。半日でもいいから太陽のもとで乾かさないといけないのに。公益のシャツは何着か替えがあるのだろうか。ソン・イナはそんなことをあれこれ考えながら、事務室に入っていくソ・サンファの後ろ姿を見ていた。

一日じゅう猛暑にやられたうえに、ソ・サンファは退勤時間になると、夕食もそこそこにパートタイムで働いている薬局に走っていった。ソン・イナは薬局のリストを開いたまま遅くまで事務室に残っていたが、やがて外に出て、陟州医療院の方へと歩いていった。向かいの薬局のカウンターにソ・サンファが座っているのが見えた。調剤室から出てきた薬剤師が肩をぽんとたたいて何か言うと、ソ・サンファは疲れた顔でほほ笑んだ。

いつだったかソン・イナが麻薬類の管理指導をしたとき、その薬剤師の姿もあった。陟州管内の薬剤師だけでなく、病院の麻薬取扱者、医薬品の卸売業者、大麻の栽培者たちも集まっていた。彼らの半数はだらしなく椅子にもたれており、あとの半数は自分たちの話を聞いてほしいというふうに背筋を伸ばしていた。ソン・イナが改定されたばかりの法律について説明を始めるなり、その薬剤師は鳴っているスマホを持って会場を出ていき、教育が終わるまで戻ってこなかった。中央薬局の代表薬剤師、ヤン・ジンソン。高齢の薬剤師が多いなか、一人だけ三十代半ばから後半ぐらいに見える彼は、誰の目にも留まった。

ソン・イナはしばらく、白いガウンを着たヤン・ジンソンとソ・サンファを交互に見ていたが、スマホを取り出した。なぜか無性にソ・サンファに電話をかけたくなったのだ。ソン・イナが通話ボタンを押すと同時に、ヤン・ジンソンがソ・サンファを連れて調剤室に入っていった。ソ・サンファは長いあいだ、電話に出なかった。

*

イカの季節だった。鬱陵《ウルルン》島近海にまで漁に出ていたイカ釣り漁船が戻ってきたら、ソン・イナは一週間に一度は、朝眠いのをがまんしてオラ港に行った。水揚げしたばかりのイカを競《せ》り落としている市場を通って二号店に行くと、店主がイカの内臓でスープを作ってくれた。さっきまで生きていたイカの内臓は生臭さもなく、口に入れるなりとろけた。ソン・イナはイカの内臓スープに味をしめてからというもの、噛むのが面倒になって、イカそのものは食べなくなった。

明け方、魚市場の競りの声が聞こえてくるなかで、淡白でピリッと辛い内臓スープを飲んでいると、この町のどこかでまだ眠っているソ・サンファのことが思い出された。以前は魚に見向きもしなかったのに、いまは高くて手の出ないウツボスープが好きだと言っていたことも。

文化芸術会館で第二次説明会があった日も、イカ内臓スープのために早起きした日だった。ソン・イナが会館に着いたときには、前回よりも多くの人が集まっていた。健康補助食品だといって高齢者たちに薬を売ろうとする者たちがあまりに多いため、保健所ではこのような説明会にいつも神経をとがらせていた。前回の説明会が開かれる数日前のことだった。ソン先生が興味を持ちそうな講演があるから、取り締まりが必要かどうか一度行ってみたらいいと勧めたのは、アン・クムジャだった。説明会はそれまでの広報館や販売ブースとはまったく違った雰囲気だった。集まった人たちも年寄りではなく、ほとんどが若い世代だった。福島の事故以来、保健所にかかってくる問い合わせの電話を思い出しながら、彼らもターゲットを変えたのだろうと、ソン・イナは思った。

このまえは放射能と甲状腺の話だったから、今回は製品の説明をするのだろうかと思いながら、ソン・イナは真ん中辺りの席に座った。みんなが席につくあいだ、壇上のスクリーンには畑の写真が何枚か流れた。そのなかの一枚は、広大な畑のなかに佇む村を映したものだった。土の色がやけに赤かった。いきなり見せられた畑の写真を前に、ソン・イナはこの前の説明会のときに見た洞窟の映像を思い出した。洞窟と畑は何の関連もないようでいて、妙に互いを想起させるものがあった。

畑の写真が流れたあと、スクリーンに二つのフレーズが浮かんだ。

Iodine-127, Iodine-131

壇上に立ったのは三十代の男性だった。彼の話はシンプルだった。放射能ヨウ素である131が体に浸透する前に、人間の体に必要なヨウ素127を充分に摂取し、自分たちの体を守らなければならないという話だった。そのときはまだ、ヨウ素関連の健康食品の広報が続くのだろうくらいに思っていた。テレビの健康医療番組でも、連日のようにヨウ素の話題でもちきりだった。放送された製品は、テレビショッピングでほぼ完売した。コイケマ、黒酢、サワーソップが占めていたところに、福島の事故があってからは、ヨウ素製品と天日塩のようなものが代替していた。ところがその男の口から天然物医薬品という言葉が出たとき、ソン・イナはこれは思ったほど単純ではないかもしれないと思った。

「みなさんのなかには薬の副作用に苦しんだ方、いますよね？　合成医薬品は限界がありますから。ですが、私たちが昔から食用にしていたもので薬を作れば、副作用も少ないですし、薬効がいいのは言うまでもありません。〝天然物新薬〟というのは天然物から抽出した物質で作られたものです。国家法令情報センターのホームページに入って、天然物新薬を検索してみてください。くわしく載っていますから」

「天然物新薬研究開発促進法」法令の項目がスクリーンに映された。どうせ生薬の話だろうと思っていた人たちは、法令の話が出るなり身を乗り出した。

「この法令が作られてもう十年以上になります。政府が九千億ウォンほどの予算を投資してきた事業なのです」

　講師の話はどれも事実だった。いま許可を得て販売している天然物新薬は、全部で九種類だった。天然物の成分で製造され、薬事法で決められた手順にしたがって錠剤やカプセルが作られた。医師にだけ処方権があるので、漢方医と医師の諍《いさか》いの原因にもなる医薬品だった。

　かつてユン・テジンは保健福祉委員会で常任委員会の仕事をしており、天然物新薬に関心を持っていた。ちょうどこの事案を国政監査のアイテムとして、病院の薬剤部をまわっていた。彼は正確で鋭く、執拗な性格だった。ユン・テジンと初めて話をした日、ソン・イナは、彼の言葉の端々に陟州のイントネーションを感じ取り、ユン・テジンの顔をまじまじと見つめたものだった。時が経つにつれ緩和されてきた天然物新薬の手続きと安全性、有効性に対して指摘した国政監査の記事を読みながら、ソン・イナはふとユン・テジンのことを思い出した。

　他でもない天然物新薬の話を、しかも甲状腺と結びつくヨウ素の話を聞いたからだろうか、ソン・イナは途中で何度も周りを見まわした。ユン・テジンの姿はなかった。天然物と自然物の話を続けている壇上の男に、聴衆の一人が質問をした。

「さっきから自然物の抽出とおっしゃいますけど、自然物って本当にあるんですか」

　とてもよい質問だというように、男は手をたたいた。

「私が言いたいのはそれなのです。自然物で薬を作る――二十年前なら信じられる話でした。しかし、いまは状況が違います。こんな放射能の時代に自然物だなんて。さっきヨウ素の話をしましたよね？　ヨウ素がとれる自然物はほとんど海にあるのですが、海洋汚染が進んでもう取り返しがつかなくなっています。でもみなさん。海じゃないところで、もっと正確に言うと、ずっと昔は海だったけれどいまは陸地になっているところで、ヨウ素を含む植物が育っているとしたら、信じられますか」

男がスクリーンを指さした。石灰洞窟のなかを流れる小川が映された。川底には石が敷かれており、その合間に初めて見る植物が見えた。

「これ、何だと思います？　のり？　ひじき？　わかめ？　昆布？　違います。便宜上、淡水草と呼ぶことにしましょうか。この淡水草には、海藻類の二十倍にも及ぶミネラルとヨウ素が含まれています。重金属も放射能もなかった、五億年前の海の匂いが感じられませんか。昔からチョソム窟の近くに住んでいた人たちは知っていました。でもあまりに貴重なものだったので、王様にも献上せずにこっそり食べていたそうですよ」

淡水草という植物の写真がいくつか映し出された。

「何度も言いますけど、ヨウ素をできるだけ多く飲み続けることが、いつどこで被曝するかわからない私たちの体を守る唯一の方法なのです。放射能は男性より女性に三倍、成人より子どもに十倍ほど致命的なんですよ。だから今日、お母さん方をここにお招きしたんです。もし奇形児やがんの子が生まれたらという恐怖から、誰がみなさんを守ってくれますか。汚染されていない、唯一のヨウ素植物である淡水草こそが、私たちが安心して食べられる、この時代最後の天然物医薬品になるでしょう」

文化芸術会館を出たあと、ソン・イナは自分の部屋には戻らずアン・クムジャのところに行った。

「さっき淡水草の写真を見たんですけど、わたしも食べてみたくなりました」

ソン・イナは部屋に入るなり、説明会で聞いてきたことをあれこれ話した。アン・クムジャはそんなソン・イナを見ながら、かすかにほほ笑んだ。

「説明会が終わったあと、メンバー加入書みたいなのを配ってました。健康についての情報を送ってくれるんですって」

「それで、加入したのかい?」

「加入したかったです。しなかったけど」

「……」

「まわりに頼れる人がいないから、誰かが自分を信じてついて来い、って言ってくれたらうれしくて涙が出そうですよね」

「……」

「薬に頼る人たち、わからなくもないな。病気さえ治してくれるんだったら、自分の情報がどう使われようとかまわないのよね」

アン・クムジャは黙って氷の浮いた梅ジュースを持ってきた。ソン・イナは水滴のついた冷たいグラスを両手で包み、リビングの壁に掛かっている写真を見つめた。実はアン・クムジャの家に入ってきたときから、ずっと気になっていた。

説明会に行くまでは気にも留めていなかったが、赤土で覆われた畑の写真だった。地面の真ん中がくぼんでいる畑のあちこちに、灰白色の石が埋まっていた。いつだったかアン・クムジャがその写真を見ながら、畑の下に何があると思うかと尋ねたことがあった。皿のように真ん中がへこんでいるのに、千日間、雨が降り続けても、水が溜まらないのだと言った。「水が溜まらないのは、地下に洞窟があるってことだ。陟州にはそんなところがいくらでもある」と。

ソン・イナはふと、アン・クムジャの薬箱を見てみたいと思った。どんな薬を飲んでいるのかがわかれば、その人のいまの心の状態がだいたいわかる。ソン・イナは氷のほとんど解けた梅ジュースをそばに置いて、話を続けた。

「薬王《ヤグァン》成道会の人たちは、教主のことを〝会主〟って呼ぶんですって。今日来ていた人たちの話だと……」

説明会が終わって出ていくときに、周りの人たちはみな薬王成道会の話をしていた。

「ソン先生、夕飯も食べていくかい？」

ずっと黙っていたアン・クムジャが、ソン・イナを引き留めるようにそう言った。

「ソン先生と話したいこともいっぱいあるしね」

「今日来ていた人たちの話だと……薬王成道会の会主は、ずいぶん前から行方がわからないんですって。洞窟に隠れて淡水草でも採ってるんじゃないかって」

ソン・イナがそこまで言うと、アン・クムジャがハエたたきをつかんだ。

「会主は死んだよ」

思いもよらない断固とした口調だった。ソン・イナは口を閉じたまま、ハエたたきを振りまわしているアン・クムジャを見た。アン・クムジャは窓の方に行って、窓枠でトントンとハエを落としながら言った。

「死なない限りやめないことってあるからね」

「……」

「生きているあいだはやめられない」

＊

休暇シーズンになるまでに、出張所と支所、診療所に、非常時の医薬品を運ばなければならなかった。ユン・テジンから連絡があったのは、下長《ハジャン》にある保健支所に行こうと思っているときだった。彼は「登山会で竹嶺《テッチェ》に行く。もし下長に来るんだったら会って渡したいものがある」と言った。わざわざ電話をかけてくるぐらいだから、よほどの用件なのだろう。

下長は竹嶺を越えたところにある山深い村らしいが、ソン・イナは一度も行ったことがなかった。キム・スンヒは、必ず生きて帰ってきなさいよと言った。大関嶺《テグァルリョン》でもあるまいし。ソン・イナは安易な気持ちで車を走らせた。ずっと曇っていた空からぽつぽつ雨が降りはじめたのは、未老《ミロ》村を過ぎた頃だった。途中、ガソリンスタンドにも寄らずに走り続けた。竹嶺を越える前にガソリンを入れなければならないことを知らなかった。

峠道には車がほとんど走っていなかった。舗装はされているが、曲がりくねった傾斜のきつい道がどこまでも続いていた。運転には自信のあるソン・イナだが、ハンドルを右に左にまわし、足に力を入れているうちに、すっかり首が硬直してしまった。ワイパーのせいで視野もぼやけていた。時折大型トラックとすれ違うとき、ひや汗をかきながらスピードを落とした。あそこを越えたら頂上が見えるに違いない、と思っていてもまた曲がり道で、もうこれが最後だろう、と思っていたら、さらに道が続いていた。上っても上っても頂上は見えなかった。雨もやみ、体もかちかちになった頃、ようやく頂上らしきところにたどり着いた。山の上には小さな休憩所と、「白頭大幹　竹嶺」と刻まれた大きな石碑が立っていた。

　ソン・イナは車を降りて、石碑の方に歩いていった。真夏なのにひんやりとした風が吹いていた。石碑の下の方には、小さな文字で「トグァン山↔竹嶺↔頭陀山」と書かれていた。向かいには山の尾根が重なるように広がっており、雲が低く垂れていた。なんだか既視感があった。でこぼこの石碑に刻まれた「白」という漢字、その彼方に連なる山々。これらを背景にした写真をどこかで見た覚えがある。そう思っているとき、またぽつぽつと雨粒が落ちてきた。ソン・イナは急いで車に戻った。頂上までひたすら上ってきたが、下りの道はなかった。頂上から村に続く道はすべて平地だった。下長という村がどれだけ高地にあるのか、ようやく実感がわいた。

　ソン・イナはその足で保険支所に行き、担当者に非常時の薬を渡した。内陸の奥地にある下長と、海岸沿いに面したウンナムのあいだには、韓国随一の炭田と呼ばれた道溪《トゲ》という村があった。若い頃、炭鉱で数十年間働き、肺に粉塵が溜《た》まるじん肺症を病んでいる老人たちは、主に下長、ウンナム、道溪に散らばって暮らしていた。じん肺災害の補償金を代わりに要求してやると彼らに言い寄るじん肺ブローカーたちもまた、これら三つの村を中心に活動していた。

薬局のない下長に住んでいる人たちは、竹嶺ではなく太脈《テベク》に向かう道を通って道溪に行き、数カ月分の薬を買い込んだ。道溪の薬局は、咳の症状に特化した制限範囲外の麻薬などで収入を上げていたが、それが一般に売られている薬なのかどうかは怪しい。薬剤師たちが仲たがいをしていると密告してくるたびにソン・イナは目の細かい巨大な網と向かい合っているような気分になった。

ソン・イナは保健支所を出た。土の色が雨に濡れて濃くなっていた。高冷地の白菜畑に沿って歩いていた足を、麻織物の農家が集まっている大麻草栽培地の方へ向けた。ビニールハウスの上に雨がぱらぱら落ちてきたかと思うと、やんだ。

廃校になった学校の門は開いていた。なかに入ると、草がぼうぼうに生えている運動場の向こうに李舜臣《イスンシン》将軍と李承福《イスンボク》［江原道（カンウォンド）で北朝鮮の武装工作員に殺害された少年。反共主義のシンボル的存在］の銅像が見えた。小さな一階建ての校舎の裏で、一本の栗の木が綿のような花を咲かせていた。ユン・テジンは校舎の入り口に立っていた。頭陀山《トゥタ》から下りてきた一行は、下長で食事をしていると言った。

ユン・テジンはソン・イナに分厚い段ボール紙を渡してから、ずっと黙ったままだった。ソン・イナはユン・テジンから数歩離れたところに段ボール紙を敷いて腰を下ろし、運動場の向こうを眺めた。村を囲んだ山の麓に大麻畑が青々と広がっていた。ソン・イナはそこから廃校の敷地まで続く野菜畑を通って、また運動場に視線を戻した。塗料の剥げた滑り台とシーソーは、もともとあんなに小さいのかと驚くほど小さかった。学校に上がったばかりの子たちは、まだあんなに小さいのだろうか。

ユン・テジンは廃校になった校舎で、あのときのことを思い出しているのかもしれなかった。お互い顔を合わせると思い出した。ずっと昔のことのようだけれど、ほんの昨日の出来事のようにも思われた。脳があってもなくても、頭蓋骨があってもなくても、母体に見られる症状は、他の妊婦となんら変わらないのだと思うと、どうしようもないほど胸が締めつけられたあの頃。

ユン・テジンはもう何日も家に帰ってこなかった。ソン・イナは二日間、仕事を休み、朝遅くまで寝ていた。窓に反射した陽の光がベッドの上の天井でゆらゆらしていた。しばらくそれを眺めてから、横向きに寝返りを打った。そのとき、ソン・イナは一度も感じたことのない感覚に包まれた。温もりとも気だるさとも言いがたい、誰かが心と体をほぐしてくれているような神秘的な感覚だった。ソン・イナは無性においしいものが食べたくなって、体を起こした。窓を開けて空気を入れ替え、外に出た。家の近くの店で汗を流しながらカルビタンを食べた。帰りに寄ったスーパーでは果物を見ながら、妊娠をするとみんなこうなのかな、と思った。

空腹で気だるかった二日間の休みも終わり、定期健診に行ったときだった。超音波の画面を見ていた医者が低いため息をついて、画面を消した。胎児が呼吸をしていないと言った。神経管欠損症だと言われたときよりも現実味がなく、言葉が出てこなかった。無脳症の胎児はソン・イナに何のシグナルも送らずに、腹のなかでひとり静かに死んでいた。ソン・イナは処方してもらったアスピリンと葉酸を持って、病院を出た。

赤ん坊が息を引き取ったのはいつだったのだろう。カルビタンを食べていたときだろうか。スーパーで買ったりんごを食べていたときだろうか。ベッドで寝返りを打ったときに感じた、あの神秘的な感覚は何だったのだろう。あのときは息をしていたのだろうか。

そのあとに安堵の波が押し寄せてきた。自分で決断を下さなくてもいいという安堵感。苦しみの原因が消えたという安堵感。その次にソン・イナを襲ってきたのは、永遠に逃れられない罪悪感だった。

ユン・テジンには会いたくなかったので、メッセージでそのことを知らせた。ずっと家に帰ってこなかったユン・テジンが、メッセージを見るなり駆けつけてきた。ユン・テジンは何もかもソン・イナ一人に押しつけて、自分は感傷に浸っていた。彼もまた赤ん坊の死に安堵しているのだろうと思うと、ソン・イナは胸が張り裂けそうだった。

ソン・イナはユン・テジンの目を見据えて言った。

「吐きそう、あなたの顔を見ていると。いつも」

ユン・テジンが傷つくとわかっていながら、そう言った。そう言うと何もかもおしまいだとわかっているからでもあった。

ソン・イナに吐きそうだと言われたユン・テジンは、体のなかに流れる温もりのあるもの——血、水、唾液、汗などをすべて失ったように見えた。何もかもが終わった。もう取り返しがつかなかった。

流産する前にユン・テジンの吐き出した言葉は、その後何年経っても、無脳症の胎児とともに陟州の空をさまよっていた。

「バス停に立ってたら、子どもが一人、わたしの前をさっと走っていったの。にっこり笑いながら。そのとき、わたしが何を思ったかわかる？　わたしはまともなものを産み出せなかったのに、この世のなかには元気で明るく育ってる子がいるんだなあって。耐えられなかった」

ユン・テジンは自らの手で生殖能力を喪失させたあと、すべてが無意味になったかのように仕事や人間関係から手を引いた。そしてそれまでとは違う道に向かって歩きはじめた。

「蒸し返さないでくれ」

しばらく運動場の茂みを眺めていたユン・テジンがそう言った。何のことかわからなくて、ソン・イナはユン・テジンを見つめた。

「一つずつパズルが解けていって、あるとき辻褄が合っても……何も見なかったことにしてくれ。誰かがおまえに危害を加えようとしても、おとなしくしてろ。反感を食らっても動揺するな」

「わたしに陟州を出ていけってこと？」

ユン・テジンは答える代わりに、書類の入った封筒を差し出した。

「いつか役に立つかもしれない」

「……」

「イナ。もしおまえの身に何かあったら、俺はきっと陟州というところに耐えられなくなる。だから」

ソン・イナは封筒も開けず、返事もせずに、また小雨が降りはじめた運動場を眺めた。崩れた塀の方に、廃家電製品や家具が見えた。雨脚が少しずつ太くなった。ソン・イナもユン・テジンも傘を広げた。二人は傘がぶつからないぐらいの距離をおいて座り、雨に濡れている家具を眺めた。半分ほど開いている冷蔵庫のドアと、逆さまになっているソファ、カラフルなシールが貼られたリビング棚。かつて誰かがせっせと拭いたであろうそれらが、無防備のまま雨に濡れていた。

背後の山の峰が少しずつ霞んでいった。

赤ん坊との別れの儀式もしないで、ソン・イナもユン・テジンもずいぶんと歩いてきた。もしかしたらこれは、もう自分を自由にしてほしいと赤ん坊が用意した場なのかもしれない。ユン・テジンという人、ひとり静かに息を引き取った赤ん坊、それらの時間が霧雨の粒子となって地面に染みていった。

電話がかかってきたので、ユン・テジンは先に腰を上げた。校門の方へ歩いていく彼の広い背中が、傘で見え隠れした。陟州に来て、町の横断幕でいちばんよく見かけるのは「子孫」「子どもたち」「未来」という言葉だ。ユン・テジンが自ら手放したもの。いつのときよりもこれらの言葉が熱く語られるいまこの陟州で、ユン・テジンはいったいどんな気持ちで毎日を生きているのだろう。

緑色の校門まで来たとき、ユン・テジンはソン・イナの方を振り返った。三秒ほどしてまた前に向き直り、まっすぐ歩いていった。

〝蒸し暑く、ときどき夕立ち。東海岸は雨〞

スマホの画面に天気予報が出ていた。「東海岸は雨」を見て、ソン・イナはとうとう泣きだした。

この地名を聞くだけで胸が痛くなる。東海岸《トンヘアン》。

ソン・イナは傘もバッグも置いたまま、泣きながら運動場を突き抜けて畑の方に走っていった。背の高い大麻草をかき分けながら、畑のなかに入った。ぎっしり植わった大麻草のなかにうずくまっていると、空が見えなかった。雨に濡れた葉が、何もかも忘れさせてくれるような、くらっとする匂いを漂わせた。ソン・イナは幾層にも伸びている草の茂みに顔を埋《うず》めて、長いあいだ我慢していた涙を流した。声が枯れるまで泣いた。

*

「そろそろ大麻の収穫期ですからね。陟州警察署は麻薬類の取り締まりをしているわけです。この時期、大麻の窃盗犯らが押しかけてくるので、村人たちは目を光らせているんですよ。よりによってそんなときに大麻畑に入るとはね」

ソン・イナは村の人たちに通報され、パク・ヨンピル刑事の運転する車に乗っていた。

「昨日もある男が大麻を盗みに、水原《スウォン》からはるばる遠征してきましてね。こんな山奥にまでですよ。ビニール袋に入れて積んであった大麻の茎を、車で運んだそうです。いずれにせよ、通報があったのでソン・イナさんの車も一応、調べさせてもらいましたよ。車はエンコしてたので牽引車を呼びました。ガソリンも入れずにこの峠を越えてくるとは、いやはや。ところで、大麻畑にはなぜ入ったんですか」

「大麻を盗むつもりじゃなかったんですけど……」

ソン・イナはそう言いながらも、自分が大麻を盗みにきたと誤解されてもべつにかまわないと思った。雨と汗にまみれて感情を吐き出したせいか、すっかり力尽きていた。ソン・イナは青白い顔で、窓の外を眺めた。辺りは薄暗くなっていた。車はふたたび竹嶺を越えようとしていた。またこの峠を下るのかと思うと、気が遠くなりそうだった。

「市庁の職員たちがいちばん恐れているのは、『下長《ハジャン》に転勤だ』って言われることだそうですね。まあ、この峠道を毎日通えって言われたら、そりゃ誰だって怖いでしょう」

「……」

「それにしても、オ・ビョンギュが千年も万年も市長でいられるわけでもないのに。いくら食っていくためとはいえ、市長の言いなりになっているやつら、目も当てられませんよ」

パク・ヨンピルがハンドルを切りながら、ソン・イナの方をちらっと横目で見た。

「大家のアン・クムジャさんとは親しいんですか」

足元の草が車のライトに呑み込まれるように通り過ぎた。窓の外はすっかり暗くなり、木の輪郭すら見えなかった。こんなところで拉致されて死んだとしても、誰にもわからないだろう。パク・ヨンピルが左にハンドルを切った。ソン・イナは右上の手すりにそっとつかまり、パク・ヨンピルの横顔を見た。この人は信じられるだろうか。

「ひょっとして……薬王成道会ですか」

自分でも唐突な質問だと思った。でもソン・イナは気になっていた。陟州の町を行き交う人たちを一人ひとりつかまえて訊いてみたかった。パク・ヨンピルはしばらく声を出して笑った。

「本人には訊かなかったんですか。薬王成道会じゃないのかって」

「……」

「その名前を聞くだけでうんざりですよ。私が刑事になりたての頃、薬王成道会は内輪でずいぶん揉《も》めてましてね。しょっちゅう仲間どうしで告発するわ脅迫するわ……。まあ、おかげで私は鍛えられましたけど。いま市長側について反核集会を潰してまわっているチンピラどもは、かつて薬王成道会を任されていたやつらなんですよ。この頃は、脱退した信者を追いかけていって報復テロをしていますが」

パク・ヨンピルは思い出したくもないのか、頭《かぶり》を振った。

「ところがおかしなことに、会主が失踪してからは、内輪揉めがひどくなるどころか静かになったんですよ。洞窟で修行しているとか、植物人間になっているとかいろいろ噂はありますけどね。ひょっとしたらふつうにその辺を歩いているかもしれない。まあそれはともかく、薬王成道会はいまでも三恩寺《サムン》の信者を引き抜いているらしいですね。問題は、誰が薬王成道会の信者なのか仏様にもわからない。スパイを見つける方がまだ楽ですよ」

峠道を走っているあいだ、ソン・イナはずいぶん緊張していたのだろう。山を下りてきたときにはぐったりしていた。

「その日のことについて、他に何か覚えていることはありませんか。前後何日かのことでもかまいません」

車が平地にさしかかった頃、パク・ヨンピルが用心深く話を切りだした。彼はイ・ヨングァン事件の捜査を始めてからというもの、ソン・イナに十八年前のことについて尋ねるようになった。

「そのことについては警察で話しましたけど。十八年前に何もかも」

ソン・イナはそう言って口をつぐんだ。

警察署からアパートまでどうやって戻ってきたのだろう。ソン・イナはアパートの前の塀にもたれて、電気のついている二階の窓を見上げた。死んだよ、と言ったアン・クムジャの声が窓にぶら下がっているようだった。春になった頃から聞いた言葉がソン・イナの頭のなかをかき乱した。お父さん、トンジンセメントに勤めてたんでしょ？　……叔父はソン・イナさんに会いたいと思っていたようです。……最後まで突きつめるまでもなく、結論が出ている場合もありますがね。……ソン先生と話したいこともいっぱいあるしね。……おとなしくしてろ。……僕の知ってる絶壁を思い出すなあ。

ソン・イナはアパートの階段をゆっくりと上った。汗と雨で体がじっとりしていたが、シャワーを浴びたいとは思わなかった。ソン・イナはベッドの足元にもたれたまま、スマホの通話ボタンを押した。

元気ないわね、と電話の向こうの母が言った。ソン・イナは高地で雨に降られたのだと言った。

「お別れしてきた。顔も知らないけど……。これでもうおしまい」

ご飯はちゃんと食べているのかと、しばらくして母が訊いた。

「お母さん」

「何？」

「あの日……」

「……」

「……昔、三恩寺で何してたの？」

「そんな昔のこと。あたしは嫌だったけど、社長夫人が行くからしょうがなかったのよ」

ソン・イナは昼間見た竹嶺《テッチェ》の石碑を思い出し、もう一度訊いた。

「お父さんは登山が好きだったの？」

「どうしたの？　お父さんの夢でも見たの？　確かに資源班にいるときは、よく社長と一緒に行ってたわね。社長が忙しいと代わりに行ったりとか」

「社長って？」

「そりゃオ・ビョンギュに決まってるでしょ。どうしたの？　お父さんが何て？」

母は十八年経ったいまも、夢を手がかりに父のことを現在形で話す癖があった。そのたびにソン・イナは、母に電話をしたことを悔やんだ。

＊

「いつ来るのよ」

「最後に」

「最後？　まずはここでしょ。磯のあの子たち、待ちくたびれて石になるかもよ」

ハ・ギョンヒがそう言うのを聞いて、ソン・イナはスマホを耳にあてたまま笑った。ハ・ギョンヒの声を聞くと、自然と気持ちが和らいだ。ウンナム保健診療所を訪れる日をスケジュールの最後に入れたのは、彼女に会ってのんびりしたかったからだ。

二十六番のバスが通るところ。陟州の海岸沿いのなかでいちばん海が劇的に見える村。ソン・イナはウンナムの海が見下ろせる国道沿いに車を止め、向かいにそびえている岩の島を見下ろした。赤と白の灯台が並んでいる海の防波堤を見ると、仕事で来たことも忘れて浮かれた。高い石垣に囲まれた家々の前を通って、ソン・イナは二階建てのレンガの建物の前まで車を走らせた。

ハ・ギョンヒが両手を広げて外に出てきて、薬箱を受けとった。

「なあんだ。わたしを抱いて迎えてくれるのかと思ったのに」

「こんなに待たせておいて、抱きしめてもらえると思った？」

なかに入るなりソン・イナは、ああ、この匂い、とつぶやいた。どんなに久しぶりに来ても、入ったとたんに気持ちが安らぐ空間だった。相変わらず、診療所のなかは隅々までハ・ギョンヒの手が届いていた。村のおばあさんたちのための応接間にはソファがあり、クッションと木枕が置いてあった。壁に掛かった棚と窓際には、生花や、空気をきれいにしてくれる植物があった。ダニ注意報と認知症検診の案内文を入れた額、埃一つない自動体外式除細動器。診療ベッドから窓の外を見ると、サンチュや唐辛子が大きくなっていた。

「所長さん、どうやら食中毒みたいなんだが」

一人の老人が履物を脱ぎながら入ってきた。

「診察してみましょう」

ハ・ギョンヒは診療室に入って、老人と向かい合った。ソン・イナはソファに座って、穏やかな陽の光が射し込んでくる診療室を眺めた。ハ・ギョンヒが「今日は何かよくないことでもありましたか」と尋ねると、老人はひとしきり息子の愚痴をこぼした。ハ・ギョンヒは老人の胸に聴診器をあてて「困ったものですね」と言い、老人の背中を擦《さす》りながらずっと相槌を打っていた。老人は入ってきたときよりもずいぶんすっきりした顔になっていた。

「食中毒じゃないから大丈夫ですよ。それから、常に曜日を見る習慣をつけてくださいね。金曜日なのに体の調子がおかしいなと思ったら、すぐにここに来てください。週末に救急センターに運ばれたら、四万ウォンとられますよ。だから唐辛子を採るのは金曜日じゃなくて、月曜日にしましょうね。いいですか？　夕方涼しくなったら、村をぐるっと一周歩きましょうね。それでも胃がむかむかするようだったら、アルマゲルの錠剤を一つ、潰して飲んでください」

老人がハ・ギョンヒに千ウォン札を一枚差し出して立ち上がると、ハ・ギョンヒが百ウォンも公金だと言って老人のポケットに銅貨をつっこんだ。老人は百ウォンを取り出し、「ウンナム小学校運動会後援金」と書かれた貯金箱に入れた。診療費が九百ウォンだから、後援金がけっこう貯まるのだとハ・ギョンヒが貯金箱を振った。そしてパソコンの前に座って、さっきの老人が他の機関でどんな薬を処方されたのか調べた。

十代の頃もそうだったが、いまもソン・イナの目に映るハ・ギョンヒは万能ウーマンだった。

支所や出張所よりもさらに辺鄙なところにある保健診療所では、看護師が例外的に調剤と投薬を行うことができた。近くに病院も薬局もない村で、ハ・ギョンヒは患者を診る医者であり、調剤をする薬剤師でもあった。助産師のように赤ん坊も取り上げた。医薬分業例外地域にいる高齢の薬剤師と、正面きって戦える唯一の人でもあった。

診療所の二階から下りてくると、いつのまにやって来たのか老人が三人、マッサージチェアとソファに分かれて座っていた。そのなかの一人は炊飯器を抱えていた。

「モデル名だかなんだか知らんが、読めなくてねえ」

ハ・ギョンヒは老人の代わりに炊飯器のアフターサービスを申し込んでやり、老人が持ってきた蒸しとうもろこしの包みを開けた。

「おばあさん、いまもご飯より薬の方がおいしいですか」

「もちろんだよ。年取って病気になってごらん。薬よりうまいものはないね」

ハ・ギョンヒが保健所の広報パンフレットを並べているソン・イナを呼んだ。

「この子は私が可愛がっている後輩なの。私はこの村を離れたら、診療も調剤もできないけれど、この子は正真正銘の薬剤師なんですよ」

老人の一人がソン・イナの手を握った。

「こりゃまたべっぴんさんだねえ。薬もうまく作ってくれそうだよ」

「おばあさんったら、見る目がないわね。この子はあちこちの村をまわって、お年寄りから薬を取り上げてるんですよ。か弱そうに見えるけど、そりゃ気が強いんだから。いまのところは市内だけだけど、将来は陟州市全体に主治薬剤師を置くのが夢なんですって。おばあさんたち、どうします？」

「薬剤師さん、あたしらはハ先生に叱られてばかりでね。この前なんか久しぶりに息子夫婦と孫が来るっていうもんだから、ハ先生に相談したんだよ。息子らに病んだ姿を見せるわけにはいかないだろ？　ハ先生は水薬を一日にコップ一杯だけ飲めって言ったけど、ピンピンしていたくて三杯飲んだんだよ」

「それで救急センターに運ばれたのよね」

「でも腹いっぱい薬を飲まないと落ち着かなくてね」

「誰かにこれいいよって言われたら飛びついて、あれいいよって言われたらまた飛びつく。私はおばあさんたちのせいで、一日だって心休まる日がないんですからね。いろいろ薬を混ぜて飲んでいたら大変なことになるんですよ」

　老人たちがみんな帰ったときには夕方になっていた。ソン・イナとハ・ギョンヒは、前庭の木のテーブルに向かい合って座った。この村ではどの家もすぐ目の前が海だった。網が積まれた港の向こうの方で、わかめが乾いていた。岩の多い磯浜を眺めながら、ソン・イナがフッと笑った。

「ええ？　ソン・イナもフッと笑うときがあるの？」

「うん……さっきオンニが診療してるとき、ある人を思い出したの。その子の夢は八坪ぐらいの薬局を開くことなんだけどね」

「八坪？」

「そう。将来、自分の薬局を持ったらオンニみたいになるんじゃないかな。薬を買いにきたおばあさんたちの愚痴を聞いてやるとか、風邪をひいた子どもが来たらポロロ［人気キャラクター］のビタミン剤を分けてやるとか。辛抱強く待ったり、話を聞いてやったり。そういうのって、生まれつき備わった才能なのかもね、オンニもサンファも。わたしには無理だけど」

「ふーん……」

「その子ね、わたしによく小学生だった頃の話をするの。どんな食べ物が好きだったかとか、どこで遊んだかとか……。その子の小さい頃のことなら、もう知り尽くしちゃった。とにかく元気いっぱいだから、いつ見ても手に傷ができてるのよ。それに雨が降ったら……雨が降ってるよってメッセージをくれるの。おかしいでしょ？」

「ねえ、知ってる？」

「何を？」

「ユン・テジンのことを話すときと顔つきが違うの」

「……」

「ほら。ユン・テジンって言っただけで、また暗い顔になったじゃない。別れてよかったのよ。そんな男と一緒にいたら、一生、気苦労が絶えないんだから」

　そのとき、ファックスを使わせてくれと誰かが診療所に入ってきた。しばらくするとまた誰かがやって来て、宅配便の箱をあずけていった。浜辺の果ての方に、塀に絵が描かれたスレート屋根の家が見える。ハ・ギョンヒの家だった。子どもは学校の寮に入っているし、夫は一日じゅう海に出ている。ハ・ギョンヒは診療所の仕事で忙しいので、寂しくて泣いているという家だ。

「訪問服薬指導を拡大することに、陟州市の薬剤師会の反応はどうなの？　うまくいきそう？」

「そんな簡単なものじゃないのよね。何か点々と秘密組織のようなものが張りめぐらされている感じもするし」

「大変だろうけど、弱気になっちゃだめよ。あたしにはよくわかる、それがどれだけ必要な事業なのか。いざとなったらあたしが、保健所長だろうが市長だろうが乗り込んでいってかけあうから。がんばってよ」

ソン・イナはウンナムの海を背に座っているハ・ギョンヒの顔を見つめた。彼女はつらいときにいつもそばにいてくれた。がんばれと、ソン・イナはハ・ギョンヒにそう言われたくてウンナムに来たのだと思った。

「下長《ハジャン》でパク・ヨンピル刑事に会ったんだって？」

ハ・ギョンヒの口から思わぬ名前が出たので、ソン・イナの瞳孔が大きくなった。

「知り合いなの？」

ソン・イナがそう訊くと、ハ・ギョンヒがじん肺ブローカーの話を出した。

「この村のおばあさんから、二年間に三千万ウォンを奪ったやつがいるのよ。自分は雇用労働部の人間を知ってるとかうまいこと言って。今度はそいつの仲間がうろついてるらしいんだよね。セメント鉱山の方で」

ソン・イナは保健診療所の玄関口に大きな字で貼られている、嶺東《ヨンドン》地域［太白（テベク）山脈の東側、江陵（カンヌン）市・束草（ソクチョ）市などのある地域」じん肺指定病院救急医療センターの案内文を見た。陟州の保健機関ならどこにでも貼られているものだ。そのとなりで力なくくっついている肺炎予防接種の案内文が色褪せていた。

　じん肺患者のなかには、症状があるのに何年経っても等級をもらえない人もいれば、在宅じん肺患者と判定されていても、療養患者として認められず、生計費をもらえない人たちもいた。じん肺ブローカーたちは主に療養等級を望んでいる患者たちに近づき、数百万から数千万ウォンを巻き上げた。彼らが寄生して暮らすには、炭鉱とセメント鉱山がある陟州ほど都合のよいところはなかった。ハ・ギョンヒはよく知っている村の老人が被害に遭ってから、手がかりになりそうな噂や諜報、証拠などを集めて、陟州警察署の捜査官に流していた。

「秘密裏に行われていた調査だったんだけど、担当の捜査官が春に突然、他の管轄所に移ったのよね。パク・ヨンピル刑事がありとあらゆる手を使って、資料を譲り受けたらしいわよ」

「春に？」

「そう。イ・ヨングァンが亡くなったあと」

「……」

「こっちも情報は流してたけど、なんとなく引っかかってたのよ。でもパク・ヨンピル刑事が……何か勘づいたのかもしれないし、イ・ヨングァン事件の参考人のなかに情報提供者がいたのかもしれない。ま、今年じゅうにブローカーはつかまるでしょ。さっき炊飯器を持ってきたおばあさん、彼女をじん肺患者に偽装させておびき寄せることにしてるの。だから、イナ」

　名前を呼んだあともハ・ギョンヒは、しばらくソン・イナの顔をじっと見ていた。

「何かあったらパク・ヨンピル刑事に連絡するのよ」

ハ・ギョンヒは十八年前のことを尋ねる代わりに、そう言った。

宅配サービスの人が来て、診療所の前に置いてある箱を持っていった。渡すものがあると言って家に走って帰ったハ・ギョンヒが、トマトとうもろこしの入った袋を一つずつ持って戻ってきた。ソン・イナはそれを車のトランクに入れた。国道を上りつめたところで見下ろすと、二つ並んだ灯台に灯りがともっていた。ソン・イナは運転席の背にもたれた。サイドミラーに映った車が、ソン・イナのそばを通り過ぎていった。

陟州でいま何が起こっているのか。

通り過ぎた車の尾灯を見ていたソン・イナは、目を閉じた。エンジンをかけようとしたとき、ソ・サンファからメッセージが届いた。棒のアイスクリームを持っている写真だった。防疫中に撮ったものなのか、アイスクリームの向こうに車輪のついた保健所の台車が見えた。ソン・イナは写真を保存して、市内へと車を走らせた。

＊

支所と診療所をまわるスケジュールをこなしたあとも、ソン・イナはソ・サンファと顔を合わせる日がほとんどなかった。そうしているうちに一週間はすぐに過ぎた。お互い違うところで外まわりをし、夕方になるとソ・サンファが昼間写した町の写真や、床に座り込んでいるスタンプを送ってくる。するとソン・イナは、今日も一日が終わったんだな、今晩もサンファは薬局でバイトをするんだな、そう思いながら一日の仕事を片づけるのだった。

当直だった土曜日の夜のことだ。片づけなければならない仕事があったので、ソン・イナは三階の事務室に上がっていった。席の近くまで来たとき、ソン・イナは足を止めた。真っ暗な事務室で電気もつけずに、ソ・サンファが机にうつ伏せていた。ソン・イナは立ったまま、ソ・サンファの疲れきった背中をしばらく見下ろしていた。ソ・サンファは最近、元気がなかった。周りの人に声をかけたり、冗談を言うこともなかった。みんな防疫作業が大変だからだろうと思っている。起こした方がよいのか迷ったが、ソン・イナはできるだけ音を立てずに椅子に座った。

モニターをつけたあともソン・イナは集中できなかった。腕を枕にしてうつ伏せているソ・サンファのひょろりと長い上半身が、視界の端に見えた。ソン・イナはマウスから手を離し、ソ・サンファの方に椅子を向けた。肘が電話の線を敷いていた。取ってやろうと思って手を伸ばしたとき、ソ・サンファが体を起こした。

「まだいたんですね……」

「うん。これを仕上げなきゃ」

「僕は理学療法室に行って横になってるから、仕事続けてください。ちょっと休みたくて来たんです」

ソ・サンファは出ていきながら電気をつけた。休日に休みたくて職場に来るなんて。ソン・イナはソ・サンファの机の上を見た。文化芸術会館でもらってきた紫の花の鉢植えと、モニターのわきに貼ってある薬局のシフト表。公益の服務指針書。その横に専攻の本が数冊立てかけられていた。製剤学、病態生理学、薬物治療学、医薬品合成学、医薬化学。

ソ・サンファは理学療法室の奥のベッドで寝ていた。

「どう？　病院に行った方がいいんじゃないの？」

ソン・イナはドーナッツ椅子を引き寄せて座った。ソ・サンファは振り返って、すっかりよくなったかのようににっこり笑った。笑ってはいたけれど、乾いた唇に水泡ができていた。

「ヌナ、この一週間元気でしたか」

ソ・サンファが片方の腕を枕にしてソン・イナを見上げた。

「昨日は臨院《イモン》の児童センターで薬物教育をしたよ」

「ええ？　僕が臨院に行きたいって言ったときは、なんの反応も見せなかったくせに」

「刺身は食べなかったけどね」

ソ・サンファが唇をとがらせた。

「そのあと、消防官の一人が応急処置の指導をしたのよ。考えてみたら、心肺蘇生法の練習をしたのもずいぶん前のことだし、わたしも子どもたちに混じって習ってきちゃった」

「その人、かっこよかった？」

「うん、かっこよかった」

「……ふん」

「その人の名前ね、キム・サンファだった」

「僕のこと、思い出した?」

「うん」

理学療法室のカーテンの隙間から夜の風が入ってきた。遠くの方から週末の夜の騒がしさが聞こえてきたが、保健所にはソン・イナとソ・サンファの他には誰もいなかった。二人が口をつぐむと、天井でまわっている扇風機の音が大きくなった。ソン・イナはベッドのそばにある低周波刺激器に垂れた線や、スタンドのような赤外線ランプを見ていたが、また引き寄せられるようにソ・サンファの顔を見た。他のものは目に入らないかのように、ソ・サンファの目はソン・イナの顔に固定されていた。その目のなかに閉じ込められたソン・イナは、そのまま直進したくなった。ソ・サンファの額《ひたい》、鼻、人中、唇、顎、首へと、手を伸ばしたかった。

「ヌナ」

「……」

「我慢してる?」

「うん」

「……どうして?」

「わからない」

ソン・イナは息を吐きながらベッドに顔を埋《うず》めた。そのとき、ソ・サンファの手がソン・イナの手のなかに滑るように入ってきた。ソン・イナは顔を埋めたまま、息を止めた。ソ・サンファの手は驚くほど冷たく、湿っていた。手のひらと手のひらが触れ合った瞬間、ソン・イナは自分が違う世界とつながったのを感じた。ソ・サンファという世界。ソン・イナはゆっくりと息を吸いながら、手に力を入れた。

四章

〝しつこい蚊にお困りですか。賢く防ぎましょう〟

スーパーのレジにエフキラー［殺虫剤］の広告が貼ってあった。そこに蚊の顔が人間の顔よりも大きく描かれていた。茶色の毛が生えた頭には四本の触覚が伸びており、鼻は注射の針のように鋭かった。蚊は獲物を見つけたかのように目を光らせ、ニッと笑っていた。大きな歯がぎっしりと並んでいた。

以前なら、かわいいと思ったかもしれない。でもいまはそうではなかった。ソ・サンファはエフキラーの広告の前で、ソン・イナにメッセージを送った。

――いまスーパーにいるんですけど、蚊がすごく嫌な感じ ㅠ

ソ・サンファが診療支援係にいるとき、予防医薬係につないでくれというほとんどの電話が蚊に関するものだった。保健所で蚊の退治はしないのか、なぜうちの町には薬をまいてくれないのか、という苦情だった。だからか、キム・スンヒは地球上に住む生物のなかで蚊をいちばん憎んでいた。彼女は自分たちがなぜぼうふらをターゲットにするのかについて、暇さえあればこう言った。

「飛びまわるものと、もぞもぞ這うものとではどちらが捕まえやすいか。水のなかでうごめく幼虫のときに、とにかく殺せ。それが私たちの生き延びる道だ。がんばろう」

しかしいくら防疫作業を行っても、生き残ったぼうふらは成長し、水の溜まったところに卵を産んだ。しかも一度に数百個産んだ。蚊が卵を産みやすい水溜まり、そのなかでも糞溜まりが最高だった。


「やあ、サンファ」

「こんにちは、おじさん」

同じ防疫係で、公共勤労者のパン・ハクスが手を振った。

「今日も三十五度まで上がるんだとよ」

「そうらしいですね」

かばんに薬品を詰めたあと、ソ・サンファはトイレに駆け込んだ。そしてポケットから日焼け止めクリームを取り出した。防疫作業を始めたばかりの頃、ソン・イナが買ってくれたものだ。ソ・サンファは作業に出かける前、必ずトイレに入って日焼け止めクリームを顔に塗った。もったいないから首には塗らなかった。幸運のお守りのようにそれをポケットの奥深くに入れていた。

「行きますか」

そう言ったものの、なかなか足が動かなかった。ソ・サンファとパン・ハクスは保健所の玄関口で、あまりにも暑い外を眺めた。二人がペアを組んで防疫作業をしなければならないのは、陟州市内の四つの町にある建物の浄化槽だった。浄化槽のない建物には行かなくてもよかったが、浄化槽がないということはトイレもないということだ。トイレのない建物はまずありえないので、実際はすべての建物を調べなければならなかった。

アスファルトと歩道のブロックはすでに熱を溜め込んでいたので、歩くだけで汗びっしょりだった。二人は薬品を入れたカートを引いて、旧市場通りへと向かった。古い商店街の浄化槽は、モーテル以上に悲惨な状態だった。ソ・サンファは「保健所から来ました！」と叫ぶと、建物の裏側——トイレの換気扇が見えるところにまわった。

ソ・サンファは浄化槽の蓋に鉄の棒を引っかけて、大きく息を吸った。できるだけ後ろにのけぞり、息を止めたまま思いきり引っ張った。浄化槽が開いたとたん、糞の腐った臭いが地面のなかの熱気に混じって、ガスが爆発するように湧き上がった。ソ・サンファは蓋と一緒に尻もちをついたまま、しばらく咳をした。パン・ハクスが駆け寄ってきてうずくまった。

「くそっ」、水の表面に浮いているものが少ないとき、パン・ハクスはそう言った。「ああ、くそったれ」は、いっぱい溜まった水のなかで何かがうごめいているときに言った。「あああああ、ちくしょう」と言うのは、糞尿を長いあいだ汲《く》んでいないため、水面ぎりぎりにまで塊《かたまり》が浮き上がっているときに言った。蓋を開けたとたん飛び出してきた蚊を見て、二人は同時に悲鳴を上げた。塊の上にのっていた蚊が腕を襲ってくるなり、ソ・サンファはとにかく路地の外に逃げた。数分ほど深呼吸をしながら気持ちを落ち着けないことには、浄化槽のところに戻れなかった。

「おじさん、あっちの方、すごいよ」

し尿の上で何かがぶくぶく休みなく動いていた。ぼうふらだった。

「早く薬を投げろ！」

ソ・サンファは網に包んだ粉の幼虫駆除剤をとりわけぶくぶくしている方に投げた。水面が波打ち、ムカデが二匹、もぞもぞ這った。ソ・サンファが泣きそうになると、パン・ハクスが「ほら、蛾がいる」「ほら、うじ虫」と意地悪を言って笑った。防疫作業を始めてから、ソ・サンファはご飯がまずくなった。

一日に四、五十カ所の浄化槽をまわっていると、世の中が違って見えた。建物と街路樹、車と人間しか見えなかったところに、あたかも透視力が備わったかのように、地面に埋まっている浄化槽が見えるようになった。制服を着た高校生たちが通り過ぎると、学校の浄化槽が反射的に頭に浮かんだ。どこかのアパートの住人が苦情の電話をかけてくると、そのアパートの浄化槽を思い出して怖くなった。

ソ・サンファは汗まみれのまま、夕暮れの十字路でぼんやりと佇んでいた。道路わきの建物に一つ、二つと灯りがともった。スマートフォン、化粧品、アウトドア……。きらびやかな照明のもとを人々は忙しそうに行き交った。地上はこんなにまともだけれど、足元の蓋のなかに何があるのか、知っているのか知らないのか、知っているのに知らないふりをしているのか。ソ・サンファは、早く秋になればいいのにと思った。

＊

「サンファ、アイスクリーム買ってやろうか？」

午後の防疫作業が終わったとき、パン・ハクスが言った。

「はい、おじさん」

アイスクリームを買ってやると言っておいて、パン・ハクスはコンビニに入ってガムを一つ買った。

「おつりが足りないぞ」

パン・ハクスは一万ウォンを出して受け取ったおつりから、五千ウォン札を抜いた。そして、レジで五千ウォンが足りないと言い張った。おつりを余分に受け取ったパン・ハクスは、別のコンビニに行ってアイスクリームを買った。

「ほら、俺のおごりだ」

パン・ハクスがポケットから五千ウォンを取り出して振った。

「おー、おじさんにこんな一面があったんだなあ」

「一度もやったことないのか？」

「はい」

「母さんの財布から金を盗んだこともないのか？」

「……はい」

「えらいな。だがおまえのようなやつは、一度何かやらかしたらすごいだろうな」

「え？　……おじさんにはわからないよ」

二人は桑の木の下のベンチに座って、パピコのチューチューアイスを食べた。数週間前よりはずいぶん薄くなっていたが、歩道ブロックには相変わらず桑の実のシミがついていた。

「おまえは今年の夏だけやりゃいいんだろ？　俺はこの歳になっても糞の蓋なんか開けてるんだぜ。ちくしょう」

そう言いながら彼は妻の話をした。

「薬王《ヤグァン》成道会に息子の学費をつぎ込んでさ。正気の沙汰だと思うか？　俺は女房を探しまわってるうちに仕事を失って、一文無しになった」

「初めは三恩寺《サムン》に行ってたんですよね」

「そうだ。腎臓を病むまではな。薬王成道会のやつら、病気の人間をうまく嗅ぎつけてくるんだ」

「……」

「祈るより薬効なんだってよ、女房によると。で、その薬効ってのは、献金すればするほど効くらしい」

ソ・サンファは薬効、献金と口のなかでつぶやきながら、パン・ハクスの次の言葉を待った。もう少しくわしく薬王成道会の内部について聞きたかったが、パン・ハクスもあまり知らないようだった。

「サンファ、俺の耳にはあの蟬がカネーカネーカネーって鳴いてるように聞こえるなあ」

「僕もそうですよ」

「そうか？」

「一万ウォンが十枚あったら十万ウォン、百枚あったら百万ウォン、千枚あったら一千万ウォン、一万枚あったら」

「一億ウォン！」

「僕、よくNAVER［韓国最大のインターネットサービス会社］に〝一億〟って打ってみるんですよ。そしたら一億貯蓄、一億の使い方、一億財テク、一億の利子って出てくる。とりあえず一億ウォン貯めたら、ものすごい自信が生まれるだろうなあ。なんでもできそうな気がする」

「サンファ、おまえはいいやつだな。俺たち仲良くしような」

四時が過ぎても、陽ざしはまだまだ強かった。テナントビルの方から、署名用紙を持った人がとぼとぼ歩いてくるのが見えた。

「炎天のなかを歩きまわっているのは、俺たちだけじゃないらしい」

浄化槽の蓋を閉めて表通りに出てくると、住民の署名を集めている人たちに何度か会った。そのたびにパン・ハクスがそう言った。商店街の住民たちは誰も彼らを歓迎しなかった。

「俺も原発は嫌いだ。市長も嫌いだ。だが店には来ないでくれ。あとでこっそり署名するから」

おなじ区域をまわっているのか、午前に会った人に午後また別の場所で会うこともあった。大きな十字路や市場の入り口では、また別の集団がいた。彼らは「住民投票実施の署名を撤回する方法」と書かれたチラシを配っていた。するとパン・ハクスは「炎天のなかをまわっているのは、受任者だけじゃないのか」と言った。

署名を求める受任者を申し出る人は、しだいに増えた。千人近くになるだろうとも言われた。受任者と署名する人が増えるほど、陟州市長リコールを要求する住民投票反対対策委員会の活動も盛んになった。署名の不正行為を摘発し告発すれば、百万ウォンほどの補償金をもらえるという案内文まで掛かっていた。一方、署名を撤回したら五万ウォン、受任者の活動をやめたら十万ウォンがもらえるという噂を聞きつけてきたパン・ハクスは、ソ・サンファに作戦を練らないかと提案した。

アイスクリームを食べ終わったあと、ソ・サンファとパン・ハクスは最後のコースである農協の方に歩いていった。以前、原発反対の横断幕が掛かっていたところに、住民投票反対の横断幕が掛かっていた。「地域の発展を妨げる住民投票に断固として反対する」「血税の無駄遣い、葛藤助長、住民投票の要求を撤回せよ」。パン・ハクスは、金をかけた横断幕はやっぱり違うなあと言いながら、横断幕で汗を拭いた。

スーパーの前が騒がしかった。

「この頃、面白い見物《みもの》が多いよな」

二人はスーパーの方へ行った。署名を集めている受任者たちに、一人の老人が怒鳴り散らしていた。

「トンジンセメントがなかったら、この町がこんなに発展したと思うか？　こんな田舎が何十年もかけて。ここまで豊かになったのは、誰のおかげだと思っておる！　発電所を建てて、この町の経済を復活させようと走りまわっておられる市長を助けるどころか、客引きか！」

「おじいさん、客引きだなんて」

受任者たちは老人をなだめたが、老人は在郷軍人会の帽子を脱いで、地面にたたきつけた。喧嘩は長引きそうだった。しばらくすると、エクウス［現代自動車の最上級車］が走ってきて止まった。一人の老人が車を下り、在郷軍人会の老人を車に乗せた。

「ああ、くそったれ。あのジジイ、昨年まではただのジジイだったのに。原発誘致協議会の手伝いをしてると思ったら、エクウスなんかに乗りやがって」

パン・ハクスはそう言いながら、目で車を追っていた。

「あの車、燃料費だけでもすごいんだぞ。くそっ。金にものを言わせる野郎もいるってのに、俺なんか糞の蓋を開けてばかりだ」

エクウスが出ていくと、パン・ハクスは「カーーーーッ、ペッ！」と唾を吐いた。「カッ［核］、ペッ」は最近、陟州で流行っている唾の吐き方だった。

＊

関節はどこも汗でべとべとだった。ソ・サンファは保健所に戻るなり、一階のトイレに入った。顔と首を洗い、半袖のシャツを肩までまくり上げ、腕全体を洗った。鏡を見ながら髪を整え、最後に眼鏡についた水気を拭いた。そして深呼吸をしたあとは、ゆっくりと三階に上がっていった。ソン・イナがいることを願いながら。

彼女は資料室と通信室に続く長い廊下の端で、午後に二回、ひとり茶を飲んだ。夕方、防疫作業を終えて戻ってくると、ちょうど廊下にいるときもあれば、いないときもあった。

ソ・サンファは時計を見た。午後五時十分だった。夕日が廊下の端にまで射し込んでいた。小さな滑り出し窓が三つと、その上の大きなガラス窓が、廊下に枠のような影を落としているのが見えた。赤い消火器とハッピーツリーの鉢植えがあり、そのとなりにソン・イナが立っていた。今日は髪を結んでいなかった。スカートをはいていた。まだ茶が残っているのか、腕を曲げてマグカップを持っている。ソ・サンファは廊下の端で、一度でいいから抱きしめたいソン・イナの肩を眺めた。その代わりにハッピーツリーの枝がいくつか、ソン・イナの肩に触れていた。

うつむいたソン・イナの鼻の先がしだいに赤くなった。年寄りたちにひどい罵声を浴びせられたときや、とんでもない苦情の電話がかかってきたとき、無表情を装ってはいるけれど、彼女の身体のどこかにそれが表れた。ソ・サンファにはそれがわかった。ソン・イナが机のパーティションに写真を一枚も貼っていないところや、会議のとき資料の「ㅂ」という文字の空白を黒く塗りつぶすのを見るのが好きだった。手の甲に白いハンドクリームを絞り出すのも、耳たぶに光のようなピアスをつけているのも好きだった。ソ・サンファが頭を抱えて読んでいる薬学の本をとっくに読んでしまっているところも好きだった。仕事の話をするとき冷ややかに光る目も、振り返ったときに漂ってくる匂いも、少し枝分かれしている髪の先を無造作に結んでいるのも好きだった。車に飾ってあるぬいぐるみも、もっと着たらいいのにと思う草色のブラウスも、鼻についた皮脂も好きだし、その皮脂が示している小鼻のラインも、本当にぜんぶ好きだった。

それから手。理学療法室で握った手のひらの感触を思い出し、ソ・サンファは汗ばんだ手を服で拭いた。ソ・サンファは、ソン・イナが立っている方に踏み出そうとして足を止めた。うつむいて、自分の体の匂いをかいだ。まだ浄化槽の臭いが残っていた。こんな格好ではとても彼女のそばには行けないと思った。ソ・サンファはまたトイレに入り、手に石けんをつけた。泡立てて、手と腕をしばらく洗った。しかし、出てきたときにはもうソン・イナの姿はなかった。ソ・サンファは廊下をとぼとぼ歩いて、ソン・イナの立っていたところに行った。アパートの裏にそびえているゾウの耳を眺め、それから背後のハッピーツリーの葉をぽんとたたいた。

*

ソ・サンファは保健所のSNSに仕事関連の写真をいろいろアップしたが、浄化槽の防疫作業のものはなかった。人々の関心が原発と、市長リコールを請求する住民投票に集中していたので、保健所のページはしばらく小康状態にあった。各団体のポータルサイト、ホームページ、保健所のアカウントとリンクされたSNSに、市長リコールに関するありとあらゆる意見と現状が載せられていた。そのなかでも最も拡散されているのが市長の「過去を暴く」コメントだった。

陵州女子高総同門会と総同門会監査委員会、核反対闘争委員会とリコール反対対策委員会は、いまは互いに対立しているが、彼らはもともと同じ陵州市の住民であり、同じ学校の先輩後輩であり、遠いにしろ近いにしろ親戚にあたる間柄だった。それだけ相手の過去や弱点を知っているという意味でもあった。

公訴時効が成立していなければ、逮捕してもよさそうな話が次から次へと飛び出した。書いた人はもちろん匿名で、登場人物もほとんどイニシャルだが、読んだ彼らにはお互い誰のことなのかわかるようだった。いったん他人の過去を暴きはじめると、歯止めがきかなくなる。ソ・サンファはパン・ハクスがそばで舌打ちするほど、四六時中スマホをいじっていた。もしかしたら幼い頃に起きたあのことがわかるかもしれない、薬王成道会の裏話が載っているかもしれない、そう思ってコメントのコメントまで読んだ。

ソ・サンファが骨材置き場について知ったのは、「35鉱区の真実」というタイトルの投稿を見たときだった。コメント欄では、元請けと下請けの現場作業員と思われる人たちが互いに罵《のの》り合っていた。そのなかでも特に目を引くものがあった。

――おまえらが骨材置き場でやったことに比べたら。

それだけだった。そのあとには何のコメントもなかった。けれどもソ・サンファはそれを見て、鉱山での不思議な感覚を思い出した。

話に聞いていたトラックを実際に目の前で見たのは、十一歳のときだった。石灰石鉱山にあるものはどれも、外のものとはまったく比べ物にならないほど大きかった。父が運転するダンプカーは、タイヤだけでも父の背の二倍ほどあった。タイヤとタイヤのあいだの本体にかっこよく刻まれた「CATERPILLAR」という文字を見るなり、ソ・サンファは自分もキャタピラーを運転したいと言って駄々をこねた。

夏休みだったので学校にも行けなかった。祖母が急に浦項《ポハン》の妹のところに行ってしまい、ソ・サンファは父が仕事に行ったあと、ひとりで留守番をする日が十日ほど続いた。父は朝八時に出かけると、夜十二時頃まで帰ってこなかった。そして翌日、また八時に出ていった。家に帰ってこず朝まで鉱山にいることもあった。ある日、ソ・サンファは、一週間だけ、三日だけでもいいから、と父親にねだって、一緒に鉱山通勤バスに乗った。

ソ・サンファは鉛筆とシャーパー鉛筆削りさえあれば、どこに行ってもおとなしくしていた。父親もそれを知っていたので許したのだろう。父が他の作業員たちと鉱山に行く支度をしているあいだ、ソ・サンファは待機室で絵を描いた。「父ちゃんがいつもおまえの自慢してるぞ。母ちゃんに似て賢いってな」、そう言って頭を撫でるおじさんたちがそれぞれ自分の作業場に散っていくと、ソ・サンファは鉱山の探検に出かけた。

石灰山を上から階段状に削った露天掘り鉱山は、父から聞いて想像していたよりずっと大きかった。父がくれた作業用の耳栓をしていても、鉱山の音はすさまじかった。削岩技師たちが石灰石に穴を開ける音、爆破係が火薬をしかけて岩を爆破させる音、クラッシャーが石を破砕する音などで、頭がぐらぐら揺れた。

ソ・サンファは父のダンプカーがどの辺りを上っているのか探してみたが、よくわからなかった。ジグザグに山を上っているダンプカーが、タイヤだけでも人間より大きいはずなのに、蟻のように小さく見えた。掘削機が一台、ダンプカーよりもずっと上の方でのろのろ動いていた。

騒音がすごくて危険なところだけれど、鉱山には小学生の男の子の興味を引くものがたくさんあった。そのなかでもソ・サンファがいちばん興奮したのは、ダイナマイトを積んだ車が入ってくるときだった。バルク車のような車が火薬をのせて入ってくると、装薬係のおじさんたちが出てきて火薬を下ろした。車に刻まれた火薬製造会社のロゴは、大文字のHから炎が燃え上がっているような模様だった。ソ・サンファはそのロゴがお気に入りで、ノートに何度も真似て描いた。コンベアベルトのおじさんたちは、いつもトランシーバーを手に持って、長い距離を行き来した。もうもうと舞い上がる土埃は、散水車が通り過ぎると落ち着いた。車両整備庫にいるおじさんたちは、直せないものなど何もない鉱山の大将のように見えた。

「サンファ、鉱山のなかは埃もそうだが、石ころが舞っている。絶対に外に出てくるんじゃないぞ」。そう言いながら父はヘルメットをかぶせてくれた。でもソ・サンファは父の言いつけなど忘れて、せっかくヘルメットをかぶせてもらったのだから少し遠くまで歩いていった。待機室のとなりには仮設のシャワー室があり、そのとなりには食堂があった。食堂のあちこちにのど飴の缶が置いてあって、作業員たちは通りすがりに、飴玉でも口に放り込むようにそのなかから何かを取り出して食べた。のど飴の缶に入っているけれど、のど飴ではなかった。父は35鉱区にしかない特殊な飴だと言った。初めは粉塵のせいでいがいがするのどを和らげるために食べていたのだが、そのうち鳩尾《みぞおち》まですっきりするようになったと言った。

ソ・サンファは食堂のあるコンテナをまわって、みんなが副原料鉱山と呼んでいる方にも行ってみた。しばらく歩いていると、小石が山のように積まれたところがあった。あとでわかったのだが、そこが骨材置き場だった。そこからさらに歩いていったところに、今度は廃タイヤが山のように積まれた野積場があった。野積場の向こうに見える草色の鉄条網までは、行ってもよさそうだった。ソ・サンファは「ここからは立ち入り禁止区域です」と書かれた立て札を押さえて、向かいの鉄条網を眺めた。僕はいま誰も入っちゃいけないところにいるんだ。そんな得意な気持ちで、立て札に描かれたキャラクターを見つめた。ダメだという顔をしたそのキャラクターは、赤いトンジンセメントのマークがついた白いヘルメットをかぶっていた。ソ・サンファは父が貸してくれたヘルメットをかぶったまま、しばらくそれと向かい合っていたが、茂みの方に貂《テン》が走っていくのを見て慌てて逃げ出した。

待機室の辺りで雨が一滴も降っていなくても、鉱山の頂上では大雨が降っていることもあった。それだけ山は高かった。昼休みになると通勤バスが作業員たちを迎えに、くねくね道を上っていった。父は下りてきたが、掘削機にいるおじさんは下りてこなかった。毎日、そこに弁当を持っていくのだと言った。そう聞いてソ・サンファは不思議な気持ちで鉱山の頂を見上げた。高い絶壁に止まっている掘削機は、まるで目に見えない紐に吊るされているみたいだった。

イ・ヨングァンという老人が死んだとき、ソ・サンファはその絶壁を思い出した。35鉱区で長いあいだ働いたという彼は、あのとき鉱山の待機室に出入りしていた大勢の作業員の一人だったのではないだろうか。はるか遠く土の絶壁にぶら下がった掘削機のなかで、ひとり冷たい弁当を食べていた人ではないだろうか。一坪ほどの空間で。霧が立ち昇る海と、野積場と、骨材置き場を見下ろしていた人ではないだろうか。

*

「おじさん、これ見て」

ソ・サンファはパン・ハクスに、リコール請求者の代表が投稿したものを見せた。

「おお、超えたのか?」

市長リコール投票を請求する署名を始めてひと月ほど経っていた。集計によると署名者数は11617人。有効署名者数である8983人をはるかに超えていた。

「オ・ビョンギュの野郎、このままじゃ見込みないな」

パン・ハクスが投稿を読んだ。官権と金権を動員した市長側のありとあらゆる圧迫にも屈せず、有効署名者数を超えたという喜びのコメント、陟州が韓国における原発反対運動の聖地になるだろうというコメントが、それに続いた。リコール反対対策委員会は静かだった。思ったより早く署名が集まったので、慌てて対策を練っているのかもしれない。

案の定、翌日から、核反対闘争委員会の事務所に次々と書留が送られてきた。署名撤回書の入った郵便物が数日のうちに、千通あまり受理された。核反対闘争委員会は急きょ、請求署名簿を選挙管理委員会に送った。それから数日後、署名簿の写本が閲覧できるようになった。ソ・サンファは、選挙管理委員会で公益勤務をしている友人と常に連絡を取り、状況を見守った。

「署名簿の閲覧を希望する人が百人を超えたらしい。ほとんどが公務員と、その奥さんたちだけど」

住民登録番号を隠して公開されてはいるが、陟州のような小さな町では、名前と住所を見れば誰が署名したのかすぐにわかった。ソ・サンファは、友人がこれはすごいぞと言って送ってきた写真を見た。窓の外から撮った写真だった。署名簿閲覧室に集まった人たちが、何かを必死で書き写していた。コピーと撮影が禁じられていたので、手で名簿を書き写しているのだった。そのうちの一人の横顔を見ながらソ・サンファは、これはキム・スニョンではないだろうかと思った。

閲覧二日目、待機している公務員の妻たちが選挙管理委員会の前庭にテントを張り、スイカを割って食べたという知らせが入った。彼女たちは閲覧を終えたあと、トイレにこもって書き写した名簿と照らし合わせた。選挙管理委員会の建物や閲覧室付近では、オ・ビョンギュ市長の息子と呼ばれるチンピラたちがうろついていた。ソ・サンファの友人の証言によると、名簿の流出に抗議した女性の上半身を、チンピラたちが押して押して、壁に押しつけたらしい。警察に訴えても相手にしてもらえなかったという。

友人はぐったりした体を引きずりながら家に帰る途中、こう言った。

「俺は陟州が嫌いだ」

閲覧三、四日目に、署名した一万人あまりの陟州市民のリストが作られた。殺生簿と呼ばれたそのリストは、すぐに里長・統長［村長、地域コミュニティなどの班長にあたる］らの手に渡った。リストを手に入れた彼らは、昼夜を問わず人に会い、電話をかけまわった。オ・ビョンギュ市長はすでに里・統長協議会を招集し、彼らに原発誘致賛成委員という内容の委嘱状を託していた。官職と腕章を手にした彼らは、ますます積極的に働いた。市庁内ではリコールの署名撤回に関する文書がメールで配布され、噂によると、公務員一人ひとりに、署名撤回書を一日に十枚集めよという通達があったのだという。市長解職の件とも知らずに署名したという事実確認書、重複署名の疑いがあるという異議中立書など、署名を無効にするための書類が次々に送られてきた。ところが、署名リストをファックスで流したのがリコール反対対策委員会の事務所ではなく、陟州市庁の総務課だということが明らかになると、核反対闘争委員会は、市長と市庁の総務課長を、個人情報保護法と住民召喚法違反の疑いで、となり町の江陵《カンヌン》支庁に告発した。しかし、原発拡大政策を打ち出している中央政府がバックに控えているので、検察が彼らを正しく処罰してくれるかどうかは疑問だった。

夜のアルバイトを終えて帰ってきたソ・サンファは、ワードに「オ・ビョンギュ」と打ってみた。もう一度、オ・ビョンギュ。またもう一度、オ・ビョンギュ。オ・ビョンギュ。オ・ビョンギュ。いくら打ってもきりがなかった。トンジンセメントの社長だった頃、一千万トン物量という神話を生み出したオ・ビョンギュ。陟州の経済を立ち上げたオ・ビョンギュ。いまでもソ・サンファの目の前に鉄人のように立ち塞がるオ・ビョンギュ。ソ・サンファは彼に言いたいことや、訊きたいことがあった。何度も陟州市庁のホームページに入って、掲示板にメッセージを残そうと思った。ところが、件名にオ・ビョンギュという文字が入ったものは送信できなかった。オ・ビョンギュなりオ・ビョングにすればうまくいったが、オ・ビョンギュではメッセージが送れなかった。

ソ・サンファは眠い目を擦りながら保健所に出勤した。選挙管理委員会の閲覧室でリストを書き写していたのは、キム・スニョンに間違いなかったようだ。保健所では、職員のなかに署名をした人がいると大騒ぎになっていた。ひと月前、市長のリコールを要求する署名が始まるなり署名した人――ソン・イナだった。

＊

ソ・サンファのとなりの席にはソン・イナが、ソ・サンファの向かいの席にはキム・スンヒがいた。キム・スンヒのとなりはキム・スニョンとソン・イナは向かい合っていた。もちろんパーティションで仕切られているけれど、ひょいと覗くと相手の顔が見えた。電話の声は言うまでもなく、電話口でつくため息も聞こえた。

ソ・サンファが防疫作業を終えて午後遅く保健所に戻ってきたとき、予防医薬係の雰囲気は思った以上に険悪だった。キム・スニョンが受話器を乱暴に置く音。イ・チャンギュ係長がため息をつきながら用箋挟を放り投げる音。そんななかでソン・イナは静かに座っていた。ただその場に耐えているようにも見えたし、べつに気にも留めていないようにも見えた。まごつき、傷つき、恨めしそうな顔をしているのは、むしろキム・スニョンの方だった。ソ・サンファはすぐにでもそこからソン・イナを救い出し、一緒に海にでも行きたかったが、仕事が終わると薬局のアルバイトが待っていた。

「どんな人？」

薬剤師のヤン・ジンソンがソン・イナについてあれこれ尋ねた。予防医薬係の人たちについて根掘り葉掘り訊いてこなければ、働きやすい薬局だった。何よりも他の薬局に比べ報酬が高かった。

「チン・ミジンが担当しているときはよかったよ。いろいろ融通がきいたし、薬剤師じゃないから話も通じたしね」

ヤン・ジンソンはソン・イナの保健所内部での評判とか、仕事のスタイルとか、個人的なことを訊きだそうとしたが、ソ・サンファは口を閉ざしていた。

「今日も在庫は合ってるな？」

「はい」

「麻薬類と向精神薬は必ず数が合わないといけないんだぞ」

「はい」

「最後に金庫を確認するのは、これからおまえに任せる」

「え？」

ソ・サンファはヤン・ジンソンの方を振り返った。彼の言う金庫には、麻薬類医薬品が保管されていた。二重ロックになっている金庫だった。

「でも、僕はただのバイトだから……」

「信用してるから言ってるんだよ」

ヤン・ジンソンがお祖母さんに持っていってやれと、WONBI-D［栄養ドリンク］を一箱、カウンターの上に置いた。そして鼻歌を歌いながら、裏の調剤室に入っていった。ヤン・ジンソンの自宅と続いている薬局の裏には、公式の調剤室の他に、もう一つ別の調剤室があった。フラスコが散らばっていて、調剤室というよりは実験室を思わせるそこに、ソ・サンファは一度だけ掃除をしに入ったことがあった。

ソ・サンファは、そのときごみ箱で見つけた制限範囲外の麻薬の袋を思い出した。Codaewon Forte, Codi Pro Syrup, Cough Syrup, Coughjin Syrup……。ほとんど「C」で始まる、咳をしずめる風邪薬だった。麻薬成分が含まれているけれど依存性が弱いので、分業地域の薬局でも処方箋なしに買える医薬品だった。それらの薬にはどれもジヒドロコデイン成分が入っていた。中枢神経を麻痺させて、一時的に咳をしずめる麻薬性鎮咳薬だった。ソ・サンファは、吐きそうなほど咳き込んでいた近所のおじいさんが「C」で始まる薬をいつも飲んでいたのを、幼い頃に見たことがあった。

「サンファ、俺がレシピを伝授してやろうか?」

ソ・サンファに調剤室の掃除をさせて以来、ヤン・ジンソンは自分のやっていることを隠そうとしなかった。サンファの口の堅さを試しているかのようだった。基本的な化学の知識があれば、しかも薬剤師なら、風邪薬から麻薬成分を抽出し、新たな薬をつくることぐらい簡単にできた。ヤン・ジンソンは調剤室のフラスコを「俺のるつぼ」と呼び、自分だけの調剤レシピに誇りを持っていた。慢性の痛みで夜も眠れない人たちが、咳さえ止められるなら魂も売りかねない人たちが、自分の作る薬を待っているのだと、ヤン・ジンソンは本気なのか冗談なのかわからないことをソ・サンファに話した。

ソ・サンファは栄養ドリンクをさげて、陟州病院へ歩いていった。椎間板《ついかんばん》ヘルニアの手術を受けた祖母が、ひと月ほど前から入院していた。夜も遅かったので、ソ・サンファは病室のドアをそうっと開けた。入り口近くのベッドにいる祖母に歩み寄り、子犬のように顔を突き出した。祖母が「よく来たねえ、サンファ」と言いながら、荒れた手でソ・サンファの頬を撫でた。

「ああ、あたしの可愛いサンファ」

祖母がそう言うのを聞いてようやく、ソ・サンファは気持ちが和らいだ。小さい頃からそうだった。祖母が、あたしの可愛いサンファ、と言いながら撫でてくれるのがとても好きだった。

「父さんはちゃんとご飯食べてるかい？」

「もちろん」

「あたしみたいな金食い虫がいると困るねえ」

「お祖母ちゃん」

「さっさと死ねたらいいんだけどねえ」

「またそんなこと言って！」

祖母に慰めてもらう代わりに聞かなければならないことを順番に聞いてから、ソ・サンファは外に出た。病院前のバス停でスマホを見た。ソン・イナはまだメッセージを見ていなかった。どうしても声が聞きたくて通話ボタンを押したが、呼び出し音が聞こえるだけだった。もう寝ちゃったのかな、何かあったのかな、と思っているうちに、オラ洞《ドン》行きのバスが来た。

前の座席に広告が貼ってあった。これこれの道理と実体を教えますと、携帯電話の番号が記されていた。幼いとき、薬王成道会の広告を見たのもバスのなかだった。陽ざしですっかり色褪せた紙が、前の座席の古いビニールに挟まれていた。ソ・サンファは電話番号をメモして、祖母と父に内緒で電話をかけてみた。父に大声で怒鳴りつけられたのは、そのときが初めてだった。

父はテレビもつけずに座っていた。居間に入ってくるひょろりと背の高い息子を改まった目で見た。いつのまにこんなに大きくなったんだ、本当に俺の息子か、と言いたそうな眼差しだった。父は肴もなしに酒を飲んでいた。

＊

「サンファ、この車の運転手のなかでは父さんがボスなんだぞ」

父が自慢げにそう言った。

ダンプカーは一見カッコいいけれど、よく見るとどこもかしこも傷だらけだった。ドアが壊れていたので、父は内側の取っ手にくくりつけた紐を引っ張った。崖から落ちてきた石にあたってひびが入った前のガラスには、長いテープが貼ってあった。タイヤについている白っぽいものは何だろうと思って近づいてみると、ワイヤーだった。

「サンファ、あのタイヤ、一ついくらだと思う？」

通りすがりのおじさんが訊いた。そう訊くのだからきっと高いのだろう。

「百万ウォン［十万円ほど］？」

「二千六百万ウォンだ」

父の運転するダンプカーはブレーキもろくにきかないのに、直してもらえなかった。故障したらすぐに直してもらえるおじさんたちもいたけれど、順番がまわってくるまで待ってろと言われる人たちもいた。一日の仕事量が多すぎて時間もなかったので、父は整備が受理されるまで恐る恐る運転した。ダンプカーを長いあいだ運転してきた父は、ブレーキがきかなくなるたびに自分だけのノーハウで応急処置をした。それでも下り坂を下りていくときは、いつもひやひやすると言った。雨が降って路面がぬかるんでいると、あそこの砕石機《クラッシャー》まで生きて下りられるだろうか、と祈るような気持ちになったと言った。

ソ・サンファを鉱山に連れていってからは、父は仕事の話をよくするようになった。あのときの色黒のおじさんがね、スラグが積んであったところにね、というふうに。ソ・サンファが記憶している35鉱区の光景は、十一歳の夏休みに過ごした数日と、その後父から聞いたものが混ざっていた。ただ鉱山の雰囲気は、ほんの数日だったけれど自分の体で覚えていた。

「骨材を積みに、コンクリートミキサー車が来るそうです」

父と同僚のおじさんたちが休んでいるところに、誰かがやって来てそう言った。父と同じように作業着を着、ヘルメットをかぶって鉱山で働いている人だった。ところがよく見ると、何かが違っていた。父の窮屈そうな靴とは違う、ファスナーのついた作業靴をはいていた。灰色の作業着も若干トーンが違った。なかでも目に見えて違うのは、父たちがかぶっている黄色のヘルメットではなく、白のヘルメットをかぶっているところだった。

「車が入ってくるから、石を掃いといてくださいよ」

白ヘルメットの男が言った。

「俺たちの区域でもないのに、なんでそんなことを」

父の同僚の一人が言った。

「事務所から指示があったんですよ、掃いとけって。僕はちゃんと伝えましたからね」

男がそう言って出ていくと、父の同僚がカッとなって立ち上がった。

「あいつらの区域の石をなんで俺たちが掃くんだ？　骨材置き場に行きたくないのは、みんな同じだろ？」

白ヘルメットの男が当然のように言ったからなのか、骨材置き場に行きたくないから、みんな嫌な顔をしていた。骨材置き場は35鉱区のタブーの場所なのだろうか。近寄るだけで不吉なことが起こりそうな雰囲気だった。結局、落石を片づけたのは黄色いヘルメットをかぶった父たちだった。

白ヘルメットと黄ヘルメットは同じ空間で働き、同じ空間で食事をし、同じようにトンジンセメントから作業の指示を受けたが、騒音と粉塵のひどいところに行かされるのは、たいてい黄ヘルメットたちだった。白ヘルメットたちは安全課からいくらでも防塵マスクをもらえたが、粉塵のひどいところに配置される黄ヘルメットたちは、ひと月に十五枚しか使えなかった。作業服も耳栓も、作業靴も同じだった。黄ヘルメットたちが思う存分手に入れられるものは、のど飴しかなかった。あらゆることを甘受して働いても、黄ヘルメットたちがもらえる賃金は白ヘルメットの半分にもならなかった。残業をしなければ、最低限の生活費にも満たない金額だった。父は毎日、十六時間働き、正月も休まなかった。

昼休みのことだった。鉱山バスから降りた父たちが服についた土埃をはたきながら、食堂に並ぼうとしたときだった。白ヘルメットの男たちが、あとから入ってきて言った。

「おい、おまえら。先に並ぶな。どけ、どけ」

父たちは尻ごみしながら片方に避《よ》けた。自分たちが先に食べるのは当たり前だとばかりに、白ヘルメットたちはトレーを取って先に並んだ。列に割り込むなんて、小学四年生の教室でもめったにお目にかかれないことだった。

その日、ソ・サンファが見たのは、蔑視されるのが慣れっこになっている人の顔だった。誰かが職場で長い年月にわたって、来る日も来る日も人格的に侮辱される。それが自分の家族だということ。それが人の心をどれだけ狂わせるかを、ソ・サンファは訳もわからずに知ってしまった。中学生になってからは鉱山に行かなくなった。父は歳若い正社員から罵声を浴びせられる日もあれば、ダンプカーから石を落としたと殴られて、唇に血をつけて帰ってくることもあった。ソ・サンファは仕事に出かける父の後ろ姿を見るのが嫌で、朝早く学校に行った。酒を飲むたびに父がつぶやいていた「下請けのくせに」という言葉を、砕石機のなかに放り投げてしまいたかった。

＊

化け物がやって来る――海霧が押し寄せてくるとき、人々はそう言った。

海霧は数メートル先の灯りまで呑み込んだ。父は海霧をいちばん恐れた。石灰石の塊をのせて、断崖絶壁をぐるぐるまわって下りていくとき、山の下の方から海霧が立ち昇ってくることがあった。霧はあっというまにダンプカーを呑み込み、さらに上へ上へと昇ってきた。夜間はヘッドライトを頼りに下りていくのだが、霧が昇りはじめると、いくら灯りをつけても無駄だった。

海霧に包まれると、父はエンジンを切って見上げた。何も見えない二、三十メートルほど上の方で、掘削機が動いているのが感じられた。会社では原価を下げるために、火薬をあまり使わなかった。爆破させても出てこない石を、掘削機が一日じゅう掘り出した。

海霧のなかから聞こえてくる掘削機の音は、猛獣の鳴き声を思わせた。生き残った恐竜が長い首を揺らしながら鳴いていた。父はヘッドレストに頭をもたせかけ、しばらく目を閉じた。目を開けたときも足元にはまだ靄《もや》がかかっており、上空からは鳴き声が聞こえた。そんなとき父は、自分がどこにいるのかわからなくなると言った。

絶壁から掘削機が転落してダンプカーを覆う事故は、忘れそうになると起こった。下り坂のカーブで墜落するダンプカーも少なくなかった。暴風雨と霧のせいで、装備が故障し少し車を止めていたりすると、さっさと作業をしろと無線電話がかかってきた。同僚の葬儀に出るたびに、父は自分がまだ生きているのが不思議だと言った。

「道渓《トゲ》の炭鉱で働いていた親しい兄貴が、土のなかは怖いからってうちに来たんだ。うちは露天だから。坑道じゃないから。海を見ながら働けるから。なのに絶壁から落ちてしまった」

死亡事故が起こるたびに、トンジンセメントは事故の原因を作業員の過失のせいにした。黄色いヘルメットの父たちは、あるとき組合を結成し、労働部に陳情書を提出した。九カ月待った末、ようやく雇用労働部太脈《テベク》支庁で判定が下された。その日、父はソ・サンファを抱いて泣いた。トンジンセメントの雇用形態は二十年間、不法だったのだ。父の属する下請け会社は、直接、雇用するのを避けるためにトンジンセメントが作った幽霊会社であり、35鉱区で働きはじめた日から父は正社員だったというわけだ。

ソ・サンファは信じられなくて、何度も判定文を読み返した。判定が出たという知らせを聞いたとき、真っ先に頭に浮かんだのは、父が十年前に遭った事故のことだった。父が運転していた三十五トンの大型ダンプカーが、下り坂でエンストを起こした。それは、いかなるノーハウも応急処置も役に立たない、死を意味した。父の悲鳴とともに転がり落ちたダンプカーは、絶壁に真っ逆さまにつっこむ代わりに、臨時に積んであった骨材の上に落ちて転覆した。父は運よく生き延びたが、胸椎骨折で半年ほど入院した。事故は公傷として処理された。ところが仕事に復帰した父は、安全管理をおろそかにしたという理由で、下請けの班長の座から降ろされたのだ。

父は幼いソ・サンファによく言ったものだった。定年になる前に新しいダンプカーが運転できたら思い残すことはないと。しかし、父の運転するダンプカーは白ヘルメットたちが使えるだけ使って、事実上、廃車にしたものだということを、ソ・サンファは事故が起こったあとに知った。

雇用労働部の判定によれば、父は防塵マスクと耳栓と作業靴を望むだけ使え、正当な報酬を堂々と要求できた。そして何より、安全なダンプカーを運転することができるはずだった。ブレーキが壊れていないダンプカー、下り坂でエンジンが停止することのないダンプカーを。

ところが、判定の余韻は一日ももたなかった。労働部の判定が出た翌日、トンジンセメントは下請け会社との契約を解消し、下請け会社は父たちを全員解雇した。

「肴なしで飲んでるの？」

ソ・サンファは干しスケトウダラを取り出し、食べやすいようにちぎった。その上に水をふりかけて、電子レンジで二分温めたら、父が好きなやわらかい干しスケトウダラができあがる。

「サンファ」

居間で酒を飲んでいた父がソ・サンファを呼んだ。

「サンファ」

何度も名前を呼ぶのは、父が酔っぱらったときの癖だった。

「三十二人みんな解雇になるとはなあ」

ソ・サンファは父親の顔を見た。ある日突然、解雇された父と同僚たちは、勤労者地位確認の訴訟を起こし、35鉱区の正門前で復職を求める座り込みをしていた。雇用労働部の判定は法的に拘束力がないので、勤労者地位確認の訴訟をして会社を相手に勝訴しなければ何の意味もなかった。

父が二十年間、通勤バスに乗って毎日通ったところだ。トンジンセメントは、二十年間、黙々と働いてきた人たちを業務妨害罪と暴行罪で公訴し、労働組合を脱退すれば合意してやると言った。起訴された人たちは、脱退の意志を明らかにすれば執行猶予で釈放され、脱退しなければ法によって拘束された。

父は江陵《カンヌン》刑務所に面会に行って帰ってくると決まって酒を飲んだ。鉱山で一緒に働いた仲間の母親が面会室の廊下で泣く声。その仲間が書いた反省文。それらのことを酒を飲まずには話せなかったのだ。

しばらくして、トンジンセメントが損害賠償請求の訴訟を起こした。生産物量に蹉跌《さてつ》をきたしたので賠償せよというものだった。賠償金額は十六億ウォンだった。そのあと、財産の仮差押えが行われた。オラ洞《ドン》の自宅、保健、生活費、通帳まで、ソ・サンファの家はすべて制約が加えられた。祖母の医療費として農協に預けてある三百万ウォンは、すぐに下ろせない状況だった。

財産の仮差押えが行われ、父は目に見えて動揺した。三十二人がいっせいに組合を脱退したのも、その直後だった。父たちのいちばんの弱みであり、最も痛ましく動揺するのが生計だということを、トンジンセメント側はよく知っていたのだ。

「サンファ。勤労者地位確認の訴訟だけでも取り消せってさ」

父はトンジンセメント側とずっと連絡を取っていた。

「訴訟さえやめたら……財産の仮差押えも取り消して、また働かせてくれるらしい」

ソ・サンファは大きな傷跡になっている父の右の耳元を見た。あのときから一年ほど経っていた。ワイヤーが見えるほど擦り減ったタイヤは、まだ交換されていなかった。昼休みにバスに乗ろうとして父がダンプカーを降りたとたん、タイヤはバーンと大きな音を立てて破裂した。大型タイヤの圧力で、辺り一面に石が飛び散った。父は鼓膜が破れ、顔の右側に大きな怪我をした。そのとき、父の見舞いに来た同僚が言った。俺たちは二千六百万ウォンのタイヤほどの値打ちもない存在だ、と。勤労者地位確認の訴訟を取り消して元通り働けというのは、また元通りの生活に戻れということだった。下り坂でエンストを起こすダンプカーに、文句言わずにまた乗れということだった。そうなれば、父はもう何も言えなくなるだろう。

ソ・サンファはまだ蓋を開けていない焼酎を一本、こっそりと冷蔵庫に入れた。いま飲んでいる酒を飲み終えると、父が元の暮らしに戻りたいと言いそうだったからだ。

ソ・サンファは壁にもたれて座っている父を布団に寝かせた。勝訴するまでもう少しの辛抱だと言ってきたが、それが一年になるのか五年になるのかわからなかった。一審判決がうまくいったとしても、トンジンセメントは控訴をしてくるだろう。時間すら父の味方ではなかった。

ソ・サンファは父の頭に枕をあて、靴下を脱がせた。

「お金のことは僕がなんとかするから」ソ・サンファは自分もなすすべもないのにそう言った。

「勤労者地位確認だけはあきらめないで」

＊

「サンファ、おまえ、最近ちょっとおかしくないか？」

冷汗をかいているソ・サンファを見て、パン・ハクスが言った。二人は作業中に暑くて耐えられなくなると、ATMのなかに入ってひと休みした。エアコンがきいているのにソ・サンファは汗をかいていた。

「夜間に宅配の仕事を始めたから。睡眠はとってるんだけど」

「おまえ、いくら若くても、そんなことしてると倒れるぞ」

二人はゾウ山の森林浴場の方に向かって歩いていった。踏切の前まで来たとき、パン・ハクスがソ・サンファの顔を角度を変えながら眺めた。

「金が必要なのか?」

隙をうかがうように、パン・ハクスが目を細めた。

「お金はいつだって欲しいですよ」

森林浴場の散策コースの入り口に、家の形をした箱が見えた。ソ・サンファはそこに走っていった。保健所が設置した虫よけスプレー箱だった。ソ・サンファは箱の下の方に記された「陟州市保健所予防医薬係」という文字を指でなぞった。

「予防医薬係がそんなにいいか?」

パン・ハクスが虫よけスプレーを取り出し、自分の脇の下に吹きかけた。ソ・サンファはスプレーをさっと奪い取ると、パン・ハクスの服にもまんべんなく吹きかけてやった。

「はい。この文字を見ると思い浮かぶ人がいるんです」

禁煙区域の標識に書かれた陟州市保健所という文字を見るだけで、思い浮かぶ人がいた。ソ・

サンファは、いまここにソン・イナがいればどんなにいいだろうと思った。

散策路には桜の木が立ち並んでいた。春に桜の花が咲いていたところは、夏の葉で覆われていた。散策路をもう少し上がっていくと、左手に墓が見えた。墓のそばの杏の木の下で、一人の老婆が杏を拾っていた。体育公園とあずま屋の方から人が一人、二人と下りてきた。ソ・サンファとパン・ハクスは散策路から離れて、墓の裏道の方へ歩いていった。とうもろこし畑に入ってしばらく歩いていると、名前のわからない蔦《つた》が絡まっているのが見えた。建物はその後方にあった。古いコンクリートの城塞のようでもあり、偽の大理石の建物のようでもあるその不思議な建物を、二人はぼんやりと見上げた。

「こんなところにも浄化槽があるのかなあ」

「人が住んでりゃあるだろうよ」


陟州市の人里離れた山にこもっていると言われていた。市内の小さなアパートを五棟ほど合わせたところで合宿をしたとも言われた。慶尚道《キョンサンド》の町で布教をしているとも、大勢の信者を引き連れて、高い地位に上ったとも言われた。

全国を渡り歩いている信者たちは、半年に一度、会館に集まって教育を受けた。ソ・サンファとパン・ハクスが防疫作業に来たのは、そんな薬王《ヤグァン》成道会の会館だった。

「サンファ、おまえ、勉強できたか?」

「はい」

「だったら、もらっただろ」

「あ……はい。いまもらってます。卒業するまでだから……」

「そうだよな。陟州で勉強のできる子は、ふつう薬王成道会の奨学金をもらってるわな。いいことだ。くそっ、その金はどっから出てきてるんだ?」

パン・ハクスが急に攻撃的な口調でソ・サンファの方を見た。いつかは言ってやりたかったとでもいうような顔をしていた。薬王成道会会館の周囲には草がぼうぼうに生い茂っていた。誰もいないのか人の気配がなかった。

「まあ、おまえに言ったってしょうがないが、俺は腸《はらわた》が煮えくり返りそうなんだよ」

「……」

「おまえを責めてるんじゃない。ただ、そういうことだ」

パン・ハクスの妻が薬王成道会に入ったいきさつは、ソ・サンファの母親と似ていた。ソ・サンファは母がパン・ハクスの妻のように病気だったかどうかははっきり覚えていない。でも、その頃の自分が何を考えていたのかは覚えていた。僕にとってはこんなにいいお祖母ちゃんとお父さんなのに、なぜお母さんにはそうでないのだろう。そんなことを考えていた。母は三恩寺《サムン》に行くときがいちばん楽しそうだった。

母は寺によくサンファを連れていった。具合が悪いといつも「南無薬師仏」を唱えていた祖母も、母が寺に行くのは反対しなかった。サンファは母と一緒に聞いた法文《ほうもん》や、母がぼろぼろになるまで見た『薬師経』のなかのいくつかの文章を、いまでも記憶していた。母がぶつぶつ唱えていた、意味不明の陀羅尼《だらに》も。

いつだったか、ある僧がサンファの頭を撫でながら、あの薬壺には何が入っていると思う？と訊いたことがあった。サンファは周りのおとなたちが言っていたことを思い出し、「万能の薬？」と訊き返した。僧は答える代わりに、どこか具合が悪いときは名前を呼べばいいと言った。「心をこめて薬師如来の名前を呼べば、病気は治るんだよ」「どんな病気でも？」「もちろんだ。初めは頭が痛いのが治る。その次は胸が痛いのが治る。最後は病のなかの病、無明という病まで、薬師さまがみんな持ち去ってくれるんだよ」

一日祈禱から始めた母の祈禱は、しだいに長くなった。あるときから母は、サンファを置いて一人で寺に行くようになった。サンファは母の法衣《ほうえ》のズボンが洗濯竿に干されているのが嫌だった。祈禱の季節が来たということだったからだ。

そうして何度か季節が変わり、母がほとんど家に帰ってこなくなったある日、祖母がサンファを呼んだ。そして、あたしの可愛いサンファ、と言って抱きしめると、お母さんはもう家に帰ってこないんだよ、と言った。サンファがその言葉を信じないので、祖母は台所に連れていった。そしてサンファの口を見て、あー、と言った。サンファは、あー、と言って口を開けた。次の瞬間、口のなかに何かが入った。スプーンいっぱいの白砂糖だった。あんまり甘かったので、頭がくらくらした。でも不思議なことに、母がもう帰ってこないというのは本当だと思った。

山のなか、アパート、蔚珍《ウルチン》、浦項《ポハン》のどこどこ——サンファは母の居場所についていろいろな噂を聞いたが、母が帰ってきたことはなかった。母から連絡があったのは、サンファが薬学部に入った年の夏休みだった。

みんなが半袖を着ているときに、母は何枚も重ね着をしていた。淡いピンク色の帽子のつばが垢じみていた。遠くから見ると痩せた中年女性だったが、近くで見ると老婆のようだった。

母はサンファと目を合わせずに、ありがとうとか、がんばったとか、そういう意味のことをとりとめもなく言った。母のものでもないのに奨学金はちゃんともらっているかと訊いた。将来何をするつもりなのかとも訊いた。おやつを用意したり、進路についての悩みを聞いたり、入試の情報を仕入れてくるごくふつうの母親みたいに、母は薬学部を卒業したら何がしたいのかと尋ねるのだった。不思議な感じがした。

いまごろは信者のなかでも中堅幹部になっているのではないだろうか、と思うこともあった。もっと金が欲しいと思うとき、母のことを思い出すこともあった。サンファは疲れが幾重にも刻まれた母の顔を見つめた。時折、耳を塞いでいてもこんな話が聞こえてきた。献金を納めてくれる信者をできるだけ多く勧誘しなければならない。どれだけ多くの信者と献金を集めたかが数値化されるから、みんな必死になっている。家族の退職金、家の保証金、大学の授業料などを納めてもノルマをこなせない信者たちは、飲み屋で働いている。原発の建設現場に臨時に設けられたルームサロンには、薬王成道会の信者たちが大勢いる——。

別れ際になってようやく、母は眼鏡をかけているソ・サンファの顔をまっすぐ見た。サンファが母と一緒に初めて眼鏡を買いに行ったのは、幼稚園に入る前だった。幼い子に眼鏡をかけさせることに心を痛めていた母は、サンファの眼鏡なのか目なのかわからないところをじっと見つめた。サンファはなぜこれまで母の顔が思い出せなかったのか、ようやくわかるような気がした。会いたくてたまらない人の顔は、かえって忘れるものだった。母親を必要とする年齢はとっくに過ぎていたけれど、だから母親に対して激しく揺れ動いていた気持ちももう消えてなかったけれど、自分にも母親が恋しい時期があったのを思い出すと、心の片隅が痛んだ。

その日、母と別れたあと、ソ・サンファはオラ鎮《ジン》を歩いた。学校が終わると、友達とよく灯台まで競走をしたものだった。三角岩と呼ばれていたテトラポットを両脇に挟んで防波堤を走っていると、釣りをしているおじさんたちがいた。鬼ごっこをしているときにテトラポットに上がり、防波堤に座って釣りをしている男の人たちを眺めることもあった。サンファはテトラポットの隙間から聞こえてくる水の音が怖かった。鬼ごっこが長びきそうになると、友達を誘ってユリ谷の頂上に登った。死刑囚たちの髪の毛を探そうと走りまわっているうちに、友達は一人二人と家に帰っていった。

サンファはひとりユリ谷の頂上に座って、眼鏡を鼻の先まで下ろした。目の前の風景がぼんやりかすんだ。それでもどこに何があるのかわかった。父が働いている35鉱区はあそこ、そのとなりにそびえているのは廃土場。向かいの山の峰のうちいちばん高いのが頭陀山《トゥタ》。オラ鎮の前を走る国道に沿っていくと、孟芳《メンバン》に着く。陟州の人たちは春になると、桜や菜の花が咲く孟芳路に行って家族写真を撮った。夕暮れて海沿いの村に灯りがつく頃、どこからかカレーの匂いがした。友達の家に遊びに行ったとき、奥の方から漂ってきた匂いだった。すかすかしたとうもろこしの蒸しパンのような甘酸っぱい匂いではなく、ほのかで温もりのある灯りのような匂い。懐かしさを呼び起こす匂い。だから心を込めて誰かの名前を呼んでみたくなる、そんな匂いだった。

ソ・サンファはユリ谷から下りてくる途中、よく三恩寺《サムン》に続く小路を通って薬師如来像のところに寄った。ついでに石の塔に積まれた石を取って、ポケットに入れるのも忘れなかった。そして、その石を薬師如来像が持っている薬壺をめがけて投げた。時間が経つのも忘れて夢中で投げたが、一度も命中したことがなかった。腕の力が抜けるまで投げると石垣にもたれて座り、運動会でやったくす玉割りを想像した。何度も投げていればいつかは薬壺に当たり、なかから色とりどりの紙吹雪が降ってくるかもしれない。拾って飲んだら、痛いところがきれいに治る薬。ソ・サンファはその紙吹雪を拾って、祖母にも父にも母にも飲ませてやりたいと思った。

＊

薬王成道会会館から下りてくるあいだ、ソ・サンファとパン・ハクスはお互い無言だった。虫よけスプレーをかけたのに蚊に刺されたと、パン・ハクスが一度だけ文句を言った。いつものように防疫作業をしただけなのに、ソ・サンファは遠いところに行ってきたかのように疲れていた。

薬局のカウンターでうとうとと居眠りをしているソ・サンファの肩を、ヤン・ジンソンがぽんとたたいてとなりに座った。ソ・サンファがいくつも仕事をかけもちしているのを知ってから、ヤン・ジンソンは以前に増して慎重に、根気よく接した。レシピを教えてやろうかと言って腹の内をさぐるようなこともしなかった。いつもと同じように振る舞っているソ・サンファの目に、涙が溜まっていた。

「サンファ、おまえが大変なのはよく知っている。金を稼ぐにはいろいろやり方があるんだよ……。ゆっくり考えてみたらいい」

ヤン・ジンソンがそう言って差し出したのは、麻薬事故発生報告書だった。麻薬類医薬品が破損されたり盗まれたりしたときに、保健所に提出する書類だ。ソ・サンファは麻薬事故届の品名、事故発生日、処理現況、事故発生の理由欄と、それを受理した人の名前を書く欄を見下ろした。

数日前、医療専用の宅配便が置いていった薬品を整理しているとき、ヤン・ジンソンが来て言ったことを思い出した。「サンファ、医療用麻薬の紛失事故がどこでいちばん起こると思う？　市内の薬局の金庫？　まあそれもあるけどね。いちばん起こるのは宅配の車のなかだよ」

医薬分業例外地域である田舎の薬局は、麻薬類と向精神性薬品の注文が市内よりもずっと多かった。

「宅配の車がくねくねした峠を上っていく途中、紛失する量がすごいんだ。がたがた揺さぶられながら着いたときには、破損してるってわけさ」

ヤン・ジンソンがなぜそんな話をするのか、ソ・サンファにはわかるような気がした。ソ・サンファは報告書を手に、ヤン・ジンソンの顔を見つめた。

「薬剤師さん」

「うん？」

「僕にそれをしろと？」

意思とは裏腹に声が震えていた。ヤン・ジンソンが意味ありげな目で見た。焦点の定まらない湿った目だった。時折彼がそんな目をするとき、るつぼのなかの錠剤品を実はヤン・ジンソン自身が消費しているのではないかと、ソ・サンファは思うのだった。

「ああ、いつかはするだろうな」

目と同じような怪しげな声でヤン・ジンソンが言った。ソ・サンファは書類を置いて立ち上がった。そして薬局を出た。

ソ・サンファはその足で陟州医療院の前を通り、目の前のコンビニの椅子に座った。でもすぐに腰を上げて、街路樹のベンチに行って座った。また立ち上がって、バス停の方へ行った。バスを何台か見送ったあと、ソ・サンファはわざと暗い路地に入っていった。スマホのメッセンジャーを開き、連絡先を指でスワイプしていった。母の電話番号は知っていたけれど、あれから連絡を取ったことも会ったこともなかった。今後は陟州で活動するつもりだとか言っていたが、公益をしているあいだ一度もすれ違ったことはなかった。

母のプロフィール写真は、ソ・サンファが公益の制服を着て、保健所の受付デスクに立っている写真だった。保健所のSNSにある写真をキャプチャーして載せたのだろう。ソ・サンファは「僕の写真を消してください」とメッセージを送った。母に再会したあの日から四年ぶりに送ったメッセージだった。すぐに返事が来た。「ごめんね」と。

ソ・サンファは大通りに出た。行くあてもなしに、とにかく歩いた。道沿いに薬局が見えた。現代《ヒョンデ》薬局、ハナ薬局、いつも青い《ヌルプルン》薬局、ベスト薬局……。薬局はこんなにもあふれているのに、この町のどこかに小さな薬局を持つ夢がしだいに遠ざかっていくような気がした。薬事法でいう「薬局開設者」になることが、薬剤師新聞のホームページに出てくる「薬剤師信用貸し、十二億ウォン」の資格を得ることが、それよりも薬学部を無事に卒業することが……僕にはできるだろうか。

ソ・サンファは大きく息を吸って、宙を見上げた。ゾウ山のテレビ塔が見えた。それを見ながら歩き続けた。顔よりも大きなかぼちゃの葉がアパートの垣根をつたって伸びていた。山は真っ暗だったが、どの辺りが絶壁なのかわかった。ソ・サンファは、ゾウの耳が見えるアパート裏の遊び場でソン・イナを待った。

シャッターの下りた畜協の倉庫の前を通って、誰かが歩いてきた。歩き方を見るだけでソン・イナだとわかった。ソン・イナは、街灯のそばに立っているソ・サンファの方にまっすぐ歩いてきた。薬局にいるはずの時間にどうしたのかとは訊かなかった。ソン・イナはじっとソ・サンファの顔色を見ていたかと思うと、自分の方に抱き寄せた。ソ・サンファはソン・イナの肩にもたれ、顔を埋めた。そして泣いた。頭を包んだソン・イナの手が温かくて泣いた。今日がどんなにおかしな日だったのか、何もかも話せそうな気がして泣いた。通りすがりの車の窓が開いたかと思うと、閉まった。肩は涙で濡れてしまったけれど、ソン・イナはもっと泣いてもいいよと言っているかのように、ソ・サンファの頭から手を離さなかった。ゾウの耳から土埃が飛んでくるたびに、ソ・サンファはソン・イナの背中を強く抱き寄せた。

＊

市庁社会福祉課から送られてくるはずの相談対象者のリストがまだ届いていなかった。ソン・イナは保健所長室に行った。下半期の訪問服薬指導の日程が決まっていないというのに、イ・チャンギュ係長とキム・スニョンは何も手を打とうとしなかった。

何より保健所が騒がしいのは、二十年あまり運営してきたウンナム保健診療所を、市が閉鎖することに決めたからだった。組織の改編と運営上の理由をあげていたが、実際はウンナム保健診療所の所長が原発の誘致に強く抗議し、市長のリコールに署名したからだということを知らない人はいなかった。毎日のように信じられないことばかり起こった。

所長室から出てきたソン・イナはずいぶん顔色が悪かった。服薬指導の件はもちろん、ハ・ギョンヒに関する噂も聞こえてきていた。ソ・サンファは、ソン・イナにとってその二つがどれだけ大切なのかよく知っていた。

ソ・サンファは踊り場の柱時計の前で、階段を下りてくるキム・スニョンを見上げた。ソ・サンファはキム・スニョンの行く手を塞いだ。キム・スニョンがソ・サンファを一瞥し、横に避けた。ソ・サンファはまた彼女の前に立ちはだかった。

「どきなさい」

「……」

「どいて」

「やめてください」

ソ・サンファは息を殺して言った。

「サンファ、あたしはね……」

キム・スニョンが胸をつまらせてソ・サンファを見た。

「あたしはイナとあんたを、実の妹と弟のように思ってた。なのに、あんたたちはペアで裏切ったのよ」

「やめてください」

「イナはいったい何考えてるの？　服薬の仕事をやりたいんだったら、もっと空気読まなきゃ」

「やめてください」

「あんたたち、なんでここまでするわけ？」

「……」

ソ・サンファは黙ったまま、見知らぬ人を見るようにキム・スニョンを見た。そのとき、キム・スニョンのスマホが鳴った。顔色が変わった。しばらくしてソ・サンファもスマホを取り出した。核反対闘争委員会のネットコミュニティがアップされていた。

市長のリコールに対する選挙管理委員会の最終審査の結果が出ていた。異議申請書が一万件を超えたため、住民投票を行うことが決まったという。ソ・サンファは唾を呑みながら読んだ。署名撤回に関する補正審査をしたところ、有効署名人数が請求要件数を超えたという内容だった。ソ・サンファはリコール投票が決まったという選挙管理委員会の知らせとともに、文の最後に公告された十月十五日という数字を、信じられない気持ちで見つめた。市長リコールの投票日が決まったのだ。この日オ・ビョンギュを辞めさせられたら、あらゆるものが元通りになるはずだ。

ソ・サンファはスマホを手に持って、ソン・イナのところに走っていった。

砂浜にはパラソルがずらりと並んでいた。カラフルな水着を着た子どもたちがうずくまって、貝の殻を拾っているのが見えた。黄色の浮き輪が積まれているテントの向こうに、バナナボートが通り過ぎた。浜辺に波が押し寄せてくるたびに、人々は浮き輪とともに高く昇った。

陟州にいちばん人の集まる時期だった。海岸沿いの商店街や宿泊施設の防疫作業を終え、ソ・サンファは浜辺に向かって歩いていった。移動保健所のテントに保健所の人たちが見えた。ソン・イナが転んだ子どもの足に薬を塗っていた。

「僕にも塗ってください」

ソ・サンファはソン・イナの前に腕を差し出した。ソン・イナが顔を上げた。彼女の笑顔を見るのは百万年ぶりのようだった。

午後五時を過ぎても、海には多くの人がいた。ソ・サンファはソン・イナと並んで浜辺を歩いた。一人の男が二、三歳の子どもを抱いて、うーーーーと叫びながら海に向かって走っていった。子どもは波が怖いのか、父親にしがみついて泣いた。なのに父親は、何がなんでも子どもの腕を海水で濡らしたがっていた。

「早く秋になればいいなあ」

歩くたびにソン・イナの腕がソ・サンファの腕に触れては離れた。

「十月十五日、投票終わったらどっか遊びに行こうか？」

手をつなごうかどうしようか迷いながら、ソ・サンファはソン・イナの顔を見た。大きな波に乗った子どもたちが歓声をあげていた。

「秋になったらキスしてもいい？」

「……」

「抱きしめるときに、背中じゃなくて腰に手をまわしてもいい？」

ソン・イナがソ・サンファの手を握って、ふたたび保健所のテントの方に向きを変えた。手を握られただけなのに、ソ・サンファは体の細胞という細胞がみんな目を覚ましたような感じがした。テントにいた公衆保健医師［兵役義務の代わりに三年間、農村や漁村などの医療の整っていない地域で保健業務を行う医師］たちが、ソ・サンファを見るなり走ってきた。彼らはソ・サンファの両手をつかんで海に投げた。

海に放り込まれると同時に波が来た。ソ・サンファは泳ぐのがうまいところをソン・イナに見せようと、首を伸ばした。ずっと向こうの浜辺で手を振っているソン・イナが見えた。また波が来た。ソ・サンファはとっさに眼鏡を押さえ、水面に顔を出した。ソン・イナは笑いながらどこかへ歩いていった。僕はここにいるよと手を振ったが、聞こえていなかった。もう一度波が来て、顔を出したときにはもうソン・イナの姿はなかった。夢だったのだろうか。ソ・サンファは力を振り絞って、浜辺の方へ泳いでいった。ところがパラソルも浮き輪もなかった。波に乗っていた人たちも、保健所の人たちも、誰一人いなかった。

ソ・サンファは浜辺に座って、薄暗くなってきた空を見上げた。時折見る夢だった。この世にひとり取り残された夢。自分は本当にそのなかに入ってしまったのだろうか。何か強い衝撃を受けたかのように、肩と頭が痛かった。ソン・イナの名前を呼んでみたけれど、自分の声がこだまして返ってくるだけだった。ソ・サンファはふと、海にいるのになぜこだまが聞こえるのだろうと思った。その瞬間、背筋がゾクッとしてその場にうずくまった。どのくらい時間が経っただろうか。空に爆竹が上がるのが見えた。続いてもう一つ、長い線を描きながら上っていった。

爆竹を見ながら、ソ・サンファは数年前、友達と一緒に漢江《ハンガン》に遊びに行ったときのことを思い出した。汝矣島《ヨイド》花火大会だった。夜空に次から次へと打ちあげられる花火は、これまで見たどんな光景よりもすばらしかった。頭の上で花火がバーンと割れるたびに、心臓が張り裂けそうだった。見上げているうちに涙も出そうになった。ソ・サンファは入場口でもらってきた花火大会のポスターを広げた。そこには花火大会を主催する火薬製造会社のロゴが刻まれていた。ソ・サンファは炎が燃え上がるような形の大文字Hを手で撫でてみた。十一歳のソ・サンファが35鉱区の待機室で、何度も真似て描いたあのロゴと同じだった。

泣くまいと上を向いていたのに、一筋の涙が流れた。眼鏡の鼻あてにしばらく隠れていた涙が、小鼻をつたってゆっくりと流れ落ちてきた。漢江に座って花火を見ていると、35鉱区は実在しない世界のように思えた。

五章

大雪予報が出た昨年の初め、里長［町長、村長にあたる］のキム氏は一軒一軒まわりながら、雪かきをしてくれる人員を集めた。ある家は家族全員の名前を書き、ある家は二人、ある家は一人と書いた。トンジンセメントで除雪作業を行う鉱山近郊の町の里長チェ氏は、粉塵清掃係のリストを作った。数日後、市内の統長［地域コミュニティの班長にあたる］パク氏は、町をまわりながら平昌《ピョンチャン》冬季オリンピック誘致のための署名活動を行った。

ユン・テジンは郵便局前の十字路を見下ろしながら、心のなかでつぶやいた。昨年の冬、陟州の人たちは雪かきをし、粉塵を掃き、平昌でオリンピックが開催されることを祈願した。なら今年は。

「サンファ、俺の帽子、見なかったか？」

パン・ハクスの口から出た「サンファ」という名前に、ユン・テジンは後ろを振り返った。秋になってから、パン・ハクスは事務所によくやって来た。大声で挨拶をしながら入ってきて、浄水器の水を飲み、二、三十分ほどソファで休んでから帰った。キム事務員もあるときから、パン・ハクスに目もくれなくなった。誰も相手にしてくれないとわかると、パン・ハクスは新聞を見ながら独りごとを言ったり、そのうち自分にも話し相手がいることを見せつけるように、誰かに電話をかけたりした。

「サンファ。インフルエンザの予防接種を受けにくる人は、そんなに多いのか?」「サンファ。最近、トンジン埠頭で鯛がよく釣れるらしいぞ」「サンファ。おまえまで俺を無視するのか?」。電話はいつも短かった。ユン・テジンがソ・サンファという名前に反応するのに気づいたかのように、パン・ハクスは電話をかけるたびにユン・テジンの方をちらちら見た。パン・ハクスが目障りになってきたのはその頃だった。ユン・テジンにとってパク・ソンホが唾を吐きかけたい人間だとすると、パン・ハクスはぶん殴ってやりたい人間だった。いまのうちに序列をはっきりさせておかないと、いつまでもふざける厄介な部類だった。

エアコンをつけなければ集中して仕事ができなかったこの夏、ユン・テジンは、十字路の向かい側でソ・サンファとパン・ハクスが歩いているのを見たことがあった。鉄の引っ掛け棒を入れたカートを引っ張りながら、二人はもう何日も水一杯飲んでいないようななりで歩いていた。軒を連ねた建物を一つひとつ見てまわっているのだろう。しばらくして窓辺に行っても、やはり数十メートル内にいた。十字路近くを行き来しているのは、彼らだけではなかった。署名運動をしている人たちも行き交っていたし、服装やその雰囲気からしていかにも薬王《ヤグァン》成道会の布教係らしき人たちも見えた。スラグをのせた大型トラック、点眼液の広告に「医薬品運搬用車両」と書かれた車も時折通った。そしていまいちばんよく見るのは、騒がしい選挙カーだった。

市長のリコールを請求する住民投票が決まった翌日、中央政府は陟州を原発の建設予定区域に指定し、告示した。この絶妙なタイミングに陟州は翻弄された。郵便局前の十字路と公園は、いま陟州で最もピリピリした空気の漂う場所となっていた。人々はそこで剃髪をし、ろうそくを持ち、三歩一拝［三歩歩くと地面に跪き拝礼する］を始め、マイクを奪い合ったり争ったりした。リコール投票の本部の車と、それに反対する対策委員会の車が十字路で衝突することもあった。十月十五日。互いにその日の投票率に向かって走っていた。投票率が三十三・三パーセントを超えなければ、投票箱は開票されることなく廃棄され、オ・ビョンギュは市長の座に復帰することになる。ひと月。あとひと月だった。

　事務局長が入ってきたとたん、パン・ハクスはやっと話の通じる相手に会えたかのように、ソファに深くもたれた。パン・ハクスは以前、カルト宗教をつかまえる法を作ってくれと泣きついてきたことがあったが、最近はその話をあまりしなくなった。ユン・テジンがパン・ハクスの電話を盗み聞きして得た情報は、ソ・サンファが夜間に代行運転をしていること、パン・ハクス自身は公共勤労の期間が終わり、いまは仕事がないということだった。

「この人たちは何やってるんだ？」

　パン・ハクスがテーブルのガラス板に挟んである写真を見て言った。

「竹嶺《テッチェ》だな、ここは。ここで見る日の出は最高だよな」

　写真の人たちの顔を指でなぞっていたパン・ハクスが、ある人の前で止まった。

「この人はなんでこんな顔してるんだ？」

　事務局長が写真を覗き込んだ。

「あ……資源班のソン次長」

「どれ、ここで死んだのはこの人だけか」

事務局長が背筋を伸ばしてパン・ハクスを見た。

「どうしてそれを？」

パン・ハクスは顔をあげて事務局長を見た。

「ちょっと言ってみただけだが、本当なんだな」

＊

「いいかげんにせんか、この反核分子どもめ」

老人会長がそう言いながら、リコール反対対策委員会の人たちと一緒に事務所に入ってきた。大韓老人会陟州市支会の会長である彼は、陟州市原発誘致協議会の会長でもあり、陟州市長のリコール反対対策委員会の代表でもあった。彼はいつも、犬の首輪と呼ばれる紐ネクタイをシャツの上からしめていた。ユン・テジンは少し前、リコール反対対策委員会の一行が「原子炉に頭をつっこんで死ね」と罵声を浴びせられているのを、窓から見下ろしていた。「エネルギーあふれる市長と一緒に、スプーン一杯のウラニウムを食え」もお決まりの文句だった。ふだんから仲の悪い町の住民たちが原発賛成・反対に分かれるときは、感情のもつれが限界に達する場合が多かった。死ね、くたばれ、糞くらえ、などという呪いとともに、せいぜい夜道に気をつけるんだな、という言葉が飛び交った。そのなかでも相手を最も興奮させたのは「子々孫々、病気になれ」だった。「原発を誘致したやつらは、子々孫々、病気になれ」。公園や十字路から聞こえてくる声のなかで、唯一ユン・テジンを刺激した。

老人会長とともに入ってきた陟州小学校運営委員会の会長が、ユン・テジンを見るなり、国会議事堂見学の件はどうなったかと尋ねた。子どもたちの中間試験前にスケジュールを組んでくれと、先週から催促されていた。ユン・テジンは議員会館に電話をして日時を確認し、チェ・ハンスの市長リコール反対遊説のスケジュールを老人会長に報告したあと、ようやく彼らから解放された。地方事務所でいろんな人にふりまわされていると思うと、吐き気がするほど嫌な気持ちになった。

夏に市長リコール投票請求署名が始まるなり、ユン・テジンはソウルに車を走らせた。市長リコール運動に火をつけた原発誘致賛成の署名簿を、コピー本でもいいから先に手に入れようと思ったのだ。政府や韓国水力原子力が署名簿を公開するはずはないし、陟州はもう一寸先も見えない状況だった。署名簿を手に入れて実権を握りたいと思っている勢力は、一つや二つではないだろう。それにはチェ・ハンスと事務局長も積極的に同意していた。ユン・テジンはすぐに国会事務所に行き、昨年の帳簿に目を通した。「陟州市原発誘致のための建議文」という名前で受理された文書があった。誘致賛成の署名簿が十二冊添えられていたと、はっきり表記されていた。

「こちらで探してからご連絡します」

その様子からして、署名簿を見せてほしいと国会事務所に来たのはユン・テジンが初めてのようだった。しかしそのうち、野党側の国会知識経済委員会の補佐陣たちも動きだすだろう。しばらくして、事務所の職員がまた別の帳簿を差し出した。陟州から送られてきた誘致建議文と署名簿は、国会議長がふたたび国会知識経済委員会の委員長に送ったことになっていた。

ユン・テジンは早足で会館の階段を上りながら、知識経済委員会の委員長とチェ・ハンスの関係図を頭のなかで描いてみた。ユン・テジンはチェ・ハンスに電話を入れ、知識経済委員会の事務所に行った。のろのろ動いていた公務員たちは、委員長からの連絡を受けてようやく文書の倉庫を探しはじめた。ところが、夜になっても彼らは文書を見つけることができなかった。わざと時間稼ぎをしたのか、あるいは、どこに入れ込んだのか思い出せないほど彼らにとっては価値のない名簿なのか、わからなかった。

「私が自分で探します」

ユン・テジンはじっとしていられなくなり、自ら文書の倉庫に入っていった。倉庫のなかには見てもいない多くの嘆願書が、会議の書類に混じっていた。崩れそうな文書の束を取り出すと、段ボール箱とファイル箱が立ちはだかった。いちばん下の箱を引っ張ると、文書の山が足元に崩れ落ちた。そうやっていくつかの箱を引き抜いたときだった。奥の隅の方に、黄金色の包みが二つ見えた。あれだと思った。ユン・テジンは近寄っていって、包みを解《ほど》いた。一つの包みに六冊入っており、全部で十二冊あった。そのなかの一つを取って開いてみると、そこには陟州市民の名前がびっしりと記されていた。誰が見ても同じ人間の筆跡だった。もう一冊開いてみた。住所も生年月日もなく、よくわからない名前が縦にずらっと書き連ねられていた。その他の署名簿も見てみた。署名欄に名前は書かれていなかった。誰か一人が急いでマルをつけたように見えた。

陟州市民の九十六・九パーセントの名前が記されている署名簿の束《たば》の前で、ユン・テジンはしばらくぼうぜんとした。虚しいほどに嘘だらけの署名簿だった。政府が陟州を原発の建設候補地としたとき、住民が受け入れた証拠とされた署名簿からは、捏造のためのいかなる苦心も緻密さも感じられなかった。

スマホがポケットのなかで振動した。ユン・テジンは画面に表示されたチェ・ハンス議員という名前をしばらく見つめた。「来月、陟州に行ったら、二人で一杯やりましょう」。数日前に電話がかかってきたとき、チェ・ハンスはそう言った。ユン・テジンがチェ・ハンスから聞きたいのはそんなことではなかった。チェ・ハンスはげんなりするほど、ユン・テジンに対して一貫した態度をとった。

スマホは長いあいだ鳴り、止まった。ユン・テジンは署名簿を風呂敷に戻して包んだ。結んでいるときに、包みに書かれた文字が目に入った。「第十八回ヨングム祭」。その下に「世界的な海洋洞窟都市、陟州」とあった。「洞窟都市」というのは、オ・ビョンギュがエネルギーを掲げる前までの過去二十年間、陟州を紹介するときの決まり文句だった。石炭産業合理化措置によって炭鉱が閉鎖され、町が急激に傾きはじめたので、観光の収入でその分を埋めようと、石灰洞窟が本格的に開発されていた時期だった。ちょうど高品位の石灰石が大量に埋蔵されていると言われ、トンジンセメントで35鉱区の開発を進めていた時期でもあった。そういえば二十回目のヨングム祭がそろそろ開かれる頃だなと思っていた矢先、またスマホが鳴った。チャン・ミョンスだった。ユン・テジンは少し間を置いてから電話に出た。チャン・ミョンスとの通話が終わったあとも、署名簿の前に座ったまま、包みに書かれた文字をしばらく見つめていた。

その日、ユン・テジンは包みを一つだけ持って事務所を出た。チェ・ハンスと事務局長には包みが二つあったことを話さなかった。

＊

トンジンセメントの正門付近の路肩に、車がずらりと止まっていた。日が暮れるにつれ、セメント工場の建物は、裏山の稜線とともにシルエットがくっきり現れた。工場の正門は、遮断機の下りた線路の向こう側にあった。チェ・ハンスとはトンジンセメントの正門で会うことになっていた。紅葉シーズンのため道が混んでいるのか、遅れているようだった。

トンジンセメントは毎年、秋夕《チュソク》［旧暦八月十五日の中秋節］の頃になると、コンサートを開いた。工場内に舞台を設け、ソウルから有名な歌手を呼んだ。一つあった映画館がなくなってから、陟州には文化施設と呼べるものがなかった。秋夕が近づいて涼しくなり、トンジンセメントでコンサートが開かれる日になると、大勢の人が家族と一緒にやって来た。

「止まれ」と書いてある線路の前で、ユン・テジンは煙草を吸いながらチェ・ハンスが来るのを待っていた。子どもを抱いた人、両親を連れてやって来る人たちが、一人、二人と線路を渡って、正門のなかに入っていくのが見えた。今年は秋の音楽会という名前ではなく、「市民のつどい、秋のコンサート」となっていた。ユン・テジンは信号機にもたれて、労働組合の横断幕があちこちにかかっている正門付近や、家族で連れ立ってなかに入っていく人々、正門の外側にこわばった表情で立っている人たちを眺めた。警備室前の門が境界線のようだった。トンジンセメントを解雇された人たちがピケを張って、正門の前に一列になっていた。いま陟州市民のなかでセメント工場のなかに入れないのは、彼らだけだった。業務妨害禁止の仮処分命令が下りていたため、門のなかに足を踏み入れると同時に、数十万ウォンの罰金が課せられた。

ユン・テジンは彼らが労働部から偽装請負の判定を受け、解雇された当時のことを記憶していた。八十人余りが市庁や郵便局の階段を埋め、宣伝戦をし、他の支部とともに決起大会を開き、陟州の町を闊歩した。陟州では一度もなかったことだった。赤い鉢巻をし、赤い旗を提げている彼らのことを、周りの人たちは悪く言ったが、彼らの表情には何の迷いもなかった。

そのあとは思ったとおりだった。トンジンセメントの対外協力部長が救社隊［労働運動を弾圧するために組織された私的部隊］を率い、機動隊と陟州警察署の情報課、刑事課、捜査課が総動員された。かつては広い階段を埋めていたのに、一人二人、そのうち数十人ずつ離れていったので、いまは正門の前で横一列に並んだ彼らしか残っていなかった。彼らの顔にはあの頃の勇ましさはなく、窮地に立たされた者の怒りだけが宿っていた。トンジンセメントは十六億ウォンの損害賠償請求と差押えで、数十人の組合員を追い出し、残りの人たちに対しては損害賠償の金額を五十二億に引き上げ、第二次差押えをした。労働部の判定を移行しない代価として数億ウォンを要求されたトンジンセメントは、その金を払って沈黙を保っていた。また、地方労働委員会と中央労働委員会からは不当解雇と不当労働行為の判定も出ていたが、トンジンセメントはその判定を下した労働委員会を相手に、行政訴訟を起こしていた。

陟州市民たちは、解雇された人たちと町ですれ違うのを嫌った。人々は脱原発を唱える核反対闘争委員会には賛同しつつも、直接雇用をしてくれと訴える解雇者には、迷いもなく後ろ指をさしたり、批判を浴びせたりした。核反対闘争委員会の集会に参加したり、ろうそくを持って集まった人たちですら、純粋な脱原発活動が政治がらみのものと思われては困るという理由で、解雇者たちの集会が前後に行われるのを嫌がった。「もう少し小さな声でやってくれ」「早く車を移動させてくれ」と言った。事務所からその様子を見ていると、ユン・テジンはある瞬間、頭のなかがかちこちに凍った。陟州の人間はどうしようもないという思いと、人間に対する嫌気で、体のなかから透明な毒が噴き出てくるような感じがした。

ユン・テジンは指で煙草の灰を落とし、時計を見た。正門の前が騒がしいのを見ると、工場長か社長か、誰かトンジンセメントの関係者の車が来たのだろう。何人かの解雇者が駆け寄ると、車が止まり、なかから数人の男が出てきた。取っ組み合いになり、大声が飛び交っている隙に、車は門のなかに入った。男たちもなかに入り、解雇者たちはまた正門の外に取り残された。孫の手をひいて正門の方に向かっていた老人が、車に飛びかかっていたある解雇者の腕をつかんだ。

「おい、ひょっとして、うちのヨンチョルと同じクラスだったジュンシクじゃないかい？」

老人に腕をつかまれた男がおどおどしながら頭を下げた。

「うちに遊びにきて、うさぎに餌をやってくれただろ？　覚えてるかい？」

老人は男の腕を擦《さす》った。

「ああ、なんてことだ。……おまえのようなおとなしい子が。大声出したりして。どうしてこんなことに。ああ……」

家族と正門のなかに入りながらも、老人は何度も後ろを振り返った。老人が行ってしまったあと、男は顔を上げてユン・テジンの方を見た。線路の向かい側だったが、男は確かにユン・テジンを見ていた。やがてチェ・ハンスが到着し、ユン・テジンは正門のなかに入っていった。

コンサートの客席の最前列には、警察署長と師団長が座っていた。ユン・テジンは、トンジンセメントの役員や、あちこちの官辺団体の陟州市支部会長たちのあいだを縫うようにして、すばやくチェ・ハンスの席を探した。貴賓席の配置は、予想どおりオ・ビョンギュ市長が中心だった。ユン・テジンはチェ・ハンスを心の底から軽蔑していたが、チェ・ハンスが冷遇されると、まるで自分が無視されているような気がして不愉快だった。

ボランティアとして駆けつけたトンジンセメント社員アパートの婦人会の女たちが、急に走りだした。オ・ビョンギュが到着したのだ。息子たちの護衛を受けて入場したオ・ビョンギュは、業務停止処分を受けているのが信じられないほど堂々としていた。彼のことを「お父さん」と呼んでいるパク・サンホとその仲間たちも同じだった。彼らはかつて飲み屋でウェイターをしたり、町のチンピラだったのだが、いまは陟州市が株式を持っている公企業の社外取締役だったり、市が受注する工事を独占している建設会社の代表だったり、トンジン系列社のゴルフ場の常務だったりした。

〝陟州市はトンジンの原点であり未来だ〟

工場の外壁の一面を覆っている大型の横断幕が見えた。その前に並べられた椅子の方に人々が集まってきた。トンジンセメントの原点が陟州だというのは、陟州市民の誇りだった。陟州で石灰石を掘って会社を興した大企業が、いまでも陟州を忘れずにいるという安堵感。トンジンが陟州にあるかぎり、自分たちが飢え死にすることはないという信頼感。陟州の未来がトンジンだという言葉は、35鉱区だった場所に建てることになっている火力発電所の受注をトンジンが担ったからだろう。ユン・テジンは貴賓席から抜け出し、舞台を飾っている横断幕を見上げた。「総合エネルギー企業、トンジン」。オ・ビョンギュが掲げたスローガン、「エネルギーの拠点都市、陟州」と呼応していた。

事務局長がそばにやって来た。

「おお……ギュフィア［マフィアとオ・ビョンギュをかけている］の息子たちが勢ぞろいだ。まあ国策事業でもなけりゃ、こんな田舎にこんなに金が入ってくるわけがないわな。さてさて、息子さんたちはみんなそろったかい？　市庁前の電線類地中化の工事は、三男さんに任されているそうだが。おお、白髪交じりの局課長らは、若い息子らに頭が上がらないらしいぞ。さぞかししっかり教育を受けたんだろうよ」

舞台から音楽が聞こえはじめると、客席では拍手と歓声が上がった。びっしりと並べられた折りたたみ椅子は全部埋まっており、さらに、後ろの方では何列にも並んで立ち見をしていた。

「トンジンのやつら、粉塵とかで住民から苦情があるたびに、家々をまわって飲み物を配ったり、市庁に賄賂を渡したり、町のイベントやら祭りでスポンサーを買って出てたからな。陟州の市民なら一度はトンジンのセメント袋をもらったことがあるだろ。ところで、今年は迷惑客はいないのかな？　前回はいかにも病んだ年寄りが市長にどろっとしたものを吐いたじゃないか。あの年寄り、たしか今年の春にマッコリ飲んで死んだんだよな」

ひっきりなしにしゃべっている事務局長をよそに、ユン・テジンはさっきから他のことばかり考えていた。彼は向かいにそびえている高温のセメント焼成炉を見上げていた。熱かったという記憶とともに、昨日、今日と聞いた二人の名前が頭に浮かんだ。資源班のソン次長と、ジュンシク。二人の名前をつぶやきながら、さっき正門の前にいたジュンシクという男と一緒に過ごした日のことを思い出した。中学生のときだった。ある日、同じクラスの子が風呂に行かないかと誘ってきた。セメント工場のなかに浴場があるのだが、日曜の朝は誰もいないという。その子は、父親がトンジンマンなので工場の隅から隅まで知り尽くしていた。二人が工場に着くと、もう一人来ていた。それがジュンシクだった。彼らは工場の浴場に入った。町の銭湯よりもずっとぽかぽかだった。セメントを焼く窯のそばにあるから熱いのだと、誰かが笑いながら言った。その人が秘密を明かすように、身をかがめて言ったのも覚えている。「あの窯、なんだって入るんだぞ。おまえらが知ったら気絶するよ」

三人は浴場から出たあと、本館の建物の裏にある低い山に上った。会社の創立者の墓だというところに立つと、陟州駅とボンゲ市場が見下ろせた。駅から出てきたセメント貨車が正門前の線路を通って、ゾウ山のトンネルに向かうのが見えた。お腹がすいてきた。友達が、鉱山に新しい建物ができたのだけれど、そこの食堂のご飯がおいしいと言うので、初めて会って風呂にまで一緒に入ったジュンシクとユン・テジンは、鉱山の村に行った。鉱山から工場まで石灰石の原石を運ぶコンベアベルトが、村のなかを突き抜けていた。「ここに来るのは初めてだ」とジュンシクが言った。ユン・テジンも初めてだった。ウンバッ里《リ》というその村をずっと歩いていくと、山裾に二階建ての建物が見えた。友達が言った。「あれだよ、資源班」

新しくつくられた資源班の建物は、中学生のユン・テジンの目にもどこかしら独特だった。遠くから見るとごくふつうのコンクリートの建物だったが、近くで見ると壁がいやにてかてかしていた。向かいの山が映ったガラス窓の上の方には、風変わりな模様が建物に絡みつくように描かれていた。よくある会社の建物とはどこか違った雰囲気だったが、新しい建物だからそうなのだろうくらいに思った。

いまユン・テジンをとらえて離さないのは、トンジンセメントのコンサートで突然よみがえってきた、資源班の建物を初めて見たときの奇妙な感覚だった。なんだろう、これは。ユン・テジンは席を立って焼成炉を見上げながら、正門の方に歩いていった。ジュンシクとはその後、一緒に遊んだことはなかった。その日、ジュンシクについて知ったのは、彼もまた自分と同じように道渓《トゲ》生まれだということだけだった。七〇年代に道渓で生まれていれば、父親は鉱夫だったはずだ。もしかしたらあのとき、お互い同じ町の出身だったからこそ、打ち解けて風呂に入ったのかもしれない。

ユン・テジンは警備室の方に歩いていった。解雇者たちの姿はもうなかった。訪問者案内文と並んで告示文が出ていた。ユン・テジンは工場の森林を照らしている灯りを背に、それを読んだ。

債権者：トンジンセメント株式会社

債務者：民主労働組合総連盟、ホン・チョルグ、イ・ジンス、ソ・ギョンチョル、ヤン・テムン、パク・キュナム、キム・イクサン、コ・ドンヨン、キム・チャンフン、ユ・ドンギュン、オ・ヒョンジュン、キム・ジュンシク、イ・ジョンヒョ、パク・ジェヨン、キム・サンウク。

執行官：春川《チュンチョン》地方法院江陵《カンヌン》支院、ファン・ギュイル。

*

「リコールはどうなるんだろ」

事務局長がそう言いながら入ってきた。

リコール投票に参加する人が七十パーセントという世論調査の結果が出て以来、事務局長は何かあるとすぐそう言った。リコールに反対する人はそもそも投票しないのだから、決め手となるのは投票率だった。オ・ビョンギュが緊張するのも当然だった。

「キム君の考えはどうだ？　やっぱり解職か？」

キム事務員が、事務局長とユン・テジンが座っているソファに来て座った。

「解職になるかどうかはわかりませんけど」

「けど?」

「明日、雨の降る確率は九十六・九パーセントです」

事務局長はキム事務員にクッションを投げ、ユン・テジンに尋ねた。

「テジン、秋の登山は、十月十五日に決めたのか?」

「はい」

事務局長が複雑な面持ちでユン・テジンを見た。いま陟州市のほとんどの団体や組織が「オ・ビョンギュ市長を守ろう」に動員されていた。事務局長は、このままではチェ・ハンス率いる組織もオ・ビョンギュ側についてしまうのではないかと憂慮していた。もしリコール投票が否決されたら、オ・ビョンギュはこれまでやってきたことに免罪符を得る。そうなれば、自分を支持してくれた組織とともにより強力な政治基盤を築いて、国会議員の選挙に臨むだろう。チェ・ハンスはそんなオ・ビョンギュに勝てるはずがない。オ・ビョンギュは中央政府のエネルギー政策を率先して進めてきた人であり、チェ・ハンスが総選挙で勝てるように基盤を固めてくれた人でもあった。市の予算を使って団体に補助金を出したのも、陟州にいながら選挙運動をしたのも、オ・ビョンギュだった。チェ・ハンスはそんなオ・ビョンギュを助けないわけにはいかない立場だったが、かといって助けたら、それだけ自らの身が危うくなるのも確かだった。

昨夜、事務局長は酒を飲んで帰ってくると、テジン、テジンと呼んだ。

「テジン。俺は正直なところ、おまえの腹の内がわからない」

事務局長は自分を不安にさせている、もう一つの原因がユン・テジンだということを打ち明けた。

「おまえはその気になったら、どんな製薬会社の高官にでも就けるだろ。俺たちみたいな虫けらの命とは違う。嫌なことがあったら言えよ。俺になんでも話してみろ」

事務局長は、ユン・テジンに言い寄ってくる集団がいるかどうか、面と向かって訊く代わりにそう言っているのだった。製薬会社と言っているが、本当は高官の業務を必要としている他の会社――たとえば、トンジンセメントのようなところと接触があるのではないかと疑っているようでもあった。

事務局長がホワイトボードに書かれたスケジュール表を見ながら、「十月十五日か。十月十五日……」とつぶやいた。

「みんな、よい秋夕《チュソク》を送ってくれ。家族どうし、原発に反対だの賛成だのと喧嘩するな」

事務局長がジャンパーをつかんで立ち上がった。キム事務員がドアの前までついていって手を振った。

「事務局長、よい秋夕を。今年の秋夕に満月が見られる確率は、九十六・九パーセントですって！」

ユン・テジンは家に帰らずに、鳳凰《ポンファン》モーテルの裏にある居酒屋に行った。酒を飲むとソン・イナのことを思い出すので、あまり飲まないようにしていた。でも今日は秋夕だし、一日ぐらいは思い出したっていいのではないか、と思った。店には客がほとんどいなかった。ユン・テジンはモーテルの勝手口が見えるテーブルに座って、少し早い時間からちびちび酒を飲んだ。

竹嶺《テッチェ》でソン・イナに会って、イ・チャンギュ係長の写真を渡さなければよかったと後悔した。考えてみると馬鹿なことをした。上司の車がモーテルの駐車場から出てくる写真を渡して、何をどうしようというのか。もしかしたら、彼女が一緒になって悪口を言ってくれるとでも思ったのだろうか。助手席の女はソン・イナの同僚かもしれなかった。写真を見て二人が不倫をしていることを知ったソン・イナは言う。「二人はそんな仲だったの？　汚い」

ユン・テジンはいまごろ一人で法事《チェサ》の準備をしているであろう母のことを思った。ユン・テジンは正月や秋夕が近づくたびに、母と一緒にいるソン・イナの姿を描いてみた。俺はどのみち親不孝な息子だから。母親嫌いの息子だから。ソン・イナが笑顔で母のそばにいてくれたら、そしたら自分も少しはましな息子になれたのにと思った。

下長《ハジャン》の廃校でソン・イナに会ったとき、自分はまだ彼女のことが好きなのだと改めて思った。彼女を思う気持ちは変わっていなかった。いまでも変わらず抱きたいと思ったし、吐きそうだと言った彼女の言葉が心臓をえぐった。

ソン・イナと別れてまもない頃、ユン・テジンは彼女が勤務する市立病院に行ったことがあった。遠くからひと目見るだけでいいと思った。季節は春で、恩平《ウンピョン》区の坂の上にある病院に続く道には、黄色いヤマブキの花が咲いていた。本館の前からは、北漢山《プッカンサン》の裾が見えた。病院の様子は、国政監査の準備のために来た数年前と変わりなかった。「より優れた公共医療への道」と書かれた碑も、調剤室の前にある紫色の椅子もそのままだった。薬を交付する調剤室の窓ごしに、ソン・イナの姿がちらついた。白いガウンを着て、パソコンの前と調剤室を忙しそうに行き来していた。ちょっと休んだ方がいいんじゃないか？　ソン・イナを見ながらユン・テジンは思った。流産も出産と同じように養生が必要だと聞いたことがあった。しばらくして、書類を持って調剤室から出てきたソン・イナが階段を上がっていった。ズボンの裾から白い三本線のシャワーサンダルが覗いた。ユン・テジンはその日を思うと、黄色いボールのように咲いていたヤマブキの花とともに、そのサンダルが頭に浮かんだ。

ユン・テジンは残りの酒を飲み干し、窓の外を見た。言いたいことはいっぱいあったが、もしいまソン・イナが目の前にいたとしても、何をどう話せばよいのかわからなかった。

店を出たあと、ユン・テジンは母が一人で暮らしている家に向かった。陟州に戻ってきてからも、めったに母を訪ねることはなかった。若い頃の母といえば、他の男と暮らしながら死んだ父の法事をしていた姿が真っ先に浮かぶ。それよりも若い頃の母は、炭鉱団地にあった共同の井戸端で失神しそうなほど泣いていた。

ユン・テジンは母と二人で父の法事をするたびに、七歳のときまで暮らした町――道渓《トゲ》という黒い町から、自分はいつ自由になれるのだろうと思った。彼の記憶のなかでは、家も地面も川もみんなモノクロだった。間に合わせで作ったバラックの下水溝から、汚物がそのまま川に流れた。子どもたちは道渓の町を流れる五十川《オシプチョン》を糞川と呼んだ。その川に入って遊んでいるところを母に見つかった日には、背中をたたかれながら風呂に入れられた。地面が真っ黒なその町で、ユン・

テジンは友達と一緒に、炭車のタイヤについている軸受《ベアリング》の鉄球をビー玉のように弾いて遊んだ。

遊んでいると突然、地面がぐらぐらっと揺れるときがあった。すると母親たちは、子どもの手をひいて炭鉱事務所に走っていった。彼女たちは夫の名前がないことを祈りながら、事故に遭った人の名前が書かれた名簿を見た。何人かはその場に倒れ込んだ。子どもたちも訳もわからないまま、母親にすがって泣いた。

それはユン・テジンの父が死んだ日の、母と息子の姿でもあった。彼は自分の手を握っていた母の手に力が入ったのを覚えている。父の法事のときに話が途切れると、母はよくそのときのことを話した。当時母は、いまのユン・テジンよりも三つ年下の三十四歳だった。「正気を失うほど泣いてたら、幼いあんたがそばに来て……あたしの顔をこうやって覗き込んで、おかあさん、だいじょうぶ？　って訊くんだよ。だからいままで生きてこられた」

ユン・テジンがいちばん温もりを必要としていた頃に、母は一度もそんな話をしなかった。ユン・テジンは自分にそんな面があったということを、いまさら知りたいとも思わなかった。彼の脳裏から離れないのは、父が閉じ込められていた坑と、息ができなくて苦しさのあまりのどを掻きむしったせいで、首の肉がほとんど残っていなかったという父の遺体だけだった。

＊

波は穏やかだった。海と空の境界線がないのを見ると、秋も深まってきたようだった。薬師如来像の前にある大きな祈禱壇に人々が集まってきた。三恩寺《サムン》で薬師斎日［一カ月のうち、諸天王が四天下を巡察するという十日間を十斎日（じっさいにち）といい、薬師仏は旧暦の八日に祈禱法会を行う］の法会がある日だった。チェ・ハンスはすでに住職の部屋に入っていたが、オ・ビヨンギュはまだ到着していなかった。チェ・ハンスの父親は、長いあいだ三恩寺の信者会長を務めた人だった。そういうこともあって、陟州でチェ・ハンスが市長よりもよいもてなしを受ける、唯一の場所が三恩寺だった。

　ユン・テジンはしばらく、薬師如来像の前で数珠の玉をつまぐったり、ひざまずいて礼をしている人たちを眺めていたが、やがて薬師殿の方に歩いていった。三恩寺は仏教の主流な宗団から、通俗的で祈福的［富と健康を得るために神を信仰する］だと言われている小さな寺だった。しかし、本寺であり祈禱所としても有名だったので、信者数は他のどんな大きな寺にも引けを取らなかった。薬師殿に祈りの声が響きはじめると、オラ鎮《ジン》に荒波が起こると言われるほどだった。

　ユン・テジンがコール湯《タン》に落ちたとき、母は効用のある薬と祈禱所を探しまわった。ついには、お祓いをするために巫堂《ムーダン》を家に呼んだ。巫堂はユン・テジンを見て言った。「先祖に足首をつかまれておるな。供養をせよ」と。

　ユン・テジンは二度と巫堂を家に呼ばないと母に約束させる代わりに、一度だけ薬師殿の祈禱法会に行った。薬師殿のなかは思ったよりずっと広かった。薬師如来像が見えるように片方がガラス張りになった法堂は、柱一本ない大きな空間だった。ざっと見ても一万人が所狭しと座っており、同じ名号《みょうごう》を繰り返し唱えていた。

　南無消炎延壽薬師、南無消炎延壽薬師、南無消炎延壽薬師、南無消炎延壽薬師……。

一万人あまりがいっせいに唱える祈禱は、法堂を地面から揺るがし、人々を一つの道へと導いているかのようだった。その頃まだ高校生だったユン・テジンは、薬師殿の隅にこわばった面持ちで立ったまま、祈禱の波に身を投げた人たちを眺めた。初めは、団体で狂っていくというのはこういうことなんだと思い、半時間ほど経つと、祈禱をして病が治るというのはどういう意味なのか、少しだけわかるような気がした。

チェ・ハンスはそんな話を聞くのが好きだった。オラ港の魚市場や三恩寺に移動する車のなかで、ユン・テジンが話に少し尾ひれをつけながら、そのときの祈禱がどれだけ壮大だったのかを語ると、彼は改めてユン・テジンが陟州の人間だということを実感するのか、自分もいろいろな話を並べ立てた。今回は宗団ができた頃の話になった。

時は陟州の石灰洞窟が世に知られるようになる前の、一九六〇年代。二人の僧が洞窟に入って修行を始めた。彼らは昼夜を問わず仏教の経典を読んでいたのだが、そのうちの一人がある夏の夜、『法華経』を読んでいるときに悟りを開いた。二人はクヌギを拾って、ユリ谷のそばに庵《いおり》を建て、文教部に宗団の登録をした。それが三恩寺の始まりだという話だった。悟りを得た方は宗団の長となり、悟りは得られなかったものの他に才能のあった方は、総務院長となって行政に関する仕事をした。

「それで？　それでどうなったんだ？」

助手席に座っていた事務局長がチェ・ハンスの方を振り返った。

「勢力をつけるにつれ、二人の仲は悪くなっていった。その頃、宗団は危機に陥ったんだ。団長の僧がもし総務院長に何かされてたら、三恩寺はいまごろカルトの手中にあるだろうね」

出ていったのは総務院長の方だった。彼は味方につけた人たちと一部の信者を連れて、新しい宗団をつくった。その後、ありとあらゆる手段を講じて信者を集めた。いつも三恩寺を意識しながら、三恩寺にスパイを送りながら、陟州の地下で活動した、とチェ・ハンスが説明した。

「知らなかったな。つまり、初代の総務院長が薬王成道会の会長だったってことだろ?」

「だから薬王成道会では『法華経』とか「薬王品」を掲げるんだよ。正統性を認めてもらいたくて。やってることはカルトだけどね。あそこの信者たちはみんなステロイド患者だっていうのも、まんざら嘘じゃないだろ」

チェ・ハンスのスマホが鳴ったので、話が途切れた。

「テジン、ハンス兄貴をそそのかしたら、他にももっと面白い話、聞けるかもしれないぞ」

チェ・ハンスが電話を終えて戻ってくると、事務局長がまた後ろを振り返った。

「35鉱区を開発するとき、会主は山を売らないって一点張りだったんだろ? 洞窟で信者たちと何かあったって噂もあるし。何か知ってることないのか?」

事務局長がそう訊くと、チェ・ハンスが「俺は三恩寺の信者だ」と言って窓を閉めた。ユン・テジンはユリ谷の方に右折しながら、バックミラーでチェ・ハンスを見た。チェ・ハンスの父親は、三恩寺の団長と縁のある正統三恩寺派だった。彼は薬王成道会にそそのかされても乗るような人ではなかった。

チャン・ミョンスが自分の立場を明かしたとき、ユン・テジンは、薬王成道会が宗教政党の登録を考えているのではないかと思っていた。現役の議員であるチェ・ハンスがいまの党を離脱して自分たちの政党に来れば、彼らはすぐに国会議員のいる政党になれる。それだけ存在感をアピールすることもできる。ところが立場を明かした日、チャン・ミョンスは自分たちの目的がチェ・ハンスではないことをはっきりさせた。誰かさんのようにわざと遠まわしに言って、相手によけいな希望を持たせるようなことはしなかった。

住職の部屋からチェ・ハンスの笑い声が聞こえてきた。ユン・テジンは薬師殿の方に歩いていった。海の風に吹かれている薬師殿は、祈禱の準備で大忙しだった。ユン・テジンは数歩後ろに下がって、いまさらのように薬師殿を眺めた。ごくふつうの寺の法堂とはどこか雰囲気の違う、機能的に造られているという印象を受けた。ひとことでは言えないが、丹青《タンチョン》［木造の建物に青、赤、緑色などで施された模様］も窓格子もなんとなく違和感があった。ユン・テジンがもやもやした気持ちで薬師殿を一周した頃、オ・ビョンギュとパク・ソンホが到着した。

オ・ビョンギュは、数日前にトンジンセメントのコンサートで見かけたときとは別人だった。スーツではなく、くすんだ色のジャンパーを着ており、あたかも夜通し花札をして遊んだ老人のようだった。

近隣の住民もやって来て、三恩寺には思った以上に大勢の人々が集まっていた。チェ・ハンスがまず、ユン・テジンの書いた原稿どおりに賛助演説をした。かつて石炭で栄え、犬が金をくわえて走るといわれていた人口三十万人の都市、陟州の話から始まり、市長の任期は守るべきだというところで締めくくられた。続いてオ・ビョンギュが壇に上がった。

長々と前置きが続いた。母と姉は三恩寺の熱心な信者であり、自分もこれまでの人生を陟州に捧げてきたという話だった。セメント工場の粉塵のせいで、陟州市民には常に申し訳ない気持ちで生きてきたとも言った。それから、石炭は黒いエネルギー、石灰石は白いエネルギーだが、原子力はずっと清潔で安全な緑色のエネルギーだという話をした。そして話の最後に、こうつけ加えた。

「我々ももう肺病から解放されましょうよ」

老人たちは激しくうなずいた。

「原発が誘致されたら、この陟州に二十四兆ウォンが入ってきます。他の自治体がどれだけ羨ましがっているかご存知ですか。原発が建てられたら、我々の息子娘たちは他郷に行って苦労しなくてもいいんですよ。みんなこの陟州で仕事が得られるんですよ」

海から吹いてくる風のせいで、いくらも残っていないオ・ビョンギュの髪の毛が揺れた。

「とても大事なことなんですよ。みなさんの暮らしが少しでもよくなるようにと思ってやるんですよ。私が盗みをしましたか。それとも人を殺《あや》めましたか。途中でちょっと手順が狂って、ミスを犯したかもしれません。そんなときは、まあ大目に見てやるかぐらいに思ってくださらなきゃ。気に入らないからって即、首を切りますか」

オ・ビョンギュが水を一杯飲んだ。顔だけ見ると、家で飯も食べさせてもらえない、いかにも哀れな年寄りだった。

「私も人間ですからね。大勢の人たちが終日マイクを持って、あいつは悪いやつだ、市長は退陣せよ、と町じゅうを大声で走りまわってごらんなさい。どんな気持ちになると思います？　夜は眠れないし、口のなかだってぼろぼろですよ。こんなに私を追いつめ、いじめるのが悪いと思われる方は、拍手をお願いします」

法会に集まった老人たちはいっせいに拍手をした。拍手の音に勇気づけられたかのように、オ・ビョンギュの声が大きくなった。

「投票に行かない方！　もう一度大きく拍手をしてください」

さっきよりもさらに大きな拍手が起こった。災難と病をなくしてほしいと祈禱をしにきた人たちが、核とセメントを背負ったオ・ビョンギュに向かって拍手をしているのだった。オ・ビョンギュは自分と同じ世代の老人たちのいる方を振り向くと、体を九十度に折り曲げて頭を下げた。

「ありがとうございます！　これからも励みます！」

オ・ビョンギュが手を差し出すと、老人たちは元気を出せとその手を握り返した。これまで彼は陟州で二度の選挙に出たが、これほど熱心に遊説をしたことはなかった。業務停止処分を受けてからは、一日も欠かさず、陟州の隅々までまわっていた。忠魂塔《ちゅうこんとう》を参拝している姿も度々見られた。

ユン・テジンは急に疲労を感じ、入り口の方へと歩いていった。

「近徳《クンドク》に……投票所が五つある。そうだ。ヨンス兄貴の組がマシだろ」

瓦屋根の受付所のそばで、パク・ソンホが電話をしているのが見えた。

「……市内の投票所か？　……セマウル金庫［金融機関の一つ］の二階、金剛《クムガン》プラザの一階、オラ小学校のスルギ館。……校洞《キョドン》？」

　電話をしていたパク・ソンホがユン・テジンを見るなり手招きをした。なかなか話が通じないのか、眉間にしわを寄せていた。ユン・テジンは見て見ぬふりをして、入り口の門の方へ歩いていった。これまで市が発注した工事で、パク・ソンホの懐に入った金はいくらだろう。十字路の公園にある人工の滝は、パク・ソンホに設計変更を任された。もしオ・ビョンギュが解職になったら、パク・ソンホは最低でも二年は刑務所に入れられるだろう。投票妨害の作戦を練るために必死になっているのも頷けた。

　ユン・テジンはマイクの唸《うな》っている境内を出て、ユリ谷の石垣に沿って歩いた。煙草を取り出そうとして、最近ちょっと吸いすぎているのではないかと思い手を止めた。無理をしてはいけない。疲れたりストレスを溜めたりしてはいけないし、薬を飲むのも忘れてはいけない。コール湯《タン》に落ちて以来、ユン・テジンは一時《いっとき》も病から自由になったことがなかった。持病のない人にはわからないだろう。病を抱えている人間が考えることはただ一つ、「痛いのは嫌だ」ということ。

　日が暮れ、オラ港の防波堤の方から血のように赤い夕焼けが押し寄せてきた。沈む太陽を見ながらユン・テジンは、自分の抱えている二つの大きな暗黒について考えた。もう二度とあの黒い洞窟のなかに閉じ込められたり、黒い水溜まりに落ちたりするものかと思ってここまで走ってきた。ユン・テジンは夕日を浴びている薬師如来像の方を振り返った。人間をいとも容易く壊すのも薬であり、一瞬にして救ってくれるのも薬だった。陟州の地でセメントよりも強く、残酷なもの。それは完治する見込みのない人間たちの悲鳴を手なずける、強力な鎮痛剤だった。

そのとき、チャン・ミョンスから電話がかかってきた。ユン・テジンはユリ谷をあとにした。

＊

夏のバカンスに来た人たちが去ったあとの海辺はひっそりしていた。折り畳んだパラソルを載せたテーブルを窓ごしに見ていたユン・テジンが、チェ・ハンスのグラスに酒をついだ。

「核反対闘争委員会の事務室に出入りしているらしい……」

チェ・ハンスと総選挙のとき争ったキム氏のことを言っているのだろう。福島の原発事故のあと、おおっぴらに反原発を主張していた彼は、オ・ビョンギュの作戦に引っかかって敗れた。ところが、オ・ビョンギュのリコールを求める投票日が決まるなり、反核団体に顔を出したり、市長の補欠選挙の準備をしたりしているという噂が流れた。

キム氏の話をしながら、チェ・ハンスは四杯目の焼酎を飲んだ。ユン・テジンは目の前の酒に口もつけずに、赤らんでいるチェ・ハンスの顔を見ていた。いま陟州市民はみな口をそろえてこう言った。

「チェ・ハンスはいったいどこの町の国会議員だ?」

彼の煮えきらない態度を見て、原発賛成派も反対派もけなした。チェ・ハンスは新しく選ばれた党の代表と親しくないので、後半期、どこの常任委員会に飛ばされるかわからなかった。

「ユン秘書官、私は再選できなくてもかまいません」

再選されたくても無理だろう。ユン・テジンはわさびの入った皿をチェ・ハンスの前に置いた。

「しかし、キムが市長になるのは許せませんね」

自分を責めているのか？

「ユン秘書官、あいつは高校のとき、不良仲間とつるんで大喧嘩したことがあるんですよ。警察沙汰にもなったんです」

ユン・テジンは冷めていく鱩《ハタハタ》蒸しを見下ろしながら、チェ・ハンスの話を聞いた。学歴詐称でも性犯罪でもいいからキムのやつを何とかしてくれと言っているようだった。初戦で敗れるかもしれない自分のために、オ・ビョンギュの足元をパク・ソンホが掃除してまわっているように、ユン・テジンが当然動いてくれるものだと思っている。ユン・テジンは込み上げてくる怒りを呑み込んで、チェ・ハンスの顔を見た。この俺を、ユン・テジンは思った。中高と常にトップの座にいたこの俺を、おまえとは人間そのものが異なる議員たちが自分のものにしたがったこの俺を、三十を過ぎた頃から、世の中の裏も表も知り尽くしたエリートたちを相手にしてきたこの俺を、おまえごときがパク・ソンホと同じレベルでこき使おうとしている。ユン・テジンは、グラスの酒を見ていた目をチェ・ハンスの顔に向けた。

「チェ議員。二十年前、私に悪態をついた巫堂《ムーダン》〔シャーマン〕がいました」

先日、トンジンセメントがユン・テジンに接触してきた。地方税法改正案の話が出たときだった。地方地域資源施設税にセメント税が追加されるその法案を、トンジンセメントは何としてでも防ごうとしていた。どこの段階で押さえたら、ずるずると延期になって結局取り下げられるのか、そのメカニズムをユン・テジンは誰よりもよく知っていた。法案検討小委員会から何か訊かれたら、議員たちはまず政策補佐陣に意見を求める、企業側はそのことを知ったうえで動いていたのだ。

「久しぶりに陟州に戻ってきたら、その巫堂が小正月《テボルム》［旧暦一月十五日］祭りで、刃《やいば》の上に乗ってたんですよ。市の行事に巫俗［巫堂が激しい歌舞の中で憑依（ひょうい）状態となり、神託を宣べる］の代表として参加したり。ずいぶん有名になったものだと思いました」

薬王成道会がユン・テジンに本心を明かしたのは、トンジンセメントよりも早く、夏のことだった。表面的には、淡水草天然物新薬を許可するか否かという問題だった。例外条項を足して少し緩める。医薬品の許可段階でよく見られることだった。

ユン・テジンはテーブルの上にある箸を、すっと指で撫でた。

「その巫堂が夏に、市長リコールを要求する署名をしたので、市の行事に出られなくなったそうです。それですっかり毒づいたらしく、最近はなんでもぴたりと当てるとか」

トンジンセメント。薬王成道会。ユン・テジンは二本の箸を撫でていた指で、一本をつかんだ。

「その巫堂がキムの写真を見てこう言ったそうです。『官運がないな』。ですからチェ議員。心配には及びません」

笑うべきか泣くべきか困った顔でユン・テジンを見ていたチェ・ハンスの顔に、曖昧な笑みが浮かんだ。ユン・テジンはカウンターに行き、酒代を払った。

＊

陟州の湾岸道路にあるサービスエリア。陟州に来る途中、観光バスが立ち寄る山のなかの博物館。海辺の古いリゾートホテル。医療院と向かい合っている洞窟探検館。

いままで幾度となく見てきたのに、これらの建物に潜んでいる共通点に気づかなかった。トンジンセメント資源班の建物を出てから、三恩寺《サムン》の薬師殿まで続いたあの不吉な感じが、薬王成道会の会館の前に立ったとき、ようやく一つに結びついた。鳥肌が立った。

奇怪な光沢を帯びた壁。建物の外側を囲った、独特な形をした花崗岩の欄干。一見、格子戸のようだが、よく見ると壁の上の方に線を引いたような、なんだかよくわからない門。気にしなければそれまでだが、見れば見るほど脳裏に不思議な印象を刻みつけた。それらは自分たちの縄張りを主張するかのように、陟州市のあちこちの建物に見られた。きんきらきんで粗悪で、いかにもB級なのがかえって謎めいて見えた。

なぜいままで気づかなかったのだろう。ユン・テジンは頭のなかでいろいろな考えが絡み合うのをしずめながら、会館の玄関に入った。今風にデザインした黒い韓服《ハンボク》を着て、髪をお団子にした女がユン・テジンを上の階に案内した。廊下と踊り場には大きな額が掛かっていた。希望の塔と日の出の写真、薬師如来像の写真、新千年道路の写真、ヨングム洞窟の写真——陟州を広報するためのそれらの写真は、大きな飲食店や市議会の廊下にも掛かっていた。そのとなりに、チャン・ミョンス宅でも見た赤い畑の写真があった。地面がある方向に微妙に傾いていた。陟州ではどこにでもある畑の風景なのに、ユン・テジンはなぜか目が離せず、階段を上っていく途中でもう一度振り返って見た。

案内された部屋にはチャン・ミョンスの他に、ユン・テジンと同年代の男がいた。

「ヤン・ジンソンと申します」

チャン・ミョンスが陟州医療院前の中央薬局の薬剤師だと紹介した。テーブルの上には薬王成道会とともに天然物新薬を開発してきたという、ある製薬会社の広報用リーフレットがあった。茶を一杯飲んだあと、ユン・テジンはチャン・ミョンスに連れられて、二階上のある部屋に通された。

ドアが開くと、苦い草を煎じているような匂いが濃く漂ってきた。その部屋で誰かがユン・テジンを待っていた。濃いピンク色のカーディガンを着たその老人は、息子の友達でも来たかのように、入ってきて座るようにと手招きした。

「メドハギ茶だが、そりゃ体にいいんだよ。ほら、飲んでごらん」

飲んでごらん、と言いながら、老人の視線がユン・テジンの目を見据えた。

「ヨングム洞窟に上っていく途中、いくつも店が並んでるだろ？　カムジャトク［じゃがいも餅］とか蒸しパンとかを売っている。他にもクソニンジン、どんぐりの粉末、高麗アザミ［どれも山深い江原道（カンウォンド）の特産品］……」

ユン・テジンの目を見つめたまま、老人が言った。

「そのなかの二番目の店で売っているメドハギは本物だ。ヨングム洞窟に遊びにくる人がいたら教えてやっておくれ」

教えてやっておくれ、と言って、老人はユン・テジンから目を離した。そして、ひとり頷いた。不意打ちを食らったような気分だった。見た感じはおしゃれで遊び好きな、どの町にも一人や二人はいそうな年寄りだった。ユン・テジンは目の前の女が何者なのか実感がわかないまま、息を殺していた。

会主を追い出して、二十年間、薬王成道会の実権を握ってきた女。山を貸す代わりにトンジンセメントから得た金をふくらませて、さまざまな事業や布教を行ってきた女。病気の信者たちを薬で飼い慣らしてきた女。長いあいだ親交のあったオ・ビョンギュを追い出して、新たな権力パートナーを持とうとしている女――。

アン・クムジャがもう一度ユン・テジンの目をじろりと見、投げ捨てるように言った。

「病気の人間は時間がないんだよ」

「……」

「そうだろ?」

ユン・テジンはゆっくりと息を吐きながら、メドハギ茶に手を伸ばした。

数メートル上空で地震が起こったのかと思った。鉱山から工場へ、工場からまた港へと続くコンベアベルトの下で、ユン・テジンは時計を見た。向かいのオラ港には防波堤の灯りがほのかに散りばめられ、幻想的だった。トンジン埠頭には灯りがなかった。ダンプカーに廃タイヤを移しているホイールローダーに、時折ライトが光るだけだった。海霧が生じる日は、それすらも見えなかった。

埠頭の片隅に山積みになっていた廃タイヤの欠片が、ホイールローダーによる作業で少しずつ崩れていった。日本の船舶が撒《ま》いていった廃タイヤと石炭灰は、ダンプカーに載せられて35鉱区の野積場に運ばれるだろう。そこで石灰石と混ぜられてセメントに変身すると、ふたたび港へ下りてくるだろう。

オラ港の後景のように広がっているトンジン埠頭に立って、ユン・テジンはもう何時間も黒い海を眺めていた。ホイールローダーが荷物を移し、規則的に動くたびに、ある触感とともに匂いを思い出した。ねっとりとしか言いようのない、ゴムが溶けるような匂い。夜の海が波打つ音を聞きながら、ユン・テジンは目を閉じた。いつだったか、こんな暗闇のなかに入ったことがある。この匂い。この粘っこさ。

いつからだろう。

ユン・テジンは目を閉じたまま、陟州での記憶をさかのぼった。トンジンセメントと薬王成道会が互いを意識しはじめた頃——それがいつであれ、その頃に始まったことが、いまもまだユン・テジンの目の前で続いていた。

アン・クムジャは入会手続きだと思えばいいと言った。共謀であれ、意気投合であれ、同行であれ、互いを結びつける手続きが必要であることは、ユン・テジンもわかっていた。彼はいま、最初の関門に立たされているのだった。

セメントの積み卸しをするところ——一般人は近づけない、トンジンだけの場所だった。ユン・テジンは暗闇に埋もれた防波堤を見渡した。両脇にテトラポットがあるだけで、ライターの光すら見えなかった。釣りをしていた人もみな、向かいのオラ港の防波堤に移っていた。ユン・テジンはコンベアベルトの彼方に広がっている黒い空を見上げた。真っ暗だった。

「おお……ネズミ野郎ども」

パン・ハクスがすぐそばに来ていた。

「ここ数年は昼間に作業をしていたくせに、日本で原発事故が起こったからだろう、また夜にやってやがる」

「十月十五日、都合はつきますか」

ユン・テジンはパン・ハクスの顔を見ずに、いきなり本論に入った。パン・ハクスは組んでいた腕を解いた。

「徳邱《トック》温泉か。こんなところで会おうって言うからには、てっきり何か目新しいものがあるのかと思ったよ。また温泉か。それで、何回積めばいいんだい?」

ユン・テジンはパン・ハクスにワゴン車のキーを渡した。

「最後にピックアップするのはここです」

「ここだって?」

「トンジン埠頭で。十月十五日、午後七時に」

六章

「泣いてると、このおじさんに大目玉食らうぞ」

腕をまくりあげた子どもが、となりに立っているソ・サンファと目の前の注射針を交互に見ながらべそをかいた。ソ・サンファが、僕はそんなことしないよという顔で頭《かぶり》を振った。しかし、ソ・サンファが注射室に呼ばれた理由は、歳のわりには体の大きいその子を押さえておくためだった。ソ・サンファに腕と肩を押さえつけられると、その子は体をよじりながら泣きだした。次の瞬間、ソ・サンファが悲鳴を上げた。

ソン・イナは予診票を取りながら、注射室のなかを覗いた。子どもが足をばたばたさせながら、ソ・サンファの太ももを続けて二回、蹴飛ばすのが見えた。ソ・サンファが足を引きずりながら注射室から出てくると、ソン・イナの前でうずくまった。

「ああ……痛すぎる」

まだ午後三時前だというのに、順番待ちの人数は七百番台を越えようとしていた。テーブルの下には消毒綿や、くしゃくしゃになった番号札が落ちており、キッズルームから転がってきたゴムボールや、老人たちの落とした教育履修カードが、ロビーのあちこちに落ちていた。受付で説明を聞いていた老人が突然、保健所長を呼べと大声を出したかと思うと、子どもが一人、浄水器の前で氷を踏んで転び、大声で泣きだした。注射の日にはこうして会えるわね、と話をする人たち。腕だけまくればいいのに上着まで脱ぎ捨てる男たち。マスクをしたままロビーのソファに寝転んでいる人たち……。そのあいだに順番を呼ぶ声が響いた。

一年のうち最も人が多く集まる、インフルエンザ予防接種の季節だった。保健所がいちばん忙しい時期でもあった。予防医薬係はみんな一階のロビーに下りてきて、注射をしていた。

ソン・イナは老人たちが予診票を書くのを手伝っていたが、ふと腰を伸ばして入り口の方を振り返った。ドアが開くたびに、夏の湿気を取り除いたような秋の光が、保健所のなかに注がれた。厚手のニットを着ていても、暑いとは思わなくなっていた。朝出勤するときに見た、黄色く色づきはじめたイチョウの木に、陽の光が斜めに射していた。ソン・イナはその斜線の前で、立ち止まっては眺めた。これまでイチョウの葉がどのように色づくのかなんて気に留めたこともなかったのに。だから、葉の縁を彩るように黄色くなるのを見て不思議な気持ちになった。ソン・イナはそれを手にとって思った。サンファに見せてやらなきゃ。

待機している人の列は、玄関口の外にも続いていた。ソ・サンファは番号札を取るにはどうすればよいのかわからかない老人たちに代わって、番号札を配った。予診票を記入するためのテーブルに老人たちを案内したり、注射室の前に椅子を並べたりした。彼らの歩行補助器を片づけているかと思ったら、突然、長い足でひょいと仕切りを越えて、ソン・イナの前にクッキーを置いていったりもした。トイレに行く時間も、水を飲む隙もないほど忙しかったけれど、ソン・イナは疲れを感じなかった。数百人がどよめくロビーを突き抜けるようにしてソ・サンファと目が合うたびに、体の奥から何かが込み上げてきた。

「原発は爆弾じゃないんだぞ。頑丈に建てるって言ってるだろ」

「原発はアパートか？　頑丈に建てるだと？」

人が集まるとすぐリコール投票が話題になった。注射を受けに保健所にやって来た人たちも同じだった。待ち時間が長くなるにつれて、ロビーのあちこちで声を張り上げる人が多くなった。一人が、おまえは故郷を売るつもりかと叫ぶと、もう一人が、アカ野郎と叫び返す。予防接種を受けにきた人たちですでに雑然としているところに、政治争いまでするので、保健所の職員たちは毎日が緊張の連続だった。

ソン・イナはボランティアの人たちと保健所の職員たち、注射を受けにきている町の人たちを見渡しながら思った。彼らのなかにボイスレコーダーを隠し持っている人がどれだけいるだろう。住民によるリコール投票が決まったと同時に、リコール投票運動本部側と反対対策委員会側は、互いに証拠をつかもうとチームを稼働させていた。ボイスレコーダーを持っている人たちが聞きたいのは、故郷を売るだのアカだのと叫ぶ声ではなかった。どこの里長《リ》が誰に食事をふるまい、どんな話をしたのか、核反対闘争委員会の誰が誰と酒を飲み、どのような会話をしたのか。そんな話が出るのではないかと、耳をそばだてているはずだった。

ソン・イナはポケットのなかに手を入れてスマホを触った。ソン・イナもまたウィジェットを使って音声メモの機能を設定していた。どんな方法であれ自分の立場を明らかにした人は、こちら側でなければあちら側だった。陟州市民にとって今回の投票は、いつもの選挙とは違っていた。オ・ビョンギュはリコール投票を請求する署名リストを入手していた。オ・ビョンギュが辞めなければ、ソン・イナも不利益を被ることになるだろう。夏のリコール署名過程を経てオ・ビョンギュの正体を知った人なら、今回の投票で生死が決まると言われているのが、まんざら誇張でないことを知っているはずだ。十月十五日の午後八時になれば、誰が死に、誰が生き残るか、明らかになるだろう。

「あのときは恐ろしかったなあ」

昼休みが終わり、老人たちの一行が入ってきた。

「うちの息子はいま四十四だが、あのときは兵役を終えて、ソウルの会社に入ったばかりだった。東海《トンヘ》［日本海側］に共匪《きょうひ》［北朝鮮軍のこと］が攻めてきたぞって、予備軍に召集令が下りたとき、あいつは怯えてソウルから動こうとしなかった。おかげで、共匪を追っぱらったあと、八十万ウォンの罰金を払わされたよ」

「うちの息子は、そこの女子商業高校の前で歩哨《ほしょう》に立っていた。あれは中秋《チュソク》が過ぎた頃だったから、ちょうどいま頃か。町の若い衆は実弾持って、町のあちこちを守備していたよ。みんな怖くて家のなかに隠れていたっけ。思い出すだけでゾッとするよ」

数日前から保健所のロビーをうろついていた男が、共匪の話をしている老人たちの後ろで静かに立ち上がった。そして隅の方に座って、ずっと咳をしている老人の方へ歩み寄った。

「うちの下の階に住んでいるジンス、知ってるだろ？　あいつ、特殊部隊で訓練を受けていたから、あのとき予備軍の小隊長を務めたんだ。実弾を装填して予備軍のやつらに配って、十字路にずらっと歩哨を立たせた。だからやつは、共匪をよく防いでくれたと陟州市長から表彰されたんだ。なのにアカに染まって、労働組合の首席だかなんだか知らんが……。新千年道路ができるほんの数年前まで、共匪は陟州の裏山で大手を振っていたんだぞ。いまだって虎視眈々と狙っているかもしれんのに、賛成だの反対だのと争っている場合か」

ソン・イナは咳をしている老人と、老人に近づいている男を逃すまいと、立ち上がった。インフルエンザの予防接種が始まり、人々が集まるようになってからだった。数人の男が交代でやって来て、一日じゅう保健所のロビーをうろついた。男が咳をしている老人と一緒に外に出るのを見て、ソン・イナはスマホを取り出した。そのとき、酒に酔っぱらった老人が、共匪の話をしている老人たちに近づいた。

「ジンスのやつ、恥知らずめが……。俺が、うちの息子をトンジンの元請けに入れてくれって人参《インサム》を売った金を……何年も苦労して貯めた二千万ウォンをくれてやったってのに、一年も待たせやがった。俺はそうやって息子をトンジンに入れたんだが、やつらは貢《みつ》ぎ物もなしに正社員になりたがっているらしい」

騒がしかったロビーが一瞬しんとなり、酒に酔った老人に周りの視線が注がれた。

「とりあえず入って働いてりゃ、そのうち正社員にしてくれるんだ。戻ってきたやつらにはプライドもないって言うが、なら組合が飯を食わしてくれるのか？」

そのとき、つかつかと歩み寄って老人の腕をつかんだのは、ソ・サンファだった。

「おじいさん、お酒飲んで注射は受けられませんよ。酔いを醒ましてから来てください」

ソ・サンファが老人の脇を抱えて、玄関の方へ連れていった。

老人が出ていったあとも、ソ・サンファはしばらく保健所に戻ってこなかった。

＊

保健所裏の駐車場に止めてある救急車の陰で、ロビーをうろついていた男たちが咳をしている老人たちと一対一で話をしていた。救急車の向かいの住宅街には、同じ場所で四十年あまり営んできた薬局があった。保健所で処方箋をもらうと、たいていはその薬局に行った。

ソン・イナは、男たちを注視するようになってから一週間ほど経ったとき、そのうちの一人の話を録音することに成功した。案の定、老人たちにじん肺の等級を一日でも早く得られるように手伝いたいと言っていた。しかも、手数料の他に条件を出していた。まさかと思いながら後をつけていき、いざブローカーの口から「投票をしなければ」という言葉が出たとき、録音をしていた手が震えた。でもソン・イナは、まだ何かあると直感で思った。確かにオ・ビョンギュは王の座で権力を振るってきたが、こんな短いあいだにじん肺ブローカーの組織が投票妨害に動員されるということは、彼の側近のなかに関係者がいる可能性があった。

ソン・イナは救急車の陰で録音しながら、得体の知れない予感に息を殺した。録音を終えて選挙管理委員会に告発したあと、ハ・ギョンヒに会いたいとメッセージを送った。スマホをポケットにしまい、保健所に入ろうとしたときだった。さっきから妙な気配を感じていたソン・イナは、後ろを振り返った。道の向かいで四十年あまり薬局を営んでいる年老いた薬剤師が、ガラス戸にくっついてソン・イナを見ていた。

のど飴の缶をもらって以来、イ・ヨファンとはなかなか連絡がつかなかった。ソン・イナが電話をかけると、あとでまたかけ直すといって急いで電話を切り、連絡をしてこないことも何度かあった。直接訪ねてきて、まだ何かを渡そうとしていたときとはずいぶん違った。もしかしたら誰かに脅されているのかもしれない。ソン・イナは引き出しからのど飴の缶を取り出した。

イ・ヨングァンが長いこと持っていたというのど飴の缶のなかには、どこにでもあるふつうのビタミン剤や総合感冒薬から、処方箋がなければ薬局では手に入らないものまで、いろいろな成分の薬が混ざっていた。何の表示もない正体不明の錠剤も多かった。イ・ヨングァンが飲んでいたというよりは、長い年月をかけて集めたものではないかと思われた。そのうちのいくつかは、少量だが末期のがん患者に使う麻薬性鎮痛剤の成分が含まれていた。コデインやモルヒネより何十倍も薬効が強い、最上位レベルの鎮痛剤だった。ソン・イナは市立病院にいた頃よく調剤したので、メキソリルという成分名がついているその薬が人間をどのように支配し、変化させ、あやすのか、充分知っていた。幻覚と幻視と幻聴の副作用が伴うので、がん患者でなくても他の目的で使う場合があった。

ソン・イナは保健資料室でチン・ミジンを待っていた。麻薬事故届は、ソン・イナが予防医薬係に来る前はチン・ミジンが受理していた。薬局でも受け付けたが、いつも決まった十数カ所の薬局だけが行った。盗まれたり紛失した場合は警察の調査を受け、破損した場合は報告書を保健所に一枚、提出すれば済んだ。チン・ミジンの元に届けられた麻薬事故発生の報告書のなかには、写真も添付されていない破損届があふれていた。アンプルでなければ破損するはずのない貼り薬や内服薬も、破損したと報告された。移送中に破損したらしいと医薬分業例外地域から届け出があれば、警告したり、何らかの措置をとるわけにもいかなかった。金庫の盗難でもないのだから、移送中に紛失した分は、警察の調査も形式的だった。

ソン・イナは麻薬事故届の品名欄に記されていた薬の名前を思い起こした。薬のなかには、麻薬類に分類されてまもないステロイド系列から、低い段階の痛みに使う薬まで、いろいろな種類の鎮痛剤があった。ところが陟州医療院のおかかえ薬局や、道渓《トゲ》付近の薬局から送られてきた届け出を見ると、ほとんどがメキソリルだった。それらの地域は単なる咳ではない、肺疾患の重症患者が多いところだ。

ソン・イナは毎日、薬の名前をつぶやいた。もしこれらの薬が長い年月、こっそりとどこかに流されていたとしたら。もし医療用麻薬の管理がずさんなことをよく知っている集団が、組織的に行ったことだとしたら。ソン・イナはもう何日も「もし」と言っては、頭《かぶり》を振った。どこかの集団がもし本気でメキソリルを手に入れたいと思ったら、薬局からちびちび流してもらうだけでは満足できないはずだ。いや、薬局から手に入れるのはほんの一部かもしれなかった。

ソン・イナは照度の低い保健資料室でチン・ミジンと会った。ソン・イナはチン・ミジンが薬王成道会の信者だと疑っているわけではなかった。けれども、陟州市の保健所で何年も医薬品を担当した彼女が、薬局に何の措置もしなかったとしたら、それに見合う何らかのものを得ていた可能性がある。

「チン先輩……」

薄暗くてよく見えなかったが、チン・ミジンが眉をひそめているのが感じられた。リコール投票に署名したことがみんなに知られてから、チン・ミジンだけでなく、保健所の人たちが自分をどのような目で見ているのか、ソン・イナはよく知っていた。もし首になったら薬局でも開業するだろう、くらいに思われているようだった。ソン・イナをターゲットにした苦情も増えていた。「薬局の許認可に対して厳しすぎる。揚げ足を取っているとしか思えない」「説明が不親切だ。地方公務員法上の誠実の義務に違反しているのではないか」。苦情は懲戒につながるので、ソン・イナは血走った目で毎日を送っていた。ふと、麻薬類取り扱い教育を行ったときに薬剤師たちが自分に向けた目や、アン・クムジャの言ったことを思い出した。夏までは好意的だったのに、この頃は打って変わって敵意が感じられるのだった。

ソン・イナはチン・ミジンに、薬の成分名が記された紙を差し出した。彼女はソン・イナが何を知りたがっているのかお見通しのようだった。その様子からして、簡単には話してくれそうになかった。ソン・イナが何を尋ねても、覚えていないとだけ答えた。ここでそんな質問をされること自体、不愉快だとでもいうように、チン・ミジンは出口の方に半分ほど体を向けていた。

ソン・イナは一度瞬きをしてから、チン・ミジンに写真を一枚差し出した。

「夏にこんなものが届きました。わたしが持っているよりは、先輩にお渡しした方がいいと思って」

誰の目にもモーテルの駐車場だった。淡いブラウンの車のなかには、イ係長とチン・ミジンが乗っていた。チン・ミジンの顔色が変わったのを、ソン・イナは見逃さなかった。

＊

褐色の縮毛に半透明のサングラスをかけていた。鼻筋が人工的にまっすぐ伸びているのが、写真のなかでも感じられた。ソン・イナが知っているのは、イ・ヨングァン事件の参考人として警察で調査を受けたときに見た、その男だけだった。アン・クムジャはその男のことを、陟州の老人たちのアイドルであり、薬売りだと言っていた。イ・ヨファンにのど飴の缶を渡された日、カフェにいたのもその男に間違いなかった。彼は背の低い、白髪頭の男の後ろを秘書のように歩いていた。パク・ヨンピルとハ・ギョンヒが見ているのは、白髪頭の男の方だった。

五キロやせたというハ・ギョンヒは、何日も寝ていないのか肌が荒れていた。市がウンナム保険診療所を閉鎖する動きを見せると、ウンナムに住むおばあさんたちは青年会長の車を走らせて市庁に行き、何日も抗議のデモをした。市長が職務停止になったためにしばらく論争は落ち着いたように見えたが、もし解職が失敗に終わりオ・ビョンギュが復帰することになったら、診療所もハ・ギョンヒもどうなるかわからなかった。

「江原《カンウォン》カジノパークの理事か……」

ハ・ギョンヒが写真のなかの白髪男を見ながら言った。ソン・イナがじん肺ブローカーたちが投票妨害をしていると通報したので、パク・ヨンピル刑事はその男を集中して調査していた。道渓《トゲ》を中心に活動してきたブローカー組織の総括責任者であるこの白髪男に、パク・ヨンピルは目をつけていた。江原カジノパークは廃坑地域を支援するために設立された、知識経済部傘下の公企業だった。

「数十億もの廃坑基金を書類も書かずに使いまくって、理事リコール案のリストに二回も載ってますね。そのたびに定足数に満たなくて取りやめになったようだが」

「何者ですか」

ハ・ギョンヒが疲労と緊張に満ちた声で訊いた。

「以前、三恩《サムン》寺の薬師殿にあった薬師如来図が盗まれたことがあるんですが、そのとき薬王成道会の博物館倉庫にあるという噂が流れたんですよ。三恩寺の薬師如来像が薬王成道会の会主の顔に似てきているだの、デマが飛びまわって。ちょうど薬王成道会が三恩寺のことをさんざんこきおろしていた頃でしたね」

パク・ヨンピルは声をひそめて話を続けた。

「その頃、薬王成道会は行動隊を置いていたんです。ソン・イナさんには前にお話ししましたよね。ふだんは会館の警備をしているが、裏切り者がいると指令が下ったら、追いかけていってつかまえる。言うことを聞かない場合は処罰する。そのときに行動隊長をやっていた男です。ひとことで……呼ばれたらすぐに走っていく犬ですよ」

「そんな人がなぜ、廃坑基金で作ったカジノパークの理事なんかに」

ハ・ギョンヒがそう言うと、ソン・イナはもう一度写真のなかの男を覗き込んだ。一緒に写真を見ていたパク・ヨンピルが言った。

「この男……オ・ビョンギュ市長の息子一号ですよ。息子たちのなかではいちばんの側近です」


ソン・イナは二人と別れたあと、保健所の方へと歩いていった。まだ夕方なのに薄暗かった。だんだん日が短くなっていた。

この白髪頭の男を絞れば何か出てくるかもしれない、とパク・ヨンピルは写真をたたいて言った。男は行動隊長をやめた頃、薬王成道会の恥部を一つや二つ、握っていたかもしれない。あるいは薬王成道会の方が白髪男の恥部を握っていたとも考えられる。会館の建設資金の出所から、主な義援金台帳などの秘密帳簿まで、パク・ヨンピルは二十年前、薬王成道会をめぐる横領、詐欺、侮辱、名誉棄損、業務妨害などの件で控訴された事件を担当した。

保健所の建物はすべて電気が消えていた。ソン・イナは裏門の方にまわり、じん肺ブローカーと老人が話していた救急車の陰に行ってみた。四十年経った薬局がすぐ目の前に見えた。電気は消えているけれどシャッターは下りていない薬局をしばらく眺めていたが、やがてアパートの裏通りへと向かった。スラグをのせたダンプカーが土埃を立てながら、そばを通り過ぎた。ソン・

イナは背中を向け、コートで口を塞いだ。ダンプカーが通り過ぎたあとの道は閑散としていた。ソン・イナは本能的に辺りを見まわした。まだ遅い時間でもないのに、人の姿がほとんどなかった。

ソン・イナはコートのボタンをとめ、早足で歩きはじめた。ぽつりぽつりと立っている街灯は真っ暗で、黒くそびえているゾウ山からは風の音だけが聞こえてきた。ソン・イナは背後に気配を感じ、さっと振り返った。衣類回収ボックスの陰に、何かがささっと通り過ぎた。猫だろうか。ソン・イナは足を早めた。いや、猫じゃないかもしれない。一行と別れてからずっと誰かにつけられているような気がした。ソン・イナの脳裏にありとあらゆる疑いがよぎった。

わたしが市長リコールに署名したから？　不法選挙運動を通報したのを知って、じん肺ブローカーが恨みを抱いている？　自分たちを注視していることをあの薬局が知ったのだろうか。チン・ミジンは薬王成道会の核心メンバーではないだろうか。そのとき、木と木のあいだに掛けられた横断幕が風にはためいたので、ソン・イナは一瞬体がこわばった。目と鼻の先にある畜協の倉庫がはるか遠くに見えた。ソン・イナは方向を変えて、路地に入っていった。真っ暗なのは路地も同じだった。早足でしばらく歩いてから振り返ってみると、窓辺に逆さまに吊るされた魚の干物がこっちを見ていた。ソン・イナの足取りはしだいに早くなった。あの路地を曲がれば家に着く。一階に新聞販売店がある、わたしの住んでいるアパート。ソン・イナは大きく息を吸って、最後の塀の角を曲がった。次の瞬間、彼女は悲鳴を上げてその場に倒れ込んだ。

アン・クムジャが路地の向こうでじっと見ていたのだ。

「桑の葉のお茶だよ。さあ、お飲み」

部屋に入っても、まだ鼓動は鳴りやまなかった。

「これはね、体に溜まったものをきれいに洗い流してくれるから、一日に一回、やかんで沸かして飲めば病気にならないよ」

ソン・イナは湯気の立ち上る桑の葉茶を見下ろした。

「こんなに涼しいのに汗かいたりして、どうしたんだい？」

アン・クムジャは何かあったのかと訊いているのだった。ソン・イナはアン・クムジャに引っ張られて彼女の家に入ってきたのを後悔した。自分の胸のなかをアン・クムジャに見破られないでいる自信がなかった。何でもお見通しのように見つめる彼女の前で、平常心を保っていられる自信もなかった。ソン・イナは唾をごくりと呑み込んで、リビングにある赤い畑の写真を眺めた。

淡水草の説明会で会員になった人たちから、薬王成道会が何度も連絡をしてくるという苦情の電話があった。説明会のとき、背景のように掛かっていた洞窟や畑のイメージ写真は、アン・クムジャの家や言葉の端々にもにじみ出ていた。パク・ヨンピルは薬王成道会の話をするたびに、アン・クムジャのことも話した。彼女が親しくしていると自慢していた薬局はどこも、ソン・イナが数カ月かけてリストをまとめた薬局リストと重なった。何よりも、医薬取り締まりの実務者であるソン・イナの世話を根気よく焼いた。いまとなってはもう、アン・クムジャが薬王成道会の人間だと思わない方が無理だった。求愛と懐柔が受け入れられないとわかると、彼女はどう変わるだろう。ソン・イナはとりあえずここから逃れなければと思い、立ち上がった。

「体の調子がすぐれないので、お茶はまた今度いただきます」

自分でも不自然だと思いながら、そう言って自分の部屋に上っていった。シャワーを浴びたあとも、胸の動悸はしずまらなかった。ソン・イナはベッドにもたれてスマホを開いた。何でもいいから読みたかった。いつものように、全国公務員労働組合陟州市支部の掲示板を見た。匿名で載せた書き込みが数十件あった。ソン・イナはそのなかの「三恩寺《サムン》の薬師斎日、オ・ビョンギュ」という見出しのついた書き込みを開けた。三恩寺で演説をしているオ・ビョンギュを撮った動画だった。遠くから引き伸ばして撮ったのか画質はよくなかったが、声は鮮明だった。オ・ビョンギュが深々と頭を下げているところで止めて、次の書き込みを開いた。彼が演説をしている動画から、一部分を切り取ったものだった。ソン・イナはその動画を見ながら、ベッドにもたれていた背中をゆっくりと伸ばした。短い映像のなかで、オ・ビョンギュは同じ言葉を繰り返していた。

「私が盗みをしましたか。それとも人を殺めましたか」「私が盗みをしましたか。それとも人を殺めましたか」「私が盗みをしましたか。それとも人を殺めましたか」

スマホが手から滑り落ちた。映像が消え、電話がかかってきた。ソン・イナはスマホを拾った。一秒、二秒、三秒。息遣いすら感じられない静寂のあとに、冷ややかで沈んだアン・クムジャの声が聞こえてきた。

「……走るんじゃないよ」

ソン・イナはまだブラインドを下ろしていない窓を見ながら、一瞬息を止めた。止めた息をゆっくりと、最後まで吐き出したあと、言った。

「走ってません」

緊張感が漂った。何秒過ぎただろう。アン・クムジャがふたたび口を開いた。

「何度言ったらわかるんだ。走るなって」

警告をしているかのように、声には湿り気がなかった。ソン・イナは二回ほど息を吸って吐いたあと、いままでずっと言いたかったことをアン・クムジャに投げかけた。

「おばあさん。それはわたしが走ってる音じゃなくて、おばあさんの関節の音ですよ」

ソン・イナは電話を切り、玄関のドアを二重にロックした。

*

「もしかして僕を待ってた?」

バスを降りたソ・サンファがソン・イナを見るなり走ってきた。

「やっぱ、いいことあると思った。夢は覚えてないけど、朝からすごく気分よかったから」

バス停に立っていた人たちが歩道に散らばっている落ち葉を踏みながら、バスの方に駆けていった。ソ・サンファは歩きながらソン・イナの顔を何度も覗き込んだ。

「顔色悪いなあ。ゆうべ寝てないとか?」

「一睡もできなかった」

ソ・サンファは足を止め、ソン・イナの前にまわって肩をつかんだ。

ソン・イナは黄色いイチョウの木をバックに立っているソ・サンファの顔を見上げた。

「え？　どうして？」

「ドアをロックして、あんたのこと考えてたから」

「うわ……めっちゃ強いパンチ。僕、今日これからどうしよう」

夏のあいだATMの上でエアコン室外機の風を受けていた木の葉は、一枚残らず色づいていた。九時までまだ一時間ほどあった。二人は近くの公園に入った。運動器具の後ろの方にある空き地には、朝早くから真っ赤に熟れた唐辛子が干してあった。空が高かった。ベンチに座って見ると、空はもっと高かった。

「ヌナ、ボンゲ市場に鰤《ぶり》が入ってきてるんだって。長さが五十センチもある」

「ほんと？　ああ……いま八時だから、もう終わってるよね。鰤なら、わたし、どんなに大きくても一人で一匹、ぺろっと食べちゃうわよ」

「わあ、刺身の話をするなり、目の色が変わったよ。地方公務員法には〝誠実の義務〟以外にも、〝品位を維持する義務〟もあるのです」

「そうなの？　なんなら現行の兵役法施行令を読み上げようか？」

ソ・サンファと並んで笑いながら、ソン・イナは自分を待っている保健所の書類から逃げ出したくなった。

「オ・ビョンギュを追い出せなかったらどうする？　鰤もカレイも食べられなくなるよね」

「大丈夫。心配しないで」

ソ・サンファはそう言ってから、空き地の向こうの山を見ながらずっと黙っていた。ソン・イナは公益のジャンパーを着ているソ・サンファの横顔を見た。薬局のアルバイトはもう辞めると言いながら、相変わらず続けていた。

「どんな人?」とソン・イナがヤン・ジンソンについて訊いたとき、ソ・サンファは恨めしそうながっかりしたような顔で言った。「薬剤師さんもヌナのこと訊いてたよ。どんな人って。なんなら僕が二人を引き合わせてあげようか?」

どう話を切り出せばいいのだろう。ソン・イナは慎重になっていた。ソ・サンファが先に話してくれるのを待っていた。助けてほしいと言ってくれるのを。小学校のとき好きだった子の話をしたように、率直に。そんなことばかり考えながら、何も言えないまま時間だけが過ぎていった。

通勤の時間になり、歩道を行き交う人が多くなった。先に保健所の方へ走っていったソ・サンファが、道の向こうで手を振った。しばらくしてメッセージが届いた。

――僕も怖いとき、ヌナのこと考えてる。今度はドアをロックする前に電話して
キム・スニョンは、署名の取り消しを要求してきたときよりも慎重に動いた。リコール投票が決まってからは、形式的ではあれ、公務員の中立義務を意識しているようだった。公務員の家族は相変わらずリコール反対対策委員会の事務所でボランティア活動を続け、市民一人ひとりに電話をかけた。一方、リコール投票運動本部側はかかってきた電話を録音する方法を教え、不法選

挙運動を通報するようにと勧めた。しかし、お互い知っている間柄なだけに、投票するなと電話がかかってきたからといって、すぐに通報するケースはあまりなかった。かけてくるなと声を荒げることはあっても、録音する人はほとんどいなかった。投票日が近づくにつれ、係長クラス以上の市庁の職員たちは、勤務時間に席を外した。外まわりを言い訳に、いろんな人に会っているという通報が相次いだ。

核反対闘争委員会や全国公務員労働組合のコミュニティには、福島原発事故の惨状を知らせる投稿があとを絶たなかった。ソン・イナは果てしなく続く福島の奇形植物の写真をぼんやりと眺めた。奇形トマト、奇形きゅうり、奇形なす、奇形エノコログサ、奇形とうもろこし、奇形柿、奇形キャベツ、奇形桃、奇形大根、奇形しいたけ、奇形チェリー、奇形百合、奇形ひまわり、奇形ヒメジョオン、奇形バラ、奇形タンポポ。それに古里《コリ》［釜山（プサン）市機張（キジャン）郡］の海に生えている奇形わかめ。人々はそれらの写真の下にコメントを書き、挙句の果てには互いを〝無脳症〟と罵った。

投票日D－12。オ・ビョンギュが捏造《ねつぞう》した原発誘致賛成の署名簿が一年半ぶりに姿を現した。署名簿の複写本を見つけ、公開したのは、脱核国会議員の集まりに所属するある議員だった。十二冊のうち六冊の賛成署名簿が数ページ公開され、世論が湧き上がった。「署名簿を捏造した」と耳で聞いていたのと、どのように捏造されたのか自分の目で確かめるのとでは、まったく違った感情を呼び起こした。署名簿の一部は横断幕に印刷され、集会場所のいちばんよく見えるところに掛けられた。以下同文の記号がずらっと並んだ署名簿が目の前ではためくのを見ていると、「オ・ビョンギュは退陣せよ」というスローガンにより力が入った。

投票日D－9。署名簿が公開されて湧き上がっていた世論は、その後、オ・ビョンギュが市に財産税を一銭も納めていないことが明るみに出るなり、ピークに達した。オ・ビョンギュが陟州のアパートを処分し、ソウルに不動産を購入していたことが明らかになったのだ。市長は原発を建てたら逃げるつもりだった――。このことは、署名簿の捏造事件のときよりも陟州市民を憤慨させた。

署名簿の捏造と、財産税問題が公開されたあと、オ・ビョンギュはリコール投票のテレビ討論会に参加しないと公言した。人々はオ・ビョンギュの討論会拒否を糾弾する記者会見を開き、郵便局の前で抗議デモを始めた。

投票日が近づくにつれ緊張感が高まった。「運命の日まであと八日だ」「陟州市民自らの手で、陟州の民主主義の歴史を書き直す日が七日後に迫ってきた」。核反対闘争委員会のコミュニティには、毎日、カウントダウンの告知がアップされていた。

投票日D－6。オ・ビョンギュの息子の一人が、選挙管理委員会の職員を暴行する事件が起こった。不法選挙運動で告発され、選挙管理委員会で調査を受けていたとき、調査官の顔を殴り、歯を二本と鼻の骨を折ったのだ。全国公務員労働組合のコミュニティにその男の身元が掲載された。パク・ソンホ。三十七歳。オ・ビョンギュの息子、第五号。

投票日まであと五日という日、慶州《キョンジュ》にある月城《ウォルソン》原発1号のタービンに異常が見られ、発電が停止する事故があった。表向き、何もかもオ・ビョンギュにとって不利になった。流れはもはやリコール投票側に傾いたという診断が、十月中旬の陟州市内に下された。多くの活動家たちと、古里、月城の住民が「脱核を望むバス」に乗って、続々と陟州に到着した。投票だけが陟州を守る道だと、いま守らなければ永遠に陟州を失うことになると、彼らは叫んだ。

　業務の隙に抜け出していたソ・サンファが電話をかけてきた。

「ヌナ。いま、郵便局の前にいるんだけど。わあ……すごい人だよ」

　ソ・サンファの声は浮かれていた。スマホから遊説の声や、拍手の音が聞こえてきた。彼はソン・イナによく聞こえるように、スマホを群衆の方に向けているようだった。「陟州市民」「安全」「命」などの言葉が聞こえてきた。

　そのあと、ハ・ギョンヒから電話がかかってきた。

「市内の投票率が高くなってくれないと、こっちをカバーできないんだけど」

　田舎の方は市内と雰囲気が違うのか、ハ・ギョンヒの声はくぐもっていた。

「それはそうと、イナ。こんなときにあれだけど、週末、兄の還暦祝いで家族旅行に行くんだよね」

　ウンナムの家には、じゃがいもとヨルム［大根の若菜］キムチだけはいっぱいあるのだという。だから、家に来てじゃがいもとヨルムキムチを食べて、犬に餌をやってほしいと言った。

　キム・スニョンが給湯室から出てくるなり、いま席を外しているのは誰だと訊いた。そう言い終わるがはやいか、ソ・サンファは息を弾ませながら飛んできて、席についた。投票を控えた金曜の午後だった。事務室には、沈黙とヒステリーと空咳が飛び交った。どうせ仕事は手につかないし、みんなモニターに顔を埋めて退勤時間になるのを待っていた。あと十分というときだった。

重苦しい空気を破るように、全員のスマホがいっせいに鳴った。一瞬みんな固まったが、やがてスマホをつかんだ。ソン・イナもまた、けたたましい音を立てながら届いたメッセージを見た。

——陟州の発展のためにみんな「投票はしませ～ん」。私たちは一つだから「投票はしちゃだめよ～」。オ・ビョンギュ拝。

コピー機の前でスマホを見ていた人が、吐き出すように言った。

「なんだよ。災害速報じゃないか」

＊

海藻とタコ。目の大きな魚。虹色のクジラが一頭。ソ・サンファは塀の前で中腰になってそれらの絵を見た。ガラスの破片を集めて貼りつけたクジラの目だけが、色褪せた絵のなかできらきら輝いていた。ソ・サンファは中腰のままで上半身を揺らしながら、光の色が変わるガラスの目を覗き込んだ。初めてこの家に来ると、みんな一度はクジラと目を合わせるのだとハ・ギョンヒが言っていたのを思い出して、ソン・イナは笑った。

ハ・ギョンヒの家は、ウンナム保険診療所から道路に沿って歩いていくと、海辺のいちばん端にあった。塀は高くないのに、埋もれるほど低いスレート屋根の家なので、夏になるとバカンス客たちが塀のなかを覗いていくのだという。壁と障子戸のあちこちに、ひまわり、ハナアヤメ、鳥などが描かれていた。ハ・ギョンヒが夫と何カ月もかけて庭に作ったというウッドデッキに座ると、海も岩島も、はるか向こうの灯台も一目で見渡せた。

二カ月前まで、庭の前の浜辺にテントが張られていたのが信じられないほど、ウンナムの海は静かだった。岩島の上を飛ぶカモメの鳴き声が、さざ波に乗ってはっきりと聞こえてきた。秋の海は、光が宴《うたげ》に興じているようだった。夕方になると、陽の光は水平線の方に広がった。庭にある円筒形のグリルから温もりが伝わってきたので、ソン・イナは蓋を開けた。ハ・ギョンヒが炭火を起こしてくれていた。ウッドデッキの下に隠れていた野良猫が一匹、ソン・イナの足をひょいと越えて、家の裏の方に走っていった。

ソン・イナはグリルで焼くじゃがいもを探しに、台所に入った。台所には本当にじゃがいもとヨルムキムチしかなかった。

「ヌナ。この辺りの民宿って、どれも名前に〝太陽〟の意味が込められてるんだよ」

サンファが台所に入ってきて言った。

「そうだったっけ?」

「日の出民宿、日の昇る家、太陽と私」

サンファがそばに来て、ソン・イナが切ったアルミ箔を受け取った。

「ここ、ヌナが中学の頃からよく来たところなんでしょ? 中学のときのヌナってどんな感じだったのかなあ。ああ……きっと可愛かったんだろうな」

「そりゃ可愛かったわよ」

「そうだ、写真。写真見せて。じゃないと信じられない」

「中学のときの写真を持ち歩いてる人なんている？」

「僕は持ち歩いてるよ。ここにぜーんぶ入ってる」

サンファがスマホを振った。二人で並ぶには台所は狭すぎた。アルミ箔でじゃがいもを包んでいると、外から陽の光が音もなく流れ込んできた。

「いい匂い」

台所の蛍光灯に頭がつきそうになっているサンファが、ソン・イナを見下ろしながら言った。

「サンファ、あれで何作って食べる？」

ソン・イナはじゃがいもの入った箱を指さした。

「うーん……じゃがいもの煮物は？　僕、辛口の煮物をつくるのうまいんだ」

「よし。じゃああんたが剝いて。わたしは切るから」

サンファが台所の敷居に座ってじゃがいもの皮を剝いているあいだ、ソン・イナはそばに座って、バケツ一杯に入ったじゃがいもとソ・サンファの顔を交互に見た。

「何？　なんで僕の顔見て笑うの？」

「まだ日焼けしたままね。夏に防疫作業で日焼けしたときから変わってない」

ソン・イナは腰を曲げて笑ってから、またサンファの顔を見た。

「今年じゅうに白くなるのは無理ね」

ソン・イナはバケツからじゃがいもをいくつか取り出した。

「これは明日の朝、味噌《テンジャン》チゲに入れない？　この家の味噌、すごくおいしいんだから」

「ほんと？　僕たち、明日の朝までここに一緒にいるんだよね？　夜になって用事ができたって言いっこなしだよ」

「まさか……」

ソン・イナはまな板を取り出し、じゃがいもを切った。切っているあいだ、何度も電話がかかってきた。電話を切ってまな板の前に戻ってきたとき、サンファが「ちょっと待って」と言いながら、背後に近寄った。ソン・イナは思わず包丁とじゃがいもを持った両手を上げて、万歳の恰好をした。サンファの手がソン・イナのジーンズの後ろポケットに入った。

「スマホは没収」

サンファが自分のスマホとソン・イナのスマホの電源を切って、シンク棚のいちばん上に入れた。腹をすかせた犬が外で吠えている声が聞こえてきた。二人はじゃがいもを入れた鍋をガスレンジの上に置き、庭に出た。ソン・イナが犬に餌をやっているあいだ、サンファはいつのまに庭の外に出たのか、となりの家のおばあさんと話をしていた。

「魚を本のなかでしか見たことのない知人が、ハタハタ［鰰］とアユ［鮎］は同じ魚だって言い張るんですよ」

「なんだって？　ハタハタはハタハタで、アユはアユだよ」

「そうですよねえ、おばあさん」

「見た目も違うし、味も違う」

「ああ、これでやっとすっきりした」

庭に戻ってきたサンファの手には、いつのまにもらったのか、サザエの漬物があった。

二人はデッキの上のテーブルに夕飯を並べた。ハ・ギョンヒが海水に漬けて作ったヨルムキムチ、煮詰めすぎてどろどろになったじゃがいもの煮物。海女《あま》のおばあさんがくれたサザエの漬物。診療所の二階の官舎から持ってきたビールもあった。

夕暮れて、海の色が少しずつ濃くなった。ソン・イナはビールを飲みながら、ハ・ギョンヒから聞いた話をソ・サンファに聞かせてやった。ハ・ギョンヒの子どもが波打ち際の小さな岩にぜんぶ名前をつけたこと。ある年の冬、岩島の上を飛んでいたカモメの群れが突然、姿を消したこと。カモメの鳴き声が消えた海は、想像を絶するほどひっそりして奇妙だったこと。時折、岩島の上をクジラが泳いでいくこと。

ソ・サンファは何でもない話にテーブルをたたきながら笑い、吸い込むようにソン・イナの目を見つめては、静かに海を眺めた。サンファが振り向いて海を見るたびに、耳介の内側のほくろが目立った。服薬指導をしていた頃は、いつも見ていたほくろだ。辺りが薄暗くなり、塀のそばの灯りがつくと、ほくろは耳介の陰に隠れてしまった。その代わり、顔にはまた眼鏡の影がさした。

庭の片隅にうつ伏せている犬を見て、サンファが犬に嚙まれそうになったときの話をした。

「小学二年のとき、友達と一緒に遊びにいった聖堂に、ものすごく大きな犬がいたんだ。もちろんつながれていたけど、紐が長いから庭を駆けまわってた。その犬が僕を見るなり追いかけてきて」

サンファは走って聖堂の玄関口に向かっている途中、転んだ。襲われると思った瞬間、シスターが「ハッピー！」と犬の名前を呼んだ。

「あのときはほんと、死ぬかと思った。犬が僕の背中のここ……ここんとこを前足でこうやって踏んづけて、首に嚙みつく寸前だったから」

「まさか。本当に首に嚙みついたりする？」

「ええ？　信じてくれないの？　犬の息遣いがここで聞こえたんだよ。あの日、泣きながら家に帰ったんだから。夜は悪夢も見たし」

「だから犬に近づかないのね……」

ソン・イナは犬に嚙まれるところだったというサンファを、だから犬を怖がっているサンファを見つめた。自分の物語を一枚一枚剝がしながら、サンファはその瞬間にもソン・イナのなかに入ってきた。赤く染まった遠くの空に、しだいに青黒い色が混じっていった。水平線の向こうから昇った雲が、こちらの空の上まで道を作っていた。サンファの頭の後ろで、二つの灯台が代わる代わる灯りをつけた。ソ・サンファが無言でソン・イナの顔を見ていた。ソン・イナもソ・サンファの顔を見た。こんなに長く、思いきり、サンファの顔を見るのは初めてだった。眼鏡の鼻あての下から二列に流れる鼻のラインが、途中で少し膨らんでから、また流れた。サンファの鼻はこんな形なんだ、とソン・イナは思った。顔の輪郭を見るだけで、こんなにも胸が震える。

「ヌナ」

「うん？」

ソ・サンファは呼んだだけで、何も言わなかった。となりの家の灯りが消えるのが見えた。サンファはソン・イナの足を見下ろした。スリッパの先から覗いている靴下に気づいたようだった。初めて服薬指導をした日にサンファが買ったものだ。よくはくのよ……。わざとはいてきたのがばれてはいけないと思い、ソン・イナは足を隠した。

「ヌナと一緒に食べたいものがあるんだよな……」

ソン・イナはぼんやりとソ・サンファを見つめた。サンファが何か言うたびに、その声に、唇の動きに、自分の方に流れてくる空気の震えに、頭がくらくらした。

「うちのお祖母ちゃん、秋になったらよくホッケの皮をぱりぱりに揚げて、ご飯を包んでくれたんだ。ほら、ホッケの皮って厚いから、そこに海苔巻きを作るときみたいにご飯を広げてくるくる巻くの。香ばしくてカリッとしてて。ヌナもぜったい気に入るよ」

「そんなにおいしいの？」

サンファがこくこく頷いた。

ソン・イナがすっくと立ち上がった。

「ちょっと待ってて。いまからわたし、海に行ってホッケを捕まえてくるから。明日の朝は味噌チゲじゃなくて、ホッケ巻き作って食べよ」

デッキの上で急に立ち上がった彼女を見上げていたサンファが、手首をつかんだ。

「ヌナ。靴下は脱いでって」

「そっか」

ソン・イナはまた椅子に座って、靴下を脱ぎはじめた。サンファはこらえ切れなくなって吹き出し、椅子から下りて、靴下を脱いだソン・イナの足を両手で包み込んだ。ソ・サンファの手が足に触れるなり、ソン・イナは足の先から頭の先に何かが突き抜けたような気がした。サンファは笑うのをやめて大きく息を吸った。そして顔を上げ、ソン・イナを見た。上半身が起き上がったかと思うと、眼鏡が頬にぶつかり、同時に舌が口を開いて入ってきた。

波が一瞬、動きを止めたかのようだった。

顔を離し、顔が触れるぐらいの距離でふたたび見たソ・サンファの目には、ソン・イナと彼女の背後に広がっている海が映っていた。ソン・イナは手を伸ばして、ゆっくりとソ・サンファの眼鏡を取った。眼鏡が顔から離れるにつれ、サンファの目に涙が光った。彼の目のなかの海があふれるのを見ながら、ソン・イナは、泣かないで、とつぶやいた。眼鏡を外しても泣かないで。首にまわしていたサンファの手が髪の毛をかき分けながら、さらに深く入ってきた。

ススキが白く揺れた。

白く砕けているのは、真夏の陽ざしだろうか。いや、防波堤に押し寄せては割れる波かもしれない。鼓《つづみ》や太鼓の音が聞こえた。仮面や笠をかぶった人たちが踊っており、色とりどりの旗がはためいた。ソン・イナはそのなかで道に迷っていた。早く船を探さなきゃ、と思った。船を探さなきゃ。そのとき誰かがソン・イナの手をつかんだ。逆光だったので誰だかよくわからなかった。背が高くて、冷たくて湿った手。男はソン・イナを見て、にっこり笑った。花が咲くように露わになった並びのよい歯を見て、ソン・イナは胸がときめいた。やがて光に視野を揺さぶられて、男の姿は見えなくなった。ソン・イナは光をかき分けながら、サンファの名前を呼んだ。呼びながら、防波堤をなりふりかまわず走った。やがて息を止め、目を開けた。

目を開けても、ここがどこなのか、しばらく実感がなかった。体を起こして座ったまま、部屋のなかに目が慣れるまで待った。ひまわりが貼られた障子戸から、少しずつ明け方の光が染みてきた。枕に頭をのせ、ひまわりの下で寝ているのはソ・サンファだった。ソン・イナはソ・サンファの枕元に座って、外が明るむにつれ鮮明になってくるソ・サンファの顔を覗き込んだ。覗きながら、昨夜《ゆうべ》どれだけソ・サンファと触れ合ったのかを思い出した。ソ・サンファの手が自分の体に近づいてくるたびに、息を止めたことも。

ヌナってすごく小さいね。手も小さいし、顔も小さいし、耳も小さい。ぜんぶ僕より小さい。あんたが大きいのよ。頭の先から足の先まで、みんなわたしより大きい。互いの胸に顔を埋《うず》めるたびに、そう言った。あんたが陟州にいてよかった。あんたのいる陟州が好き。

ソン・イナは眠っているソ・サンファの顔に手を伸ばした。眼鏡を取るなり、涙が流れていた目を、鼻と人中と唇を、指でそっとなぞった。そして思った。台所の棚に入っているスマホを、二つとも海に投げてしまおうか。電源を入れることがこんなにも怖いなんて、ソン・イナは昨日まで考えてもみなかった。

海の方から鼓と太鼓の音が聞こえてきた。それは夢のなかで聞いた音でもなければ、記憶のなかの音でもなかった。

ウンナムを発つ前に、ソン・イナとソ・サンファは国道に続く道で、村を横断している決起大会の行列を眺めた。原発の敷地に指定されたところは、ウンナムから峠一つ越えたところにある村だった。行列はそこから出発し、海岸に沿って歩き、市内の郵便局の前に集合することになっていた。ソン・イナは複雑な思いで、白く砕けては揺れるススキと、そのなかを歩いていく行列を眺めた。秋の木々と秋の海と秋の光が、彼らの掲げた挽章［死者を悼む言葉が書かれた幕。デモ行進をするときに掲げられる］や旗のあとについていった。ソン・イナは海を見ながら、ソ・サンファの手を握った。ソ・サンファが握った手に力を入れ、指を絡めてきた。

「昨夜、すごくよかった」

「わたしも。……すごくよかった」

海を見ながら息を大きく吸っていたソ・サンファが、蚊の鳴くような声で言った。

「ヌナは想像もできないよ。僕の気持ち……」

*

午前五時半。外はまだ真っ暗だった。ソン・イナはスポーツウエアではなく、仕事に行くときの恰好で家を出た。保健所の駐車場に車を止めて、六時になるのを待った。投票時間は午前六時から午後八時まで。場所は三陽洞《サミャンドン》にある第三投票所だ。

朝になって急に気温が下がった。南の方に秋の台風が来ているせいか、風もかなり強かった。

まだ消えていない街灯の下に、イチョウの葉が落ちていた。ふだんなら人のいない時間なのに、保健所の向かいのＡＴＭと電話ボックスの方に、すでに車が数台、止まっていた。その前を数人がうろついていた。

ソン・イナは車のなかで、数日前に全国公務員労働組合のコミュニティに投稿された書き込みをもう一度開いた。

――全国公務員労働組合の解雇者一同、十月十五日、陟州市長リコールの住民投票日に起こると予想される投票妨害に対応し、憲法基本権である投票の自由を保障するために、妨害行為監視団を運営しようと思います。

まだ暗かったので、彼らが投票の妨害に来たのか、妨害を監視しに来たのかわからなかったが、核反対闘争委員会のコミュニティにはすでに、午前四時からどの投票所にも統長たちを配置しているという書き込みがあった。

六時半頃、ソ・サンファからメールがあった。オラ洞《ドン》第二投票所であるオラ小学校のスルギ館の前で撮った証拠写真だった。

――不審な男たちが校門を塞いでる。六時になったのに投票所には電気もついてない。投票したらすぐ保健所に行くから。会いたい、ヌナ。

ソン・イナはソ・サンファのメールを見てから、二階の保健教育室に設けられている投票場へと向かった。

保健所周辺の道の脇に乗合自動車が止まっていた。公務員の妻と思しき女性たちが五、六人、車から交代で降りて、保健所に入ろうとする住民たちに近づいた。腕をつかんで話しかけたり、服を引っ張ったりした。彼女たちと顔見知りの人たちは、マスクとサングラスで顔を隠して投票場に駆け込んだ。ソン・イナはその様子を三階の廊下から見下ろしていたが、一階のロビーに下りていった。インフルエンザの予防接種はもうほとんど終わっていたので、待機中の人も少なく、老人の姿はほとんどなかった。

選挙管理委員会のホームページに、リアルタイムで投票状況が表示された。午前十時、投票率は十一パーセントだった。正午になると十七・八パーセントにまで上がった。三十三・三パーセントになるには、あと一万百人ほどが投票しなければならない。思った以上に投票率が伸びたので、正午を過ぎた頃から、保健所の周りは緊張に包まれた。

数人の組になって、明け方から主な投票所を巡回していたオ・ビョンギュの息子たちは、午後になるとさらに過激な行動をとった。保健所の正門に体格のいい男たちがうろつきはじめたのだ。ふだんから彼らの行いを見て知っている人たちは、近づこうとしなかった。ある人がそのなかに統長がいるのを見て、怒りをぶちまけた。

「あいつら、オ・ビョンギュ側の人間じゃないか。投票妨害ですよ、これは」

「私は自分の町の保健所に来ただけですがね。何か文句でも?」

「統長、今後、陟州の町をどんな顔で歩くおつもりですか。あの人たち、早く追っ払ってくださいよ」

「彼らはゴミ不法投棄の取り締まりにきてるんだよ。いま勤務中なんだ」

選挙管理委員会と警察に何度も通報したが、彼らは自分たちにできることはないと返事をするだけだった。住民召還法に、投票妨害行為に関する処罰事項がないことを人々は投票日に初めて知り、悔しがった。核反対闘争委員会では、投票を妨害する者たちと顔見知りの人たちを送り、一対一で防いだ。午後はずっと保健所の前で諍いが絶えなかった。

午後三時。投票率は十九パーセント台で止まっていた。

「投票所は二階です」

インフルエンザの注射を終えた人たちにそう伝えていたソ・サンファは、午後になってから何度も誰かと電話で話した。ソン・イナはイ・ヨファンからかかってきた電話を逃してしまい、かけ直したけれどつながらなかった。その日の午後、ソン・イナとソ・サンファは多くの時間を、それぞれ違う誰かと電話で話しながら過ごした。

ソン・イナは三階の事務室に戻りながら、投票場を見渡した。自ら選挙従事員を買って出たキム・スニョンの姿があった。彼女は長いこと、保健所で食品営業所の取り締まりをしてきた。夏のあいだはずっと署名撤回書を配っていた。しかも夫は市庁の課長だ。そんな彼女が、投票にきた人の身分証とリストを照らし合わせているのだった。マスクとサングラスで変装して、正門、もしくは裏門から飛び込んで二階までやって来た人たちも、キム・スニョンを見ると驚いて後退った。

市内の雰囲気はどうだとハ・ギョンヒが電話をかけてきた。ソン・イナがありのままを伝えると、彼女の口から罵声があふれた。ハ・ギョンヒはウンナムの老人たちの人気者だけれど、投票日だけは里長に勝てないようだった。里長が「投票率の高い村は、畦道の舗装などを取り消しにする」と伝えたために、村の老人の半数は家から出てこないと言った。あとの老人たちはバスや乗合自動車で、徳邱《トック》温泉やヨングム窟に無料で観光に出かけたという。彼らはみな、生活保護対象者の申し込みをするときも、無料で米を配給してもらうときも、里長を通さなければならなかったのだ。

午後四時過ぎ、保健所の近くで救急車のサイレンが鳴り響いた。ソン・イナは外に飛び出し、人が群がっている方へ歩いていった。十字路から裏門の駐車場へ曲がる角で接触事故があったようだった。投票のために提供された車を、オ・ビョンギュ側の車が行かせないようにして起きた事故だという噂が聞こえてきた。投票に来た老人たちが脇を支えられながら、車から降りていた。反対側の車から二人の男が降りるのが見えた。オ・ビョンギュの息子第二号だという声とともに、誰かが「韓国水力原子力のパク室長だ！」と叫んだ。

韓国水力原子力のパク室長だと聞いて、午前からずっと溜まっていた人々の鬱憤が爆発した。彼らは大声を出しながら、パク室長に向かって走っていった。どこからか現れたオ・ビョンギュの息子たちが、彼らを押しのけた。事故の知らせを聞いてやって来た警察もそこに加わった。

「そんなに必要なら、漢江《ハンガン》に建てりゃいいだろ！」

警察に腕をつかまれた男が身をよじりながら叫んだ。

「きさまら……陟州市民も人間だ」

人々は座り込んで地面をたたいたり、駐車スタンド看板を投げたりして、苛立ちをぶつけた。

老人たちをのせた救急車が出ていき、オ・ビョンギュの息子たちとパク室長が行ってしまったあとにも、人々はその場を離れなかった。誰かが近づいてきて、ぼんやりと突っ立っているソン・イナの手を握った。ソ・サンファだった。

ソ・サンファはソン・イナを保健所の倉庫の裏側に連れていった。早足で呼吸が荒いのを見ると、何かあったようだった。救急車のサイレンを聞いたときよりも不安に襲われた。

「ヌナ。僕、早退するから」

ソ・サンファが充血した目でソン・イナを見た。

「どうしたの？　八時まで一緒にいなきゃ」

ソン・イナは近寄って、ソ・サンファのかさかさした顔を撫でた。ソン・イナの顔を覗き込んでいたソ・サンファは、答える代わりにソン・イナを抱き寄せた。そしてそのまま固まってしまったかのように動かなかった。体に触れたソ・サンファのすべてが熱っぽかった。

「僕、今朝からヌナを見るたびに、やりたくて頭がおかしくなりそう」

ソ・サンファの大きな手が腰に巻きついた。

「うん。オ・ビョンギュがどうなってもやろう」

「あとで電話するから」

ソ・サンファは道路の方へ走っていき、途中で一度振り返った。

イ・ヨファンと電話がつながったのは午後五時過ぎだった。投票率が二十二・三パーセントになったのを見て、ソン・イナは保健所前のカフェに行った。ソン・イナが入ると、イ・ヨファンが立ち上がった。

「これから陟州を発ちます」

何週間も連絡のつかなかったイ・ヨファンが、ソン・イナが店に入るなりそう言った。どこか不安で焦っているように見えた。湖山《ホサン》の発電所の建設が終わるまで二年ほど残っていた。ソン・イナは何かあったのかと尋ねたが、イ・ヨファンは長く話をする余裕はないとでも言うように、急いで書類の入った封筒を差し出した。

「もう二度と陟州には戻ってきません」

イ・ヨファンに渡された封筒には、片手に収まるほどの小さな器械が入っていた。

ソン・イナはその日、何パーセントの投票率で終わったのか確認できなかった。あとで電話をすると言っていたソ・サンファから電話がかかってきたのかどうかも確かめられなかった。イ・ヨングァンが残したというその小さな器械を見た瞬間、もう他のことは何も考えられなかった。

＊

しばらく咳き込んでいた。なんとか咳を止めて話を続けようと、水を飲む音が聞こえた。

「咳をするとわかるんだ。このまま死んでしまうかもしれない……俺はいつ死んでもおかしくない」

ソン・イナは、市内の電気屋でボイスレコーダーを買って、何度も使い方を尋ねているイ・ヨングァンの姿を思い浮かべた。目的がはっきりしていなければできないことだった。イ・ヨングァンは何日もかけて何かを録音し、その録音したものがいまソン・イナの手中にあった。

特定の聴者のために録音したものかどうかはわからない。長い年月、誤解されて生きてきた悔しさを残そうとしただけかもしれない。前日に話したことを繰り返すときもあれば、ご飯を食べたあと、まったく違う話題を出してくるときもあった。何を言っているのかよく聞き取れないところも多かった。とてもひと晩で聞ける量ではなかったけれど、ソン・イナは水も飲まずトイレにも行かずに、スマホはバイブにして放ったまま、同じ姿勢でベッドにもたれて、イ・ヨングァンが残した声を聞いた。

「二十年も三十年も捨ててりゃ、大きな山になる。八十五トンのダンプカーで運ぶんだから、ものすごい量だ……岩盤が出てくるまで廃土を掘り起こす。掘り起こして……土と木の根っこが絡み合った廃土……積もり積もったそれを、ひと所に捨てる……雨が降れば……どろどろになって、どっと押し流される」

イ・ヨングァンは息苦しいのか、少し間を置きながら話を続けた。話をやめて息を吸うたびに、土の粒が転がるような音がした。

「ウンバッ里の里長チャン氏は……愚かなことばかりやった。自分の家の畑に泥が流れてくる。しかもただの土じゃない。真っ赤な土だ」

ソン・イナは目を閉じたまま、イ・ヨングァンが真っ赤な土と言うのを聞いた。

「トンジンが裏金を握らせたんだろ。チャン氏がそれに味をしめた……金がなくなると事務所に、資源班が、そこがいちばん近い……だからしょっちゅう行ってねばるんだ。土埃のひどい廃土で、畑仕事はもうできない……ずいぶんもらっただろう。資源班の次長がそのとき……」

資源班の次長と言ったあと、イ・ヨングァンはしばらく黙っていた。慎重になっているようだった。ソン・イナの手に渡る可能性を考えて録音したに違いない。

「資源班の、ソン・ドンファン次長に……オ・ビョンギュがこう言っていたのを、トンジンの人間ならみんな知っていた。……粉砕機《クラッシャー》にかけて、釜で焼いてやる。副原料にも劣る野郎め……きさまを粉砕して作ったセメントなど……質が悪くて、先進国に輸出もできん……耐水用にするか、と」

イ・ヨングァンはまた咳き込んだ。痰が絡む音の合い間に空咳が続いた。息を吸い込もうとしている音が聞こえてきた。薄い習字紙に粗い砂を擦《こす》りつけるようなその息遣いは、ガラスを爪で引っかくときのように、聞いている人をいたたまれなくさせた。または、それと似た泣き声を思わせ耳を塞ぎたくなった。しかしソン・イナは、停止ボタンを押したり、早送りをしたりしなかった。その音がもたらす苦痛に耐えないことには、次の言葉を聞けないような気がした。そのうち、イ・ヨングァンが本当に聞いてもらいたがっているのは自分の息遣いと咳かもしれないと思うようになった。しばらくして、薬の包紙を破る音がした。包紙がかさかさと鳴る音は、他のどんな音とも違った。

「べつに具合が悪いわけじゃない。……ただ……息苦しいんだ。息をするのが……つらい」

表で誰かの声がした。イ・ヨングァンが体を起こす音。歩いていく音。戸を開ける音。彼はボイスレコーダーをつけたまま、外で誰かと話をした。庭に車が止まっているようだった。ウインカーをつけているのか、カチカチと鳴っているのがかすかに聞こえてきた。馴染みのあるラジオのロゴソングが流れ、風の音もした。音だけ聞いていても、いつの季節かわかるような気がした。ソン・イナは地面から数センチほど浮いた、ある夜の騒音を思い出した。そのときの大気の感じとさほど変わらなかった。イ・ヨングァンはやがて自分が死ぬのを知っていたのだろうか。あるいは、自分はもうすぐ死ぬかもしれないと思って急いで録音したのだろうか。車が出る音が聞こえた。イ・ヨングァンがボイスレコーダーを止めようとしたのか、ジジジと音がした。

「キョンシクが俺のところに来た。削岩を習いたいと。恐ろしく……苦労した。同じように装備を備えても、元請けのやつらは……自分たちがいちばん偉いと思っている……。俺が……嘱託が終わったとき、あいつらのロッカーに、火をつけてやりゃよかった……心残りだ。火が、廃タイヤの山じゃなく、そこから出てりゃよかったんだ。

キョンシクは仕事をおぼえるのが早かった。質のいい岩を探すのもうまかったし、鉱脈もうまく探しあてた。削岩工は勘が要る。やつは俺のことを親方と言って慕ってくれた。新人が入ってきたら、俺はまずこう言った。……ただの岩盤じゃないと思ったら、そいつは窟だ。石灰洞窟。蓋をしろ。鍾乳洞や石筍が……岩を削っていると本当に出てくるときがある。そんなときは、とにかく蓋をしろ。新人が入ってきたら、まずはそう教えた。

……俺とキョンシクは見た、それを。真夏だったが……冷たい風が、エアコンの風とは比べものにもならない、そんな風が地面から吹き上がってきた。……髪の毛が逆立った。採石班長には俺が報告した。そしたら仕事を替えられた。キョンシクと俺から、削岩機を奪った。その後、キョンシクはダンプカーを運転し、俺は掘削機に乗った。

掘削機はなんでも屋だ。廃土を掘ったり……セルフローダーに荷物をのせたり、爆破できなけりゃ手作業だ。鉱山の頂上で、真っ先に道を開いてやるのも、掘削機の仕事だ……。最後まで残って後始末もする。……浮石が……断崖絶壁には、大きな石の塊がぶら下がっている。それが装備に落ちたら大変だ。冬は凍るし……暖かくなったら石は膨張する。ヒビが入って、いつ崩れてくるかわからない。それでもやつらは、網の一つ、つけようとせん。掘削機は、いちばん高いところに行く。雨が降ったら、道が……大勢死んだ。すぐ下が絶壁だ……囲いすらない。つけてくれと言ったら、こう言われる。とりあえずそのままでやれ。事務所には履歴書が山ほどある……おまえの代わりはいくらでもいる。耳にタコができるほど、そう聞かされた。

元請けのやつらは死なんだろ。

先日、キョンシクが俺のところに来て……泣くんだ。やつは労働組合を作って、組長になっていたんだが……アパートの保証金まで、差押さえられたらしい……母親の名義になってるものも。あいつらには勝てない。勤労者地位確認の訴訟も、放棄した。さもないと、差押さえられたままだ……。やつはダンプカーを運転しているが、組合員のいる方を避けて、いつも遠まわりをしている。陟州で暮らすのはつらすぎると、運転もしたくないと、親方だった俺のところに来て……そう言って泣くんだ。

その気持ちは、俺にはよくわかる。やつのところにいた見習いが……やつがダンプカーの助手席に座って教えたんだが……一人で運転しているときに、車ごと転落したんだ。目の前で自分の見習いが死んで、やつは……何年も苦しんだ。囲いさえあれば死ななかった。

陟州の人間は、知らんだろ。鉱山で何が起こっているのか。侮辱に耐えながら、居眠り運転するなと言われながら、公用トランシーバーで、ありとあらゆる罵声を浴びせられながら、ボーナスをもらったと、俺たちの目の前でふりかざす元請けのやつらに……何も言えない俺たちのことを……あんな閉ざされた山奥で、長い年月、馬鹿にされ、侮《あなど》られ、つらかった。……あまりにつらすぎた。

キョンシクが泣きじゃくるもんだから、俺は慰めにもならない言葉をかけた。あのとき俺とおまえが洞窟さえ見ていなければ、いまも削岩しているだろうな、と。あの頃、ウンバッ里《リ》のチャン氏が、妙な噂を広めていた。だからだと、みんなが言っていた。チャン氏はトンジンセメントから金をもらっていると、触れまわっていたが……だんだん金額が減って、ねばっても昔ほど、裏金をもらえなくなった。だから、言いふらしていた……弱点を、オ・ビョンギュのやましいこと、自分はそれを知っていると。

オ・ビョンギュがそのときブチ切れた。35鉱区の裏側に、もう一つ鉱山があった。トンジンじゃなくて、ソンシンという小さな会社のものだった。それが売りに出されたとき、トンジンは捨て値で食いつこうとしたが、双竜《サンヨン》に取られた。オ・ビョンギュは何年も……新鉱山の開発に命をかけていた。これは……限られた人間だけが知っている話だが、薬王成道会の山は、優れた石灰の山で……トンジンはその山を買おうと、それが無理なら借りようとしていた。ところが会主が渋った。……薬王成道会の信者なら知っている。会主がなぜうんと言わなかったのか。そうしているうちに、いなくなった。……会主が陟州から姿を消したんだ。ウンバッ里のチャン氏は、こう言っていた。地面のなかにでも消えたんだろうと。もともと地下で修行をしていたと。それがまさにウンバッ里の下だと。自分たちの村の下に、薬王成道会の本拠地があると……言いふらしていた。鉱山の近くに住んでるやつらは、みなそんなことを言った。

会主がいなくなってから、その山はオ・ビョンギュのものになった。べらぼうに高い賃貸料を払うことになったらしい。ついでにソンシンも手に入れていたら、三十年は掘れる巨大な鉱区になっていた。個人のダンプドライバーも呼んで……栄えたよ。骨材商やらレミコンやら……。ところが、ウンバッ里のチャン氏が……鉱山の人たちはこう言った。チャン氏がオ・ビョンギュを……ゆすったと。チャン氏は急に、鉱山開発をやめないと訴訟を起こすと、村じゅうに言いふらした。オ・ビョンギュを訪ねていって……そのあといなくなった。

いなくなった。それ以来、陟州でチャン氏を見かけた人はいない。チャン氏がいなくなって……訴訟もなかったことになった。鉱山の開発は始まった。そこが開発されるとき……山にはありとあらゆる人が集まった。木を運ぶ造景業者、薬山の木だから漢方の薬屋もうろついた。……薬王成道会は、草一本やるもんかと行動隊を送った。35鉱区を行くとレミコン工場……そこは昔、牛の餌になる麦を植えていた畑だったが、たしかそこに工場ができた頃だった。建昌《コンチャン》産業という……骨材を生産していた会社が、トンジンに吸収された。それからしばらくして……資源班のソン次長が……その下請けの社長になったという噂を聞いた。

トンジンは班長どうしが、熾烈な競争で生き残ろうとしていた。物量を上げて、ソン次長の目に留まりたがった。鉱山の事情は……すべてソン次長を通して、オ・ビョンギュの耳に入った。ナンバーワンだった。トンジンの班長は、下請けの配車まで勝手に決められる立場にあった。……競って残業した。……船がトンジン埠頭に入ってきたら、停泊料はそりゃ高い。……何としてでも決められた時間内に、物量を渡さなきゃならん。

みんなおかしいと思っていた。ソン次長は、オ・ビョンギュの片腕だった。しかも働き盛りだった。下請けの社長ってのは、定年間近の部長級が定年になるまでの腰掛けだ。みんな陰でこそこそ言っていた……会主とチャン氏がどうなったのか、ソン次長は知ってるんじゃないかと。急に下請けに行けって言われて、ソン次長だって黙っていないだろ。

あの日……

俺は……俺が、俺が見たとき、すでにソン次長は……俺じゃない。俺の息子に誓って言うが、俺じゃない。

あの日も、コンベヤーベルトが故障した。トンジン埠頭に廃タイヤの船が入って来る日は、決まって故障した。午後から霞んでよく見えない……そりゃ嫌な気分だった。海霧が押し寄せてくる日は、たいていそうだった。

統制室から無電が入った。三番稜線の方のベルトが故障したと。コンベアベルトが何キロも破れて、原石が動かないらしい。ベルトがまわらなけりゃ、どんなに石を掘って運んでも意味がない。削岩も発破もダンプも……。みんな駆け寄ってベルトを直そうとした。

その日、俺は……俺と、あと数人だけ鉱山に残っていた。

みんなベルトを直しに行ったが……俺たちの他に、もう一人いたんだ。その子を見るまで知らなかった。その子がソン次長の娘だったことは……ずっとあとになって知った」

＊

ソン・イナは家の外に出た。イ・ヨングァンの息遣いをずっと聞いていたせいで、外の空気を吸おうとしてもうまくいかなかった。ソン・イナは両手で膝を押さえ、目を閉じた。

はっきり思い出した。資源班の事務室に行くときに乗った鉱山バス。そこに乗っていた人たちがベルトが故障したとか言いながら、途中でどっと降りた。真っ赤なテラロッサの土にまみれたスニーカー。燃え盛っていた廃タイヤの山。

ソン・イナはゆっくりと腰を伸ばした。目を開けてもなかなか正気に戻れなかった。イ・ヨングァンの声が幻聴のように耳元に響いた。ここがどこなのか、いま何時なのか実感がなかった。目の前に明るくも暗くもない、白っぽい大気が広がっているのに気づいて、初めてソン・イナは辺りを見まわした。何軒かの家の郵便受けに新聞が入っていた。夕方ではなくて朝だった。時間を見ると、十月十六日、午前七時だった。

投票が終了してから、時計の針が一周していた。ソン・イナは慌ててスマホを開いた。そして玄関の敷居に座り込んだ。十月十五日、午前六時から午後八時まで行われた市長リコールの住民投票は、投票率二十五・九パーセントで否決された。署名簿より四千八十人ほど多くの人が投票していたが、投票箱を開けるには四千五百人が足りなかった。陟州市のあちこちに設置されていた四十五個の投票箱は、封印されたまますべて破棄され、オ・ビョンギュはふたたび官用車に乗って市庁に出勤し、朝会を開く準備をしているという。

あとで連絡するから。

ソン・イナはようやく、保健所前で別れたソ・サンファを思い出した。ソン・イナはもう一度スマホを開いた。昨夜の七時四十三分に、ソ・サンファから電話がかかってきていた。ソン・イナがイ・ヨングァンの録音を聞いていた時間だ。ソン・イナはソ・サンファに電話をかけた。電源が切れていた。

「サンファさん、ショックが大きいのかな。連絡もなしに遅刻なんかして」

キム・スンヒの声が聞こえた。午前十時だった。落ち着いた態度で座っているイ係長とキム・スニョン。ソン・イナを見ているキム・スンヒ。向こうのパーティションの方では、他の部署の人たちが静かに動いていた。

ソ・サンファの席だけが空いていた。

ソン・イナはソ・サンファにメールを送ってから、彼のカカオトーク［スマートフォン用の無料通話・メッセンジャーアプリケーション］のプロフィール写真を開いた。投票所前で写したものから暗記パンの写真に代わっていた。

わたしの電話を待っているうちにお腹がすいて、先に食べちゃったのかな。ソン・イナは数字が刻まれた褐色のパンを見ながら思った。もしかしたらオ・ビョンギュを引きずり下ろそうと市庁に乗り込んでいったのではないだろうか。そんなことも考えた。

午後六時になっても電源は切れたままだった。メールも見ていなかった。保健所に何の連絡もしないで、無断欠勤したのは初めてだった。ソン・イナは公益の担当をしている主任のところに行って、ソ・サンファの自宅の電話番号を訊いた。電話をかけると、ソ・サンファのお祖母さんらしき人が出た。

「うちのサンファ、ゆうべ帰ってこなかったんですよ。こんなことは初めてで……」

拗《す》ねてるのかもしれない。ソ・サンファと連絡がつかないまま一日が過ぎたとき、ソン・イナは思った。わたしが電話に出なかったから拗ねちゃったんだ。わたしをやきもきさせて、完全に自分のものにしてしまおうって魂胆なんだ、きっと。

さらに一日が過ぎたとき、ソン・イナはまさかそんなはずはないと頭《かぶり》を振った。何もかもが嫌になって姿をくらましたとしても、サンファが自分に連絡をしてこないはずがなかった。他の人はともかく、ソン・イナにはわかった。

さらにもう一日が過ぎた。ソン・イナは退勤後、陟州医療院の方へ歩いていき、中央薬局に入った。ヤン・ジンソンは誰かと電話で話していたが、ソン・イナを見るなり切った。

「サンファはずいぶん前に辞めましたけど」

ソン・イナはどこかにソ・サンファのジャケットが掛かっているのではないかと思い、薬局のなかをすばやく見渡した。

「新しく入った人が急に辞めたんで、しばらく手伝ってもらってましたが……。私は何も知りません」

「何をですか」

「サンファを探しているんでしょう？　どこに行ったのか、私は知りません」

ヤン・ジンソンは必要以上に守りに入っていた。サンファに何をしたんだと胸ぐらをつかんで問いつめたい衝動をどうにか抑え、ソン・イナは外に出た。

暗記パンの写真をもう一度見た。セブンイレブン、そうだ、暗記パンはセブンイレブンでしか売っていない。ソン・イナは目の前にあるセブンイレブンに入って、スマホのなかのソ・サンファの写真を差し出した。もしかするとサンファはこのパンを食べようと思ったのではなく、痕跡を残すために買ったのかもしれない。そんな思いに駆られて陟州市内のセブンイレブンを全部まわってみたが、サンファの顔を見たという人はいなかった。ソン・イナは街路樹下のベンチに座って、見知らぬ町に来たかのように通りを見つめた。不吉な予感に襲われた。パク・ヨンピル刑事に電話をかけた。

「サンファがいなくなったんです……助けてください」

パク・ヨンピルは前後の脈絡もなしにそう言うソン・イナを落ち着かせてから、少しずつ状況を尋ねた。一度電話を切り、折り返しかけ直してきたパク・ヨンピルがこう言った。

「いま見ると、午前中にご家族が届けを出してますね。捜査をしてからまた連絡します」

＊

黒いフィールドジャケットを着ていた。歩いてはスマホを見た。早足だったが、慌てている様子はなかった。頭、背中、足。薄暗いうえに遠くから写したものだったが、確かにソ・サンファだった。歩き方からして間違いなかった。オラ港のそばにあるセブンイレブンの監視カメラに映っていた。そこのカメラを最後に、サンファの姿はどこにもなかった。最後にスマホから位置確認できたのは、十月十六日午前四時、蔚珍《ウルチン》郡北面《プンミョン》徳邱里《トックリ》だった。

ソン・イナは画面を見ながら、監視カメラのなかに入りたかった。入ってどこへ行くのか訊きたかった。そしたらサンファが「ヌナ」と言って振り返り、すぐにでも走ってきて手を握りそうだった。

ソン・イナは保健所のソ・サンファの席に座って、パソコンをつけた。暗号は内線番号だ。デスクトップには仕事関連のもの以外、何もなかった。いますぐ別の公益が来て使っても、何の問題もなかった。

もしかしたらメモとか書きなぐったものがあるかもしれないと思い、これまでソ・サンファが書いた勤務日誌にすべて目を通した。春に行った訪問服薬指導、夏の防疫業務、最近まで続いたインフルエンザ関連の業務が、原則どおり簡略にまとめられているだけだった。それ以外には何の記録もなかった。何の形跡もつかめなかった。

毎日のように秋雨が降った。気温は下がり続けた。気温が下がるたびに、木の葉がいっせいに落ちた。黄色く熟れたイチョウの葉が、花壇と歩道の上に落ちた。エアコン室外機の風を浴びていた木の葉が、ＡＴＭの屋根に全部落ちてしまうまで、ソ・サンファからは何の連絡もなかった。

誰もいない事務室でソン・イナはひとりソ・サンファの席に座って、マウスを手で包んだ。家に帰ったあとは、いたたまれない気持ちでイ・ヨングァンの録音を聞いた。毎日、保健所と家を往復するだけで、何の実感もなかった。ソ・サンファが突然消えてしまったことも、イ・ヨングァンのボイスレコーダーから父の名前が聞こえてきたことも、オ・ビョンギュがふたたびソン・イナの職場の長として戻ってきたことも。

論功行賞の話が聞こえてきた。オ・ビョンギュのために力を尽くした市庁の職員が何人か、事務官に昇進したという話。不法選挙運動で罰金刑を受けていた職員たちが、罰金刑を勲章のように掲げているという話など。人々は昇進した公務員たちのことを核事務官と呼んだ。今後じわじわと報復の手が伸びてくるだろうという噂もあった。

ソン・イナが事故麻薬類発生報告書を見つけたのは、ソ・サンファが姿を消して十日目のことだった。ソ・サンファが作成したと思われる書類の束は、ソン・イナの机の引き出しに入っていた。事故麻薬類品名の欄でも、事故発生理由の欄でもなく、サンファの文字は備考欄に記されていた。いちばん下の氏名欄に書かれた二つの名前が目に留まった。

報告人：ソ・サンファ。担当者：ソン・イナ。

ソン・イナは備考欄に書かれたメモを読んだ。

——今日、僕は薬剤師さんに、だったら五十二億ウォンをくれと言った。五十二億ウォンをくれるつもりがないなら、そんなことは言わないでほしいと言った。

そのメモを読んで、ヤン・ジンソンがソ・サンファにどんな提案をしたのか、手にとるようにわかった。それらの書類に報告人と担当者の名前を書いたあと、嘘の報告書を作成する代わりに自分のことを書いたソ・サンファの姿が。悩んだ瞬間、瞬間をソン・イナの机の引き出しに入れたソ・サンファの姿が、目に浮かぶようだった。

ソン・イナは短いメモを読み進めた。

——ヌナは自分の方が僕より運転がうまいと思っている。

——争議部長には三人の子どもがいる。彼は、今度高校生になる長男に数学を教えた僕を可愛がってくれる。

——僕は今日、召集解除の申込書を五回ほど見た。これを書く日が本当に来るだろうか。23師団で常勤予備役をしている友達とオラ港に行って刺身を食べた。ヌナのことばかり考えた。

——父さんは嫌なことがあると何でも僕に話す。組合員たちにとっては頼もしい兄貴のような存在だけど。父さんの緑内障が悪化している。

——僕には宅配より代行の方が向いている。酔っぱらって電話をしている人の話を聞いていると、陟州はほんと狭いなあと思う。

――校洞《キョドン》に新しい薬局ができた。内装はいまいちだ。僕だったらソファをあんなふうには置かないと思う。キョンミ薬品のポップは派手すぎる。狭い薬局なだけに落ち着かない。

――ヌナがスリッパを爪先に引っ掛けて揺らしている。ヌナが椅子を滑らせて僕のモニターの方に来る。ヌナがくしゃみをする。静まり返った事務室でヌナのくしゃみが聞こえると、僕は何も手につかなくなる。ヌナの体のなかのウイルスを全部食べてしまいたい。

――勤労者地位確認の訴訟、一審判決が延期になった。結審公判の日時は決まっているというのに。これで四回目だ。時間稼ぎをするために、トンジンが企んだことに違いない。

――パン・ハクスおじさんから今日も電話があった。会わないかと言う。投票日に金が手に入るというのはどういう意味だろう。バスターミナルの方で母さんらしき人を見たという。おまえの母さんの区域はどこだと、僕も知らないことをまた訊いてくる。

ソン・イナはソ・サンファのメモを見ながら、唇を噛んだ。勤務日誌を見ているときは穏やかだった気持ちが、報告書のメモを読み進めるうちにそわそわしてきた。ソン・イナは報告書の束をそろえ、また一枚ずつめくりながら、そこにある名前と地名、形容詞、副詞、動詞をくわしく見た。最後の名前が引っかかった。

パン・ハクス。なぜこの男のことを思い出さなかったのか。ソ・サンファが仕事でソン・イナの次に多くの時間を一緒に過ごした人だ。パン・ハクスは何か知っているに違いない、とソン・イナは確信を持った。ソン・イナは行政部署に行って、公共勤労者のリストからパン・ハクスの名前を探し出した。そして書類に記されている番号に電話をかけた。スマホは電源が切れていた。

ソン・イナはパク・ヨンピル刑事を訪ね、ソ・サンファのメモを渡した。

「家族は知らないようですが……裏でパン・ハクスを探している人がいます」

「どういうことですか」

パン・ハクスの名前が書かれたソ・サンファのメモを見ながら、パク・ヨンピルが顎を撫でた。

「チェ・ハンスの秘書官が……こっそりパン・ハクスを探しているらしい」

「……」

「パン・ハクスも十月十五日から連絡がつかないんですよ。家にも帰っていない」

「じゃあ、サンファと同じ日に姿を消したってことですか」

ソン・イナは投票日の午後、誰かとずっと電話をしていたソ・サンファを思い出した。それがパン・ハクスだったとしたら、ソ・サンファはパン・ハクスに会いにいったあと、彼と一緒に消えたことになる。そのパン・ハクスをいま、ユン・テジンが探しているのだ。

「ブローカーが急に動きだしましてね。薬王成道会側もそうです。ソ・サンファもパン・ハクスも、おそらく家出とか単なる失踪ではないでしょう。私の予感が外れていればいいのですが、犯罪に巻き込まれたことも充分に考えられます」

＊

壁の方に蘭の鉢植えが雑に置かれていた。事務所にはユン・テジンしかいなかった。電話を切ったあともずっと立ったままだったのか、玄関近くでソン・イナを迎えた。ユン・テジンがソファを勧めたが、ソン・イナは座らなかった。

ソン・イナは冷ややかなユン・テジンの顔を見ながら、単刀直入に訊いた。

「パン・ハクスを探している理由を教えて」

二人の関係をさぐっているのか、ユン・テジンは黙ってソン・イナの顔色をうかがっていた。結膜がひどく充血しているせいで、ユン・テジンの片方の白目は真っ赤だった。極度のストレスに晒されたときに出る症状だった。

「保健所の公益が失踪して十日になるの。姿を消す前にパン・ハクスに会ってる。十月十五日、二人とも突然いなくなった。教えて。あなたがなぜパン・ハクスを探しているのか」

「保健所の公益というのはソ・サンファ……?」

ユン・テジンの口からソ・サンファという名前が出るなり、ソン・イナは言葉を失うほどの怒りが込み上げてきた。

「パン・ハクスをなぜ探しているの⁉」

ソン・イナの感情状態を正確に読みたいとでもいうように、ユン・テジンがこわばった表情でソン・イナの目を見た。

「サンファが……サンファがどこにもいないのよ。十六日の明け方、蔚珍《ウルチン》でスマホの電源が切れたきり。サンファが……わたしに連絡してこないはずがないもの。大地が裂けたら、裂けたってわたしに電話してくる子なのよ……。サンファはそういう子なの……サンファを探さなきゃ。サンファを探さないといけないのよ！」

ソン・イナの口からソ・サンファの名前が出るたびに、ユン・テジンの顔が少しずつ苦しみで歪んだ。ソン・イナに歩み寄ることも後退ることもできないまま、ユン・テジンは何かに必死で耐えているような顔でソン・イナを見た。ユン・テジンは机の上にある煙草を取った。

「少し落ち着いたら話そう」

階段の方に歩いていくユン・テジンの足音を聞きながら、ソン・イナはユン・テジンの机に近寄った。モニターが見えた。ペン立て、ファイル、電話、計算機、ポストイット、ホッチキス、ティッシュの箱、マグカップ……こんな平凡な机に座って、ユン・テジンは何を企んでいるのか。

ソン・イナはユン・テジンの机をじっと見下ろしていたが、ふと、入り口の方を見やった。そしてまた机を見下ろした。できることならモニターから引き出しまで、一つひとつ調べたかった。ソン・イナは息を止め、ユン・テジンの机に敷かれたデスクマットをめくった。草緑色のゴムマットの下から出てきたのは、意外にも遠くから写したアン・クムジャの写真だった。ソン・イナは写真と一緒に出てきた数枚の紙を手に取って見た。そこにはアン・クムジャの履歴と、過去二十年間の薬王成道会の活動内容が書かれていた。アン・クムジャと薬王成道会に関する裏調査をした資料だった。ソン・イナは頭のなかが真っ白になった。ユン・テジンはなぜアン・クムジャと薬王成道会について調べているのか。ソン・イナは手が震えるのをどうすることもできないまま、椅子の手すりに掛かっているユン・テジンのタオルを見下ろした。

原発に反対する人たちは、彼らなりに希望を持っていた。賛成する人たちにも、彼らなりに夢見る欲望があった。しかし、ユン・テジンの欲望には希望がなかった。ユン・テジンは未来への希望も、未来への不安もない男だった。ソン・イナはそのことをよく知っていた。もしかしたら薬王成道会もそれに気づいたのかもしれなかった。

事務所に戻ってくるユン・テジンの足音を聞きながら、ソン・イナは希望のない欲望が持つ危険な毒について考えた。その毒はどこまで沁みていくのだろう。まったく想像もつかなくて、ソン・イナは身震いした。

保健所前の歩道に、落ち葉がこんもりと積もっていた。落ち葉を踏まなければ歩けないほどだった。ソ・サンファが見つからないまま、澄んだ冷たい日が続いた。落ち葉の入った袋が歩道に重ねられていた。ある日の午後、歩道の前にぼんやりと立っていたソン・イナは、落ち葉の袋を片づけようとする作業員に歩み寄った。

「持っていかないで。お願いだから……」

ソン・イナは袋を押さえたまま、崩れるように座り込んで泣いた。キム・スンヒが出てきて抱き起すまで、ソン・イナは袋を放さなかった。ソ・サンファが予防医薬係に来た春に芽生え、夏と秋のあいだずっと保健所の前の木にぶら下がっていた葉なのだ。それらをみんな掃いてしまったら、ソ・サンファはこのまま戻ってこないような気がした。

夜になるとハ・ギョンヒに電話をした。「オンニ。サンファ、そこに行ってない？　サンファがその家をすごく気に入ってたの」。仕事が終わって家に帰る途中、大きなバックパックを背負っている公益を見かけると、走っていって顔を確かめた。ソ・サンファはまだカカオトークのメッセージを見ていなかった。ソン・イナはプロフィール写真を開き、暗記パンを持っている彼の親指を何度も撫でた。もしいま十月十四日に戻れたら、そしたら、サンファをどこにも行かせないのに、と。

警察はユリ谷とオラ港一帯を捜索した。新千年道路の下の岩も、浜辺も隈なく探した。鉱山のどこどこで公益の服を着た青年を見たという目撃者が現れたので、鉱山周辺も探した。警察署に遺体発見の届けがあると、ソ・サンファの家族が行って身元を確認した。

ソ・サンファがいなくなって三週目になる月曜日、パク・ヨンピル刑事から電話があった。トンジン埠頭で眼鏡が見つかったのだが、ソ・サンファの父親も祖母もソ・サンファの眼鏡かどうか確信が持てないという。ソン・イナはすぐに警察署に駆けつけた。

黒縁の眼鏡にところどころ赤土がついていた。ソン・イナは眼鏡に近づいた。傷のある左側のレンズ、草色がかった鼻あて。真ん中辺りからメッキが剝げているテンプル。ソ・サンファの眼鏡に間違いなかった。

「サンファは眼鏡を外すと泣くんです……」

ソン・イナはパク・ヨンピルの腕をつかんだ。

「きっとわたしを待ってるはず。……早く見つけなきゃ」

ソン・イナはむせびながら叫んだ。

「テトラポットをみんな取りはらって……海水も吸い取って……！　吸い取って、サンファを見つけて！」

*

ソ・サンファの失踪捜査は女性青少年課で進めていたが、眼鏡が見つかったあと刑事課に引き渡された。ソ・サンファの眼鏡についていた赤土は、鉱山付近にあるテラロッサの土だった。ソン・イナはイ・ヨングァンの録音を聞いているとき、頭のなかでずっと自分のスニーカーがちらついていた。十八年前のあの日、鉱山から下りてきたソン・イナのスニーカーには真っ赤な土がついていた。ソン・イナが母親と二人で陟州を離れ、ソウルに新しい住居を借りるまで、スニーカーにくっついたままだった。

副原料をのせて埠頭と鉱山を行き来していたダンプカーの運転手、ウンバッ里《リ》の人たち、十月十五日の午後四時以降に35鉱区で作業をしていた人たちを対象に、目撃者の聞き込み捜査が行われた。

ソ・サンファの眼鏡が見つかった二日後、パン・ハクスのスマホの電源が一度入った。蔚珍《ウルチン》郡北面徳邱里《プンミョントックリ》だった。

ソ・サンファの眼鏡が見つかってから、ソン・イナは何も手につかなかった。ソ・サンファからかかってきた最後の電話、十月十五日の午後七時四十三分。その時間に彼はどこにいたのか、どんな状況だったのか、そんなことを考えていると頭が混乱した。サンファは、鉱山の土と海水が絡み合ってどろどろになった埠頭に立っていた。サンファは赤土で覆われた鉱山の、ある稜線に上った。サンファは暗くなった浜辺に立っていた。サンファは陽の沈んだ防波堤の向こうに歩いていった。その日の午後七時四十三分に、サンファは毎日姿を変えながら現れた。充血した目で早退すると言った午後にさかのぼったかと思うと、不安そうにソン・イナのそばを歩いたりもした。

その日も冷たく澄んでいた。

仕事に行こうと靴をはいているとき、パク・ヨンピル刑事から電話がかかってきた。しばらく沈黙が続いた。ソン・イナは息を止めたまま、彼が話しはじめるのを待った。彼は「ソ・サンファが」ではなく「ソ・サンファを」と言った。

「ソ・サンファを見つけました」

ソン・イナはキム・スンヒが運転する車に乗った。窓の外を見る気になれなかった。車は、訪問服薬指導をしたときにソ・サンファと毎日のように通った道にさしかかった。オラ港の入り口に着いたとき、オラ港の防波堤と平行に延びているトンジン埠頭の防波堤に、大勢の人が集まっていた。ソン・イナはテトラポットに絡みつく波の音を聞きながら、防波堤の上をふらふら歩いていった。水上警察、鑑識班の人たちがいた。パク・ヨンピルが、歩いてくるソン・イナの方を振り返った。落ち葉のような小さな老人が一人、テトラポットの前に座ってむせび泣いていた。労働組合のベストを着た男たちが一緒に座り込んでいた。彼らの合い間から何かが白く光った。ソン・イナは手で口を塞いだ。白い布をかぶせられたソ・サンファが防波堤の向こうに横たわっていた。

「見ないで」

キム・スンヒがソン・イナの腕をつかんだ。小さすぎた。サンファはあんなに小さくない。あれはサンファじゃない。ソン・イナはキム・スンヒに押さえられたまま、ずっと頭《かぶり》を振った。

おじさん。ソ・サンファはそう呼んでいたという。事実だろう。ソ・サンファは本当に、おじさんと呼んで慕ったのだろう。

死ぬとは思わなかったと言った。テトラポットの隙間に落ちても、自力で上がってくると思ったと言った。

もともとちょっと変わったやつだった、力では若者にかなわないから仕方がなかった、と言った。

ソン・イナは陟州医療院葬儀場の前で立ち尽くしたまま、それらの言葉を噛み砕いた。イ・チャンギュ係長とキム・スニョン、キム・スンヒは、先になかに入っていった。彼らが出てくるまで、ソン・イナはそこから動かなかった。「陟州市庁」と書かれた花輪が葬儀場に入っていった。続いて「中央薬局」と書かれた花輪も入った。最後に「江原嶺東《カンウォンヨンドン》地域労働組合トンジンセメント支部」と書かれた花輪が入った。ソ・サンファは陟州医療院の葬儀場三号室にいた。

浦項《ポハン》で検挙されたパン・ハクスは、陟州警察署にいた。

現場検証はトンジン埠頭と防波堤の上で行われた。

十一月の空は真っ青だった。パン・ハクスはその空の下でごそごそ動いた。パン・ハクスの弁護士だという人がそばに立っていた。パン・ハクスは沈黙を保っていたかと思うと、突然悔しそうに叫んだ。故意にやったのではないと証明するために、偶発的な犯行であることを主張するために、正当防衛だと言うために、ソ・サンファを少しでも知っていれば納得できないようなことをぐだぐだ言い続けた。パン・ハクスが「嘘だ」とマスクを下ろして言うたびに、ソン・イナは叫んだ。「嘘よ。嘘っぱちよ！」

ソン・イナはパク・ヨンピルにイ・ヨングァンのボイスレコーダーを渡し、運転席に座った。車のなかで一人になると、どうしようもないほど涙があふれた。パン・ハクスは知っていたのだ。ソ・サンファが眼鏡を外すとおかしな光を見るということを。その光を見ると、ひとりでに涙が流れるということを。平地にいてもバランスを崩してしまうということを。

ソン・イナは唇を噛んで、車にエンジンをかけた。イ・ヨングァンがボイスレコーダーに向かって話したことは、すべて頭のなかに入っていた。ソン・イナは五十川橋《オシプチョン》を渡り、鉱山の方に曲がった。車が山の村に近づくにつれ、さっきパン・ハクスが再現してみせた行動が胸をしめつけた。パン・ハクスがサンファの眼鏡を奪い取る。パン・ハクスがテトラポットに飛び乗る。サンファが眼鏡を返せとテトラポットに乗る。

ソ・サンファの死因は溺死だった。テトラポットの隙間に落ちると誰も自力で這い上がってこられないことぐらい、海岸の町に住む人なら誰でも知っていた。パン・ハクスはソ・サンファを助けず、そのまま車に乗った。投票の日、終日老人たちを乗せたその車には、鉱山に持っていかなければならない物が積まれていた。ソ・サンファがそのことを知り、パン・ハクスと言い争いになった。そのとき初めてその物が何かを知ったパン・ハクスは、それを持って身を隠そうとした。トンジンセメントと薬王成道会が人を使って探し出そうとした物。

パン・ハクスは投票を妨害したこと以外は口をつぐんだまま、ソ・サンファがもう何も言えないのをいいことに、その物を持っていた理由も、トンジン埠頭に行った理由も、すべてソ・サンファのせいにしようとしていた。

ソン・イナは狂ったようにスピードを出し、ウンバッ里と書かれた標識の指す方に車を走らせた。

＊

枯れ草がかさかさと音を立てた。落ち葉を踏むたびに、粉塵が巻き起こった。目と鼻を襲ってくる埃に、ソン・イナはよろけそうになって木をつかんだ。何も見えなかった。月の光がなければ、もう前に踏み出せなかった。

ソン・イナはかすんだ目を擦りながら山を見上げた。そして、その日の午後、パン・ハクスとソ・サンファが話したことを想像した。パン・ハクスは、自分の妻はソ・サンファの母親に騙されたという被害妄想に駆られていた。パク・ヨンピル刑事が判事によるけしからん罪と量刑について話したとき、パン・ハクスがそう言ったのだった。その日、彼は母親を餌にしてサンファを呼び出した。充血したサンファの目を思いながら、ソン・イナはふたたび目の前が白くかすんだ。

ソン・イナは顔を擦《こす》りながら、コンベアベルトの進行方向を見計らった。騒音が聞こえてくる方に行かなければならない。山がかすかに揺らいでいる方へ。そうすれば鉱区に行ける。ぽつぽつと散らばっているウンバッ里《リ》の人家はどこも灯りが消えており、通勤バスが停まる鉱山入り口は閉鎖されていた。この時間はいつも閉まっているのか、それとも急いで閉めたのかわからない。ソン・イナは鉱山の裏路を歩いていった。足を踏み出すたびに、落ち葉を踏む音が谷間に響いた。傾斜のある畑道に沿って、ソン・イナは歩き続けた。根っこごと引き抜かれた木々が、あちこちに逆さまに突き刺さっていた。畑が終わり山にさしかかると、今度は手をついて、這うようにして稜線を上っていった。上に行けば行くほど木が少なくなり、赤土だけが盛り上がっている。足が滑った。元の場所まで滑り落ちるたびに、土を握りしめ、喘ぎ声を出した。このままではベルトの方向も、騒音も、逃してしまう。山は暗くて大きすぎた。ソン・イナは赤土まみれの手で涙をぬぐいながら、イ・ヨングァンの言葉を思い出した。

「トンジン埠頭に廃タイヤの船が入ってくる日は、決まってベルトが故障した」

それは廃タイヤが鉱山の野積場に入るとき、鉱山に人がいてはいけないという意味だった。ソン・イナは十八年前、セメント工場の正門で乗った鉱山バスから記憶をたどった。バスはコンベアベルトが宙を突き抜ける村のなかを通った。近くの山の中腹にベルトが突き出たコンテナハウスが見えた。無線で連絡を受けて、作業員たちがいっせいに降りた。そのとき、彼らのうちの一人が「あのカーブを曲がったらすぐ降りるんだよ。そこが資源班だから」と言った。

父が何日も帰ってこなかったので、ソン・イナは母に渡された紙袋を持って、資源班の事務所に行く途中だった。重くはないその紙袋には、おそらく下着が入っていた。父は事務所にいなかった。そこにいなければ鉱山待機室にいるだろうと誰かが教えてくれたので、ソン・イナは待機室に向かった。真夏の蒸し暑い日だった。薄暗くなっている大気に、太い霧の粒子が漂っていた。鉱山を囲んだ木々の葉には粉塵が積もっており、夏なのに白っぽく見えた。木の茂った道を歩いていると、服に石灰石の粉がついて白くなった。

埃をかぶった木々が並ぶ鉱山の入り口。そこから骨材置き場でイ・ヨングァンと会うまで見た光景を、ソン・イナはなんとか思い出そうとした。イ・ヨングァンは録音のなかで、ある場所について繰り返し語った。

「真夏だったが……冷たい風が、エアコンの風とは比べものにならない風が地面から吹き上ってくるんだ。……そこがなくなってしまった」

「いまは少しずつ切り開かれて……鉱山が白鹿潭《ペンノクタム》［済州島（チェジュド）の最高峰・漢拏山（ハルラサン）の火口湖］みたいにくぼんでいるが……あの頃はベンチが整っていなかった。手前は階段になっているが、向こう側は山で塞がっているから遠まわりしなきゃならん。何週間か過ぎると、その山がまた削られてなくなる。……骨材置き場もあちこちに移動した。ダンプを運転する新人たちは、運転そのものよりも道を探すのが大変だった。どこのベンチの何番目のブロック、というふうに探したもんだ」

その日、ソン・イナは鉱山待機室をなかなか見つけられなかった。道に沿って歩いていくと、待機室のある建物ではなく、立ち入り制限区域と書かれた表示板が見えた。表示板の後ろに草色の鉄条網が高く張りめぐらされていた。その内側では黒い粉が舞っていた。その向こうにコンテナハウスが見えたので、ソン・イナは鉄条網の門を引っ張った。

「骨材管理は徹底していた。骨材は……セメントの原料にならない、建設資材にしか使えない質の悪い石だが、建昌《コンチャン》産業が吸収されてのち、骨材だけを管理する人が別にいた」

鉄条網のなかへ入ると、廃タイヤの欠片が足に当たった。最初に見たのはコンテナハウスではなく、廃タイヤの欠片をもっと細かく砕く機械だった。そのそばに廃タイヤが山のように積まれていた。いまさら引き返せないので、ソン・イナは紙袋をぎゅっと握りしめ、廃タイヤの山を通って歩き続けた。

「初めは俺がそれをやった。訳もわからず運んだよ。いまも誰かが運んでいるだろう。埠頭から鉱山まで……貨物車を呼んで。廃タイヤの山に隠して、船に載せてきたそれを……何も知らずに運ぶだろう。……昔は聖堂でも寺の前でも薬を配っていた。だが……あれこれ飲んでも、薬王成道会の薬ほどの効き目はない。そこでもらった薬を飲めば、腰が痛いのも咳が出るのも、不思議なほどよくなった。薬王成道会の祈禱会に一度行けば、驚くほど体が軽くなったもんだ。……いまはどうだか知らんが、あの頃は……廃タイヤの船が日本から……税関検査もなしに入ってきた。トンジン埠頭に直接。他の副原料の輸入品もそうだった。検査はトンジンが独自でやっていた」

廃タイヤ、トンジン埠頭、薬――この三つの単語を思い出しながら、ソン・イナは赤土の山から体を起こした。白っぽい木が茂っていた狭い道を探さなければならない。そこを通って草色の鉄条網があるところまで行かなければ。鉄条網を越えたら、廃タイヤ野積場と骨材置き場のある鉱区に入ることができる。

十一月、夜の山中は真冬のように寒かった。このまま土の上を歩いたところで滑ってばかりだろう。遠まわりになっても、木のあるところを探して、木につかまりながら上った方がよさそうだった。ソン・イナは土の斜面に手をついて、横ばいになって歩いていった。水が干上がった小さな谷を渡ると、向こうの方に墓が二つ見えた。その後ろに木が並んでいた。

ふたたび、落ち葉を踏む音が谷間に響いた。ソン・イナは足を止め、振り返った。一拍遅れて、足音が止まった。ソン・イナは息を大きく吸いながら、また木につかまって上っていった。そして、足を止めた。どこかで枝を踏んだようなパキッという音がした。

「出てきなさいよ」

「……」

「誰？　出てこい！」

谷の下からソン・イナの声がこだました。しばらくして、木の影から人の姿が現れた。アン・クムジャだった。ソン・イナは近寄って、アン・クムジャの襟元をわしづかみにした。

「あんた、誰？　何者？」

「もういいから、あれをおくれ」

「……」

「あの年寄りが何を渡したのか知らないが、もうよそう。終わったことだ」

ソン・イナは息を吸い込んで、アン・クムジャの顔を見た。

「なぜ殺したの？」

「……」

「なんで殺したのよ！」

誰のことを言っているのか考えているような目で、アン・クムジャがソン・イナを見た。

「オ・ビョンギュとあんた、陟州でいったい何をやってきたの？」

オ・ビョンギュと聞いて、アン・クムジャは顔色を変えた。

「あたしとオ・ビョンギュを一緒にしないでくれるかい？　あいつは寄生虫さ、このあたしの」

ソン・イナはあきれて言葉が出てこなかった。手から力が抜けた隙を見て、今度はアン・クムジャがソン・イナの服を引っつかんだ。鉱山に行かせまいとしているのだった。

「オ・ビョンギュが市長でいられるのも、あと数年だ。トンジンセメントだってあとどれだけ持つか。でもあたしたちは違う。世の中が滅びても、薬屋は滅びやしない。知ってるだろ？　俗に、薬屋には走って行くって言うじゃないか。だから意地をはらずに、あたしのところにおいで」

アン・クムジャが手に力を込めて、ソン・イナの腕を押さえつけた。

「お父さんのことを思うと、オ・ビョンギュの面《つら》を見るのがつらいのかい？　だったら、あたしがやつを殺してやってもいい」

「いいかげんにして！」

ソン・イナが興奮して体を押した拍子に、アン・クムジャはふらつきながら数歩後ろに滑った。そしてまた荒い息を吐きながら這い上がってくると、ソン・イナの胸ぐらをつかんだ。

「うちの成道会は、もうオ・ビョンギュとは縁を切るんだよ。新しい人間と新しい時代を作るのさ。どういうことかわかるだろ？」

ソン・イナは体を震わせながら、アン・クムジャの手を振りはらった。

「サンファが死んだのよ。サンファが……サンファが……他に何があるっての！」

ソン・イナは悲鳴と泣き声が混ざった声を上げながら、アン・クムジャを突き飛ばした。アン・クムジャはバランスを崩して、木の下に転がり落ちた。

「オ・ビョンギュはわたしたちが始末する。あんたも一緒に。わたしたちが、わたしたちが、あんたたちを片づけてやる！　だから、おとなしくしてて」

ソン・イナは起き上がろうと腕をつくアン・クムジャに歩み寄り、足で背中を踏みつけた。そして、アン・クムジャが首に巻きつけていたマフラーを握った。アン・クムジャが上体を揺らしながら、ソン・イナに頭をぶつけた。マフラーは解《ほど》けそうになっては巻きついた。ソン・イナは全体重をかけて、アン・クムジャの背中を圧迫した。アン・クムジャは体を起こそうとあがいたが、力ではソン・イナに勝てなかった。ソン・イナはアン・クムジャを木の下に引っ張っていき、マフラーで木に括《くく》りつけた。ソン・イナがスマホを奪おうとジャンパーのポケットをまさぐると、アン・クムジャが聞いたこともない罵声を浴びせた。ソン・イナはアン・クムジャの登山用の杖とスマホを、谷の下に放り投げた。

「薬師如来像の薬壺に何が入っているのか、知りたくないかい？」

木に括りつけられても、アン・クムジャの気勢は衰えなかった。急がなければならない。この山にいるのはアン・クムジャ一人ではないはずだ。テラロッサの土に覆われたこの山のどこに石灰洞窟があるのか、わからなかった。

「薬のなかでも最高のものさ。苦痛を和らげるのに、鎮痛剤とは比べものにならない」

ソン・イナは大きく息を吸って、アン・クムジャを見下ろした。アン・クムジャは時間稼ぎをしているようだった。

「避妊薬さ」

なんとか動揺させようと執拗にソン・イナを見上げた。おまえの私生活などすべてお見通しだ、とでもいうように。

「黙れ……！」

「あたしの気持ち、他の人ならともかく、あんたならわかるだろ？　まだ遅くはないよ。あたしのところに来な」

アン・クムジャはあがくのをやめて、言葉でソン・イナを縛りつけようとしていた。ソン・イナは怖くなって後退り、また這い上がろうとした。数歩、歩いたときだった。アン・クムジャの凛々とした声が谷間を包み込んだ。

「サーーーーーーーーーーーーーー」

ソン・イナに向かって叫んでいるのではなかった。山のあちこちに配置された行動隊に信号を送っているのだった。その声とともに山が動くのが感じられた。ソン・イナは恐怖で胸が潰れそうになった。そのままがむしゃらに山を這い上り、大きな木の株の陰に隠れてハ・ギョンヒに電話をかけた。どこにいるのかと訊く緊張したハ・ギョンヒの声を聞くなり、とうとう涙があふれた。

「鉱山にいる……もう少ししたら、スマホがつながらないかもしれない。パク・ヨンピル刑事に……連絡して。鉱山の入り口は塞がってるけど、なんとか入って……直接35鉱区に行くようにって……」

大丈夫かと訊くハ・ギョンヒの声が聞こえた。

「オンニ……」

ソン・イナは胸をコツコツたたいた。

「サンファが、サンファが……ああ」

ソ・サンファの名前を口に出すなり、ソン・イナは息がつまった。山の斜面にうずくまったまま、落ち葉に顔を埋め、しばらく身動きできずにいた。気を確かに持たなければ、このまま永遠に立ち上がれないような気がした。複数の人の足音が、落ち葉のかさつく音の上に、しだいに大きく聞こえてきた。あっちだ、と叫んでいる声も聞こえてきた。ソン・イナは喘ぎ声を嚙み殺し、体を起こした。これまで集めた事故麻薬類の捏造に関する資料は、すべてハ・ギョンヒに渡してあった。ハ・ギョンヒとパク・ヨンピル刑事が行ってきたじん肺ブローカーの捜査によって、トンジンセメントと薬王成道会と官庁とのつながりが明らかになるはずだ。イ・ヨングァンが残した録音は、パン・ハクスが鉱山に運ぼうとしていた物に関する、重要な補強証拠になるだろう。最後にもう一つ。イ・ヨングァンの言っていた35鉱区のその場所で、決定的な物証を見つけなければならない。

　鉱区が近づくにつれ、追いかけてくる声が四方から迫ってきた。集中しなければならない。集中して、十八年前のあの道を思い出さなければならない。ソン・イナは激しく鼓動する胸をしずめて、足を早めた。さらに上っていくと、先に小さな土の道が見えた。どの木も葉を落としていたけれど、その道を見たとたん、十八年前の感覚が鮮明によみがえってきた。石灰石の粉が小雨のように降ってきて、汗でべとべとになった腕や木の葉にくっつき、染みついていた、あの道だった。

「その子は……高校生だったか。紙袋をさげて、骨材置き場の後ろで、俺たちを見ていた。海霧のせいで……そこに立っているのが人間だってことに……気づくまで、ずいぶん時間がかかった」

　ソン・イナは埃の積もった夏の葉ではなく、落ち葉がうず高く積もったその道に、足を踏み入れた。向こうの方に、立ち入り制限区域と書かれた表示板が見えた。白いヘルメットをかぶったキャラクターの顔が色褪せ、消えかかっていた。黒くなった石炭の粉の上には網がかぶせられていた。ソン・イナは草色の鉄条網をつかんだ。すぐそばから数人の男の声が聞こえてきた。ソン・イナは唇を噛みしめ、錆びた鉄条網を揺らした。出入り口はすべて鉄線で巻かれていた。ソン・イナは狂ったように鉄条網を揺るがしながら、自分の背の二倍ほどある鉄条網を見上げた。足をのせられそうなところは三カ所あった。ソン・イナは鉄線のなかに足をくぐらせ、体を持ち上げたが、手が滑って転げ落ちた。もう一度足をつっこみ、その上の鉄線を握った。頭のなかは、なんとかしてこの鉄条網の内側に入らなければという思いだけだった。なかに入るためにここまで来たのだ。鉄線が刺さったのか、手のひらから血が流れていた。「つかまえろ！」という声がすぐ後ろから聞こえてきた。ソン・イナは鉄条網にぶら下がった状態で振り返った。三人の男が追いかけてきた。身震いした。ソン・イナはむせび泣くような声を出しながら、三番目の鉄線を見上げた。助けて、サンファ。このなかにいるんだったら、わたしを助けて。手を貸して。ソン・イナは最後の力をふりしぼって、もう一度体を持ち上げた。男たちが鉄条網に飛びかかってきたのと同時に、ソン・イナは足をのせた。そして、鉄条網の内側に身を投げた。

「とにかく危ないと思った。誰なのか、何しに来たのか、そんなことを考えている暇などなかった。見られてはならない。あの子は何も見ずに鉱山を下りていかねばならない。さもないと、どんな目に遭うやらわからない。……ただ、それだけだった。二カ月に一度、廃タイヤが入ってきたら、廃タイヤを積んだダンプカーに、あれを取りにいく……。鉱山に残っていた爆破係のやつが……シャワー室の裏で誰かが死んでると……走ってきて、息を切らせながらそう言った」

ソン・イナは体を起こし、鉄条網を越えようとしている男たちに背を向けた。そして、足を引きずりながら廃タイヤの山を通って、奥の方へと歩いていった。しばらくすると、山のように小石が積まれたところに出た。骨材置き場だった。ソン・イナは息を大きく吸って、その前に立った。ソン・イナの前に十八年前の海霧が下りてきた。海霧のなかでイ・ヨングァンがソン・イナを見ていた。早く下りろ、とイ・ヨングァンの目がそう言った。いますぐ下りろ。早く！　ソン・イナは、怖気づいて鉱山を下りていく十八年前の自分を見ていた。

「その子が去っていくのを確認してから、シャワー室の裏に走っていった。ソン次長が倒れていた。息をしていなかった。俺は資源班に報告した。それから三十分も経たないうちに……廃タイヤの野積場で炎が燃え上がった。みんなの関心は野積場に集まった。ヘリコプターが行き交い……。その日、35鉱区の野積場で火事があった。それ以外のことは知らされなかった。いまでもそうだ。シャワー室の裏で倒れていたソン次長が……なぜ……バージ船に見つけられたのか……いまだにわからない。俺は……俺が……あれを運んでいなければ……最後まで濡れ衣を着せられていただろう……。いまでもそう思う」

ソン・イナは骨材置き場に立って、目を閉じた。十八年前と同じ場所に立ち、体じゅうの感覚を研ぎ澄ませた。あのときの感覚さえ取り戻せたら、誰が飛びかかってこようがかまわなかった。足元が冷たかった。耐えられないほどひんやりしていた。十一月の夜が冷たいからなのか、悪寒のせいなのか、それとも他に理由があるのか、知らなければならない。ソン・イナは身を震わせながら、もう一度、十八年前を呼び起こした。骨材置き場に立って、目の前に広がる鉱山の絶壁を見ていたあのときのことを。足元が耐えられないほど冷たくて、いまのように身を震わせていたあのときのことを。いまのように冬を間近に控えた頃ではなかった。真夏だった。ソン・イナはいまのいままで、それはイ・ヨングァンと出くわして驚いたからだと思っていた。

ソン・イナは自分の立っている骨材置き場を見下ろした。そして、地形が少しでも見渡せるように、骨材置き場から少しずつ後退った。雨が千日間降っても水が溜まらないと言った。「水が溜まらないというのは、地下に洞窟があるってことだ。薬王成道会の山は最高の石灰鉱山だ……冷たい風が地面のなかから吹き上げてくる。髪の毛が逆立つよ」

鉱山として開発される前、ここは薬王成道会の根拠地だったのだ。アン・クムジャがオ・ビョンギュに山を貸す代わりに出した条件とは、洞窟が出てきたら覆い隠せ、だったのではないか。蟻の巣のようにつながっているこの山の石灰洞窟のなかで、最も冷たい空気が集まっているところ。そこは鉱山の人たちも削岩機も近づいてはいけない、核心倉庫だったはずだ。その核心に通じる入り口を骨材で塞ぎ、人を使って管理させていたのだ。ソン・イナは髪の毛が一本、また一本と逆立つのを感じた。もう少し後退った。とても緩やかな角度で、地面が骨材置き場に向かって傾いていていた。

ここだったんだ。

そう思ったとき、誰かがソン・イナの腹部を蹴りつけた。うっ、と倒れると同時に、ソン・イナは鉱区に入ってくるパトカーのサイレンを聞いた。

一段上がるにつれて、風が強くなった。

赤土まみれの手のひらにはまだ血がにじんでいたが、何の感覚もなかった。くじいた足も腫れていたが、なんだか自分の足ではないようだった。蹴られた腹は痛みも感じなかった。

ソン・イナは抜け殻のようになって、絶壁のいちばん高いところに向かって歩いていった。辺りはしだいに白んできた。鉱山の麓では、警察の兵力を引き連れてきたパク・ヨンピルが、骨材置き場の石を取り除いていた。サイレンが聞こえてくるなり罵声を吐きながら逃げていった男たちの姿は、山のどこにもなかった。ソン・イナは掘削機やローダー、ダンプが数え切れないほど通り過ぎたであろう鉱山のベンチを、体を引きずりながら上っていった。鉱山の頂上に着くと、二十年ものあいだ、削られ、取り壊された石灰石の山が眼下に広がった。これまで階段状の絶壁を、昼夜を問わず行き来した人たちの姿と装備が、幻影のように目の前にちらついた。

ソン・イナは海と山から吹いてくる風を一身に受けながら、顔を上げた。鉱区の向こうに海が広がっていた。新千年道路の曲線が見えた。ゾウ山とユリ谷、オラ港にいまにも手が届きそうだった。

夜が明けようとしている陟州の海を見ながら、ソン・イナはいつだったかソ・サンファが言っていたことを思い出した。彼は、よく晴れた日には35鉱区の頂上から鬱陵島《ウルルンド》が見えると言った。

「夜中に仕事をしているとね、イカ釣り船の灯りが、水平線のこっちの端からあっちの端までずらーっと並んでて……ほんと、壮観なんだよ。鉱山の人たちはそれを見て言うんだ。鬱陵島に続く高速道路だって」

ソン・イナは水平線に沿って並んだ灯りを見ながら、声に出して言った。

「サンファ。ほら、見て。鬱陵島に続く高速道路よ」

そのとき、灯りを消すように水平線の果てから何かが昇ってきた。

ソン・イナはしだいに明るくなってくる海を見ながら、ようやく声をあげて泣いた。

ソ・サンファのいない世界に、太陽が昇っていた。

エピローグ

春の初めに地下倉庫に片づけられていたヒーターが、寒くなったのでまたロビーに戻ってきた。結核予防のバナー広告のそばには、サンセベリアの鉢植えの代わりに、ザミオクルカスとゴムの木が置かれていた。毎週火曜日の夜に開かれる「月夜の健康歩きプログラム」は、秋より人数は減ったものの、それでも相変わらず参加者は多かった。雨の日は、屋外の休憩室に続く廊下に、一日じゅう傘が広げられていた。認知症管理センターにやって来る老人たちは、ときどき大声で公益青年はいないかと尋ねた。

保健所のSNSには訪問者がほとんどいなかった。それでも毎日、ソ・サンファが載せた写真を見る人がいた。ソン・イナだった。

写真のなかで、健康運動指導士たちが子どもたちの身長を測っていた。運転席に座っている防疫車の運転手たちが、アイスクリームを食べながらこちらを見て笑っていた。手指の消毒スプレーを手にとる公衆衛生医師、救急箱を用意する訪問看護師。気功体操をしている途中で、腰を曲げたままで玄関の方を眺めている老人。乾燥した食器が伏せてある誰もいない構内食堂、ハッピーツリーと消火器のある廊下。そこには相変わらずそんな写真があった。

またこんな写真もあった。

たぶん誰かの誕生日パーティーでもあったのだろう。テーブルの上にコーラやケチャップが見えた。友達と並んで座っている一人の少年が、どこかを見て笑っていた。その少年はサッカーボールを持って地面に座っていたり、コスモスの咲いた花壇の前で自転車のペダルに足をのせたりしていた。遊園地のようなところでござを敷いて杖の形をしたアイスクリームを食べている写真もあれば、カップ麵を股に挟んだまま口に割り箸をくわえて空を見ているのもあった。滝の前で唇を突き出した写真。部屋のパソコンでゲームをしている写真。下着姿で雪の積もった庭に出て、寒そうに体を震わせている写真。

ソン・イナが撮った写真もあった。

灯台の前で撮ったもので、強い風が吹いていた。Tシャツがめくれ上がっていた。風に帽子が飛ばされそうになる直前だった。野球帽を逆さまにかぶったソ・サンファが、帽子をつかもうとしたので写真がぶれてしまった。ソン・イナはぶれた写真のなかで笑っているサンファがとりわけ好きだった。

ふくれっ面をして拗《す》ねたように目を伏せているサンファもとてもよかった。仕事が終わって帽子を脱ぐと、ぺちゃんこになっているサンファの髪をいたずらっぽく触ってみたかった。一緒に自撮りをしようと言ってソン・イナの肩を抱き、腕をすっと伸ばしたとき、目の前に見えるサンファの腕がかっこよすぎて、胸が締めつけられた。サンファは面白い話を聞いたときや、いたずら心が芽生えたとき、まずは目元に反応を起こした。澄んだ目にさっと笑みが広がるのを見ると、ソン・イナはまた何か面白いことが起こるのかなと思った。サンファはスタンプも自分に似たものを愛用した。これまで二人がやり取りしたメッセージを広げたら、陟州《チョクチュ》を何周もできるほどの長さだった。トークの画面には、サンファが送ってきたスタンプがいまでもキャッと声を出して飛び跳ねたり、会いたいと言っておんおん泣いたりした。それらはいつまでもキャッとおんおんを繰り返しながら、そのなかで動き続けるだろう。

ソン・イナは陟州の市内をぼんやりと歩き続けた。機械的に看板を読みながら歩いたり、地面を見ながら歩いたりした。途中、希望の塔の写真がついている四角い変圧器《トランス》が見え、その前でしばらく立ち尽くした。食堂に入ってムルフェをたのみ、カバーをかけてある壁掛け扇風機を見つめているうちに、食べずに店を出たこともあった。あるときは、奨学《チャンハク》文具社とダイソーと現代《ヒョンデ》書店と鳳凰《ポンファン》観光を見ながら歩き、またあるときは、ミスターピザとホームプラスとホンチェ眼鏡店と南陽《ナミャン》流通の前を通った。珍味《チンミ》食堂、ワールドスタジオ、緑什草《ノクシプチョ》アロエ、エダンピアノ、ベスト薬局、金《キム》内科、ポグァン堂、キムパプ天国、ベスキンラビンス、白頭大幹ビール、嶺東《ヨンドン》農園、長脳《チャンネ》健康院……ソン・イナはそれらの看板がかかっている建物のあいだを歩いた。

保健所の近くで、いちばん早く店を開けるのは豆腐屋だった。朝早い時間にその前を通ると、白い湯気とともに豆腐の匂いが漏れてきた。昼どきにはスーツの上におそろいのジャンパーを着た事務員たちが、建物の前に集まって煙草を吸った。午後は保健所裏の住宅街に黄色い塾バスが通った。もう少し遅い午後には、ヒノキの枕を売りにくるトラックが通り過ぎた。夕方になると、高校生が何人かコンビニ前のパラソルに座って、黙々とカップ麺を食べた。週末には、正装をした人たちが結婚式場前の十字路を渡った。その光景のどこにもソ・サンファがいないのが、ソン・イナには嘘のように思えた。

メディアでは、二十年近くメキソリル（Mexoryl）を密輸してきたカルト宗教団に関するニュースが流れた。一キログラムで七十万人以上を過剰摂取で死に至らしめるメキソリルという薬が、連日のように人々の口に上った。死にそうなほど苦痛を感じるとき、それがどんな劇的な効果をもたらすのかも話題になった。メキソリルの一番の製造国はどこか、医療用ではなく麻薬として使われるときの流通経路はどうなっているのか、製薬会社の販売促進競争により医師が過剰処方をしていた、などという話も聞こえてきた。人々は、陟州がテレビにこんなに出るのは北朝鮮軍が侵入してきたとき以来だと不思議がった。

廃タイヤの船で密輸入した薬が洞窟に保管されていたことが明らかになると、人々はこんなことが二十一世紀に起こりうるのかと口々に言った。薬とともに遺体が何体出てきたか、洞窟で彼らは何をやっていたのか、そんなショッキングな話題に押されて、他のニュースは関心も引かなかった。ソン・イナにとってはどれも現実感を欠いていた。

アン・クムジャとオ・ビョンギュが拘束、起訴されると、陟州はリコール投票を請求したときのように、ふたたび副市長代行体制に戻った。パン・ハクスの口からユン・テジンの名前が出て、投票を妨害したことが明るみに出たが、ユン・テジンにはたいした打撃にならなかった。ユン・テジンに関しては、道《ド》議員選挙に出るらしいとか、市長の補欠選挙に出るらしい、という噂が流れた。薬剤師どうしがまわし見るチラシには、淡水草で作られた天然物新薬が近いうちに認可されるだろうと書かれていた。薬事法違反で処罰された薬局は、営業中止の期間が終わるとまた店を開けるだろう。アン・クムジャが拘束されても、陟州の薬局は健在だった。ソン・イナは陟州から離れることはできない。

拘束されたとき、アン・クムジャはこう言った。自分は彼らの苦痛を和らげてやっただけだと。会主を追い出したのも薬を密輸入したのも、すべてそのためだと言った。その薬は麻薬ではなく鎮痛剤だとも言い張った。彼女の言葉のどこにも他の薬の名前は出てこなかったが、ソン・イナは薬師如来像の前を通るたびに、アン・クムジャが山のなかで避妊薬だと言ったことを思い出した。

雪はよく降った。

雪が降りしきる日は、車がワイパーをつけたまま、十字路でしばらく滞った。ソン・イナは十字路にぼんやりと立ち、目に入ってくるものを眺めた。ジャンパーのフードをかぶった人たちが早足でソン・イナの前を行き交った。豆腐屋の主が長い棒を持って出てきて店先のテントをたたくと、積もっていた雪がどさっと落ちた。母親と並んで歩いていた子どもが自分の傘を畳み、母親の大きな傘のなかに入った。雪をかぶった小型車が片側でゆっくりとバックした。外泊を許された軍人がビニール傘をさして、その前を通り過ぎていく。いくつもの小さな電球が毎晩、郵便局前の公園のチョウセンヒメツゲの上できらめいた。

それらを見ていると、夏にサンファと一緒に飲んだコーヒーが、まだ氷の解けていない透明のコップが二つ、いまでもどこかに並んでいるような気がして、ソン・イナは車で湾岸道路を何度も走った。

落ち葉はもうどこにもなかった。でも、ソン・イナは一カ所だけ、まだイチョウの葉が残っている場所を知っていた。保健所のイチョウの木のそばにある松の木だ。イチョウの木より背の低いその松の木の上には、秋に落ちたイチョウの葉がいまでも黄色い色紙のように散らばっていた。雪が降り、また雪が解けるあいだ、それらは松の木の上に嘘のように残っていた。ソン・イナはその前を通るたびにサンファの名前を呼んだ。〈青い空　天の川〉を上手に歌ったサンファ。シャープナーの鉛筆削りを十年間、直しては使ったサンファ。ホッケ巻きが好きなサンファ。保健所の階段を大股で駆け上がっていたサンファ。柱時計よりも背の高いサンファ。八坪の薬局で幼い子どもにシロップ飲ませながら日々を送ったかもしれないサンファの名前を。

雪がやみ、空の澄んだ日、ソン・イナは五十川《オシプチョン》に沿って歩いていた。空気はまだ冷たかったが、陽ざしが降り注いでいた。セメント工場からトンジン埠頭に続くコンベアベルトが、遠く川の向こうで光のなかに溶けた。十八年前も、一年前も、数カ月前も歩いた道だった。ソン・イナはふと、頬が温かくなった気がしてとなりに目を向けた。川面《かわも》に陽の光が舞い降り、陽炎のように揺れていた。歩けば歩くほど、光の群れが自分を追いかけてくるような感じがした。ソン・イナは少し早足で歩いてみた。光の群れも同じ速さでついてきた。今度はゆっくりと歩いた。光の群れもゆっくりとついてきた。ソン・イナが立ち止まると、光の群れも歩みを止めた。

ソン・イナは手で顔を覆った。見え隠れしながらついてくる、その温かいものがサンファのような気がした。ソン・イナは頬に流れるものをぬぐわずに、川に沿って歩き続けた。

著者のことば

いまでも陟州《チョクチュ》の海辺を夢に見ます。そこにはこちらに背を向けて海を見ている人がいます。私は海辺の片隅で、その人が振り返るのをずっと待っています。ある日、ついに後ろを振り向いたのですが、その人は泣いていました。またある日は、にっこり笑っていました。その二つの表情が極端に違うので、私は戸惑い、思わずその人の方に歩み寄りました。海を見ているその人の背中に向かって一歩、また一歩と近づいていくあいだに、彼が私の気配を感じてゆっくりと振り返るあいだに、そんな彼の表情を理解しようと必死になっているあいだに、私は彼のことが好きになってしまいました。もしかすると、このことがこの小説を書くあいだに起こったすべてかもしれません。

人が人を愛することについて書きたいと思いました。この小説を書きはじめた頃の気持ちを、書き終えたいまも何度も思い出しています。登場人物たちを心から愛し、彼らと苦しみを最後まで分かち合えたことは、私にとっては忘れられない贈り物です。ただ、陟州の町のあちこちにもっと風と太陽の光を充分に注いでやればよかったと、彼らをもっと温かい町角に留まらせてやれたらよかったのにと、いまでも悔やまれます。

＊

この小説の核心である市長リコール事件は、二〇一二年、江原道《カンウォンド》のS市で実際に起きた住民投票をモチーフにしています。いくつか例外もありますが、登場人物たちの年齢や、細部の設定などは、ほとんど二〇一二年を基準にしています。
物語の始まりは、二〇一一年三月十一日から続く、恐怖や不安といった感情とつながっています。正確な情報もなく、安全に対する信用も失せたところで、怪談のような話が行き交いました。昼間は食べ物の心配をし、夜は被曝した魚たちが海をさまよう夢を見ました。耳のないウサギが生まれたという噂が聞こえてくるかと思うと、放射能解毒剤の製薬株価が急騰しているという記事も見かけました。S市で「エネルギー」を掲げた、驚くべき事件があったのもその頃でした。私はその現場にいる人たちと何度も会いました。そうして一年、二年が過ぎていくあいだ、陟州という町と、そこで生きる人物像が少しずつ作られていったのです。

この小説を季刊誌『文学トンネ』に「陟州」というタイトルで連載したのは、二〇一六年夏号から二〇一七年春号まででした。構想を始めてからエピローグを書いた二〇一七年の初めまで、私たちの生きている現実の世界では、小説の想像力をはるかに超える出来事が起こりました。ある単語は現実に起こった事件によってその意味が何倍にも膨らみ、登場人物の何気ない眼差しは現実と衝突することでより痛々しく話しかけてくるようになりました。そして、最後の文章にピリオドを打つまで小説は生きて動いているのだということを、私はこの小説を書きながら知りました。

この小説には、S市で会った人々の肉声がたくさん込められています。小説は終わってしまいましたが、ともに交わした会話は、小説の原稿よりも多く私のなかに残っています。私はそれらの言葉を忘れることはないでしょう。この小説は彼らと一緒に書いたものなのです。
二〇一二年当時のS市の政治的状況や雰囲気を知るために、インタビューのほかにも全国公務員労働組合S市支部ホームページに匿名で載せられたコメントを参考にしました。セメント鉱山と関連のある部分はほとんど、私が取材をしたものをもとにして書きましたが、海霧のなかでの作業シーンは『いまここで変えなければ、どこも同じだ』（プレシアン、二〇一六・六・一〇）というインタビュー記事を何度も読みながら書きました。トンジン埠頭のシーンは、ゴミセメントの危害性について教えてくれたチェ・ビョンソン牧師のブログ（「日本の廃タイヤで作ったセメント、安全でしょうか？」）という文章を参考にして書きました。

二章に出てくる薬の説明会のシーンは、原子力発電所を誘致したあとの蔚珍《ウルチン》郡の状況について書かれた、蔚珍郡議会チャン・シウォン議員の文章（盈徳《ヨンドク》郡ホームページ、郡民の声の広場、二〇一五・一〇・二九）と、「放射能に汚染された日本の川、東海に流れ込む」（マニートゥデイ、二〇一三・九・五）、「福島放射能セシウム、来年には南海《ナメ》に到達」（韓国日報、二〇一四・三・九）などの記事を参考にしています。陟州東海碑にまつわるエピソードや石灰岩地帯の地理的な特性、とくにドリーネに関しては、三陟市立博物館より刊行された『石灰岩と三陟文化』（チョン・ジェフン、二〇一四）と、『静けし朝の地、三陟』（チャ・チャンソプ、二〇一五）を参考にしました。

小説のなかの政治的事件は実際に起きたものも多いですが、登場人物はみんなフィクションです（例えばS市保健所の特定部署の人たちが当時、どのような政治的立場を取ったのか、私にはわかりません）。もし実在した人物を思わせるとしたら、よりリアルな人物を作る過程で生じた偶然です。

*

連載中、登場人物とともに笑い、泣いてくれたキム・ネリ編集者、感謝してもしきれません。彼女の支持がなければ、私は最後まで書くことができませんでした。この本のタイトルから、文章のなかの思慮深い句読点にいたるまで、すべてが彼女の作品です。陟州を挟んで彼女とやりとりした時間は、とても楽しかったです。

チャンフンさん、あなたを愛さなければ、私にとって陟州という場所はいまとは違う種類の痛みだったかもしれません。陟州の始まりにも終わりにも、あなたがいました。私が書いているあいだ、ずっとそばで耳を傾けてくれ、つたない初稿を読んでくれ、ともに悩んでくれて感謝しています。

ただ聞くことしかできない私に心を開いてくださったS市のみなさん、とくにセメント鉱山労働者のみなさん一人ひとりに、言葉では言い尽くせないほどの感謝を捧げます。

登場人物の職業や事件の諮問に応じてくださった方たちにも、感謝の気持ちを伝えたいです。彼らと築いた友情を思うと、いまでも胸が温かくなります。

快く推薦のことばを書いてくださった作家のクォン・ヨソンさんと記者のイ・ダヘさん、文学トンネ社にも感謝しています。

チェ・ウンミ

二〇一七　秋

訳者あとがき

本書は二〇一七年に文学トンネ社から出版された『第九の波』の全訳である。

著者チェ・ウンミは一九七八年、江原道生まれの女性作家で、二〇〇八年に短編「泣いて行く」が「現代文学」に当選してデビューした。その後、短編集『あまりに美しい夢』『目連正伝』、中編小説『昨日は春』などが出版された。

チェ・ウンミの短編小説には、伝染病を思わせる病にかかったり、自傷行為に駆られたり、幻想を見たり、日常を狂わせるような病を患っている人たちがよく出てくる。彼らはそれらの症状から逃れようとするのだが、まるで悲劇的な人生が約束されているかのように、いつのまにか元の場所に戻ってくる。チェ・ウンミは、身体の病を訴える人たちが八方塞がりの中でうごめき苦しむ「地獄図」を描く作家として定評がある。『第九の波』では、そんな閉塞感の中に一縷の望みが見えるのが以前の作品と違うところだが、なぜチェ・ウンミの小説には病から自由になれない人たちばかり出てくるのか。それについてチェ・ウンミ自身はこう言っている。

心理的なものが原因で病気になることもあるが、身体的な疾病が人間の心理状態を完全に変えてしまったり、社会的な関係性や、日常の選択に大きな影響を与えることもある。病気は私が生きた一日、ひと月、一年、と積もった生の結果でありながら、私たちの日常に最も大きな衝撃を与えるものでもある。私はそんな病を常に恐れ、恐怖を抱いている。(cine21　インタビューより)

本書『第九の波』はチェ・ウンミの初めての長編小説で、二〇一八年に大山《テサン》文学賞を受賞している。審査委員らは「感覚的でありながら緻密な描写、社会の病理に対する精密なアプローチ、人間心理に対する深い洞察」をした本書は、「虚構に強いリアリティを生み、韓国文学における大きな収穫」だと高く評価した。

『第九の波』は、事実に基づいたフィクションである。物語の舞台である陟州という空間も、そこで生きる登場人物たちも架空のものだが、実在する地名が作品のあちこちに散りばめられているので、どこがモデルになっているかが読者にわかるようになっている（著者のあとがきを参照されたい）。

陟州では原子力発電所の誘致をめぐって、賛成派と反対派が激しく対立していた。住民の九十六・九パーセントが賛成したことを証明する偽の署名リストを捏造してまで、原子力発電所の建設を強行しようとする市長、オ・ビョンギュは、かつて陟州の経済発展に寄与したトンジンセメントの社長だった。トンジンセメントの中核をなす35鉱区で、十八年前のある日、社長の右腕だった男が死んだ。廃タイヤを載せた船が陟州の港に入ってくる日は、工場内のコンベアベルトが故障するなどの事故が必ず起こるのだが、その日もそうだった。その死因をめぐって不審な点があったにもかかわらず、事件は自殺と見なされ、その男の妻と娘は陟州の地を去った。

十八年後、ソン・イナ（その男の娘）がソウルから陟州市保健所に異動してきて二年経ったところから物語は始まる。長い年月、鉱山で働いた町の老人たちはみな肺を患っていたり、病の後遺症に悩まされていた。彼らは健康を取り戻せるならどんな薬でも手に入れようとするが、町には彼らを利用して麻薬成分の含まれた鎮痛剤を処方し、金を儲けている薬局が多くあった。それらを取り締まるのが保健所に勤務するソン・イナの役目だ。

ある日、一人の老人が毒の入ったマッコリを飲んで死亡する事件が起こった。その老人は十八年前の事件で有力な容疑者になっていた男で、警察は老人の死がソン・イナと関連があるのではないかと睨んだが、彼女にはその時刻、アリバイがあった。大家のアン・クムジャと一緒にいるところに、薬王成道会という宗教団体の訪問を受けていたのだ。

物語はソン・イナとユン・テジン、ソ・サンファの三人を中心に進んでいく。三人とも陟州出身で、精神的にも肉体的にも大きな傷を負っている人物だ。指折りの秀才だったユン・テジンは高校のとき、コールタールの泥濘に落ちて、それ以来、薬なしでは生きていけない体になる。ソウルで出会ったソン・イナと人並みの家庭を築こうとするが、彼女の流産をきっかけに自暴自棄になったユン・テジンは、ソン・イナと別れたあと、与党の国会議員の秘書官となって、その議員の地域区である陟州に戻ってくる。陟州でソン・イナと再会したユン・テジンは、まだ彼女を思っている自分に気づくが、ソン・イナのそばにはソ・サンファという青年がいた。ソ・サンファは身体的な事情により、公共機関で一定期間、兵役を務めている薬学部の大学生だ。ソ・サンファの母親は薬王成道会に洗脳されて家出し、父親はトンジンセメントの下請け会社で働いていたが解雇されていた。

市長リコールを請求する熱気が高まるにつれ、十八年前の事故以来、おとなしくしていた薬王成道会が布教活動を再開する。薬王成道会は学生に奨学金を貸与したり、老人たちに無料で食事を提供したり、いろいろな慈善活動を通して、社会に奉仕しているように見せかけ、実は不安におののく病気の人たちを誘惑し続けてきたのだった。では、どのようにして？　チェ・ウンミはこう答えている。

もう二度とあの黒い洞窟のなかに閉じ込められたり、黒い水溜まりに落ちたりするものかと思ってここまで走ってきた。ユン・テジンは夕日を浴びている薬師如来像の方を振り返った。人間をいとも容易く壊すのも薬であり、一瞬にして救ってくれるのも薬だった。陟州の地でセメントよりも強く、残酷なもの。それは完治

する見込みのない人間たちの悲鳴を手なずける、強力な鎮痛剤だった。（本文より）

本書のタイトルは、十九世紀ロシアの画家、イヴァン・アイヴァゾフスキーの油絵『第九の波』（一八五〇年）からとったものである。嵐の海では、第一の波から第二、第三と波が次第に大きくなり、第九の波で最高潮に達するといわれている。最大の波が襲いかかろうとするとき、船につかまって、はるか遠くに見える光の方へ向かおうとあがいている人たちがいる。それはまた、大きな権力争いに巻き込まれ、欲望にまみれた陟州という町で、荒波に抗う人たちの姿と重なるのではないか。

今年の初め、新興宗教団体を中心に新型コロナウイルスの感染が拡大し、大邱《テグ》が大騒ぎになったとき、毎日のように防疫作業をする人たち、保健所で働く人たちをテレビで観ながら、本書を訳していた。大規模な礼拝、信者の家出や離婚、緻密に計画された布教活動について流している映像を見ていると、「こんなことが二十一世紀に起こりうるのか」と言っていた小説のなかの人たちが、急に現実となって迫ってくる感じがした。もちろん本書は新型コロナウイルスが流行する前に書かれたものだが、時期が時期だけに、どこまでが事実でどこまでがフィクションなのだろうかと、読む者の想像を刺激する小説でもあった。

最後に、この作品の編集にあたられた書肆侃侃房のみなさん、推薦のことばを書いてくださった小山田浩子さん、この本に関わってくださったすべての方々に深く御礼申し上げる。

二〇二〇年八月

橋本智保

■著者プロフィール

チェ・ウンミ（崔銀美／최은미）

1978年、江原道インジェ生まれ。東国大学史学科を卒業したあと、仏学研究所に勤める。2008年『現代文学』の新人推薦に短編小説「泣いて行く」が当選し、作家としてデビュー。いま最も注目される作家の一人である。

小説集に『あまりに美しい夢』『目連正伝』、中編小説に『昨日は春』、長編小説には『第九の波』がある。2014、2015、2017年と続けて若い作家賞を受賞。本書『第九の波』は、緻密な描写力と卓越した洞察力が評され、2018年大山文学賞を受賞した。どの作品にも著者の仏教的な世界観が垣間見られる。

■訳者プロフィール

橋本智保（はしもと・ちほ）

1972年生まれ。東京外国語大学朝鮮語科を経て、ソウル大学国語国文学科修士課程修了。

訳書に、鄭智我『歳月』、千雲寧『生姜』（ともに新幹社）、李炳注『関釜連絡船（上・下）』（藤原書店）、朴婉緒『あの山は、本当にそこにあったのだろうか』（かんよう出版）、クォン・ヨソン『春の宵』（書肆侃侃房）、ウン・ヒギョン『鳥のおくりもの』（段々社）、キム・ヨンス『夜は歌う』（新泉社）など。

Woman's Best 11 韓国女性文学シリーズ 8

第九の波　아홉번째 파도

2020 年 9 月 17 日　第 1 版第 1 刷発行

著　者　チェ・ウンミ
翻訳者　橋本智保
発行者　田島安江
発行所　株式会社 書肆侃侃房（しょしかんかんぼう）
〒 810-0041 福岡市中央区大名 2-8-18-501
TEL 092-735-2802　FAX 092-735-2792
http://www.kankanbou.com
info@kankanbou.com

編　集　田島安江／池田雪
DTP　黒木留実
印刷・製本　シナノ書籍印刷株式会社

ISBN978-4-86385-417-8 C0097

韓国の現代《いま》を生きる女性たちは、どんな時代を生き、どんな思いで暮らしているのでしょうか。女性作家の文学を通して、韓国の光と闇を照射するシリーズです。

Woman's Best

韓国女性文学シリーズ1

『アンニョン、エレナ』 キム・インスク／著　和田景子／訳

四六判／並製／240ページ／定価：本体1600円＋税／ISBN978-4-86385-233-4

韓国女性文学シリーズ2

『優しい嘘』 キム・リョリョン／著　キム・ナヒョン／訳

四六判／並製／264ページ／定価：本体1600円＋税／ISBN978-4-86385-266-2

韓国女性文学シリーズ3

『七年の夜』 チョン・ユジョン／著　カン・バンファ／訳

四六判／並製／560ページ／定価：本体2200円＋税／ISBN978-4-86385-283-9

韓国女性文学シリーズ4

『春の宵』 クォン・ヨソン／著　橋本智保／訳

四六判／並製／248ページ／定価：本体1800円＋税／ISBN978-4-86385-317-1

韓国女性文学シリーズ5

『ホール』 ピョン・ヘヨン／著　カン・バンファ／訳

四六判／並製／200ページ／定価：本体1600円＋税／ISBN978-4-86385-343-0

韓国女性文学シリーズ6

『惨憺たる光』 ペク・スリン／著　カン・バンファ／訳

四六判／並製／280ページ／定価：本体1800円＋税／ISBN978-4-86385-367-6

韓国女性文学シリーズ7

『四隣人の食卓』네 이웃의 식탁

ク・ビョンモ／著　小山内園子／訳

四六判／並製／200ページ／定価：本体1600円＋税／ISBN978-4-86385-382-9

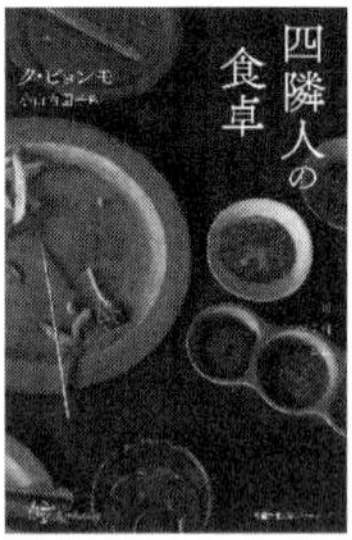

「ようこそ！　夢未来実験共同住宅へ」

都心にギリギリ通勤圏内。他のコミュニティから隔絶された山あいに国家が建設したのは、少子化対策の切り札となる集合住宅だった。「入居10年以内に子供を3人もうける」というミッションをクリアすべく入居したのは、4組の夫婦。やがて、お仕着せの“共同体”は少しずつ軋みはじめる——。